有 象

《书城》精选

（二）

《书城》杂志 编

上海三联书店

序

作为一本读书类的文化杂志,1993年创刊至今,《书城》杂志已走过近30年的历程。从创刊初期专注于老一辈文学名家手笔,到世纪之交走与国际化接轨的"城市阅读"路线、新世纪初期的"文化人视窗",再到今天所秉持的"营造读书氛围、倡导理性精神、推广深度阅读、传承经典文化"的办刊宗旨,变革中亦有传承,那就是将一份传播文化知识、提高审美情趣的好读物呈现给读者,为读者心中注入一股耐思考、富哲理、求真知的思想清泉。

2013年改版以来,《书城》以思想、文化、艺术为内容定位,涉及哲学、文学、史学、艺术、经济、政法、科技等领域,希冀能够在人文关怀的视野下,实现多领域、多学科的跨界融合与对话。作者队伍中,不少为海内外学术界、思想界、文化界、科技界有影响力的名家学者,在知识界、读书界具有一定的影响力。近年来更有诸多中青年学者、作家、影评人、乐评人加入其中,这些不同学科背景、不同年龄梯次的作者促进了杂志内容的多元碰撞。

本次《书城》杂志与主办单位上海三联书店合作，从最近十年刊物中遴选部分优秀作品，出版《看见与被看见》和《有象》两种精选集。两书有一个大致的分类：前者由"史乘"角度切入，选文不仅有生动的中外历史叙事，亦包括讲述文学史、艺术史、科学史等各类学科史的文章；后者聚焦"艺文"话题，有精彩的文学艺术文本解读，亦有作家艺术家的创作札记和艺术随笔。《书城》编辑方针一向是兼顾文章的学理性与可读性、思想性与趣味性，这两种精选集亦自体现了这种兼容并包、雅俗共赏的特点。

今天，《书城》杂志将推广深度阅读作为自身的时代使命，希望能够弥补碎片化阅读带来的思考局限。这愿望既宏大亦精微，促使我们在大的时代里笃守做一份"读之有益，并且有趣"的杂志的初心。分享思想之美、文化之美、艺术之美，愿与读者共有一份审美的"余裕心"。

《书城》杂志编辑部

二○二○年一月

目　录

陆羽与茶道审美

郑培凯

> 茶之为用，味至寒，最宜精行俭德之人。
>
> ——陆 羽

今天来跟大家讨论讨论陆羽与茶道，特别是从唐代起通过饮茶所发展出的审美观，涉及了非常有意义的文化现象。关于茶的历史资料，我是很偶然进入的。我一直在美国教书，1991年我回到我的母校台湾大学教明代文化意识史，探讨社会经济演进与人们心理意识变化的关系。那个时候台湾发展茶室文化，提倡品茶，希望借着喝茶审美，从中体会中国传统文化。有一位朋友说，日本人发展茶道，我们中国人也可以发展茶艺，我就说，道和艺之间是有区别的，道涉及形而上的思考、文化价值的思考;"茶艺",只会引向技艺方面的提升,层次是比较低的。他说,你学历史的,请你去找点茶文化资料,整理整理,让我们知道中国历代到底是怎么喝茶的。给他们这么一激励,我就去整理了有关茶的历史文化。

我做的这些研究,是研究茶的历史文化,研究茶饮文化的历史进程。本来只是为了厘清历代饮茶方式的不同,解释茶道发展的原因,说明为什么其中出现了审美意识,影响了中国人的生活美学。没想到一发不可收拾,出了很多跟茶有关的书,有的大陆出了简体字版,有的大陆没出版。在2000年左右,我跟南京农业大学的朱自振先生一起做中国历代茶书校注,包括散佚的,一共有114种,做了全面的、世界性的普查,校注了各种存世的版本,在2007年出了《中国历代茶书校注本》上下两册。这个工作我们带着一个团队,整整做了六年,需要去全国各地图书馆查一些孤本,或者是秘而不宣的珍本,再进行校对。这套书到目前为止,应该是资料最好用的书。很可惜,在大陆不是很好买,因为是香港商务印书馆出的。时常有朋友说,可不可以帮我买一套,我又不好意思,只好买了送他们,很贵。后来我就跟香港商务印书馆说,你们还是应该跟大陆出版社安排安排,在大陆出,结果因为版权及版税没谈拢,到目前还没出大陆版,需要时只能去网购。去年朱自振先生通知我,广西有一对父子剽窃了这套书,删削改编出版了简体版,气得他要到法院维权。这套书涉及很多学术、校注的问题,立论比较审慎,而且编辑得体,删削了大量重复数据,又标明重复引述的来源,很好用,近年来印行了第三版,虽然算不上畅销,倒是本长销书。

《茶书隽语》这本书就把历代跟茶有关系的精粹语录摘录出来,是从《中国历代茶书校注本》里面选出来的。《茶道的开始》这本书大陆出版了,原先是我为台湾出版社写的,价钱不菲,后来他们把版权卖给了海豚出版社,出了简体字版,很便宜,才20块钱。香港艺术馆的分馆茶具博物馆,收藏了很多历代茶具,我帮他们办了一个展览,出了《茶饮天地宽》这一部书,基本上是带有说明的图录。《茶与中国文化》是一本学术研讨会的论文集,广西师范大学出版社出版,分成三大部分:一部分是茶的历史文化;一部分是茶科研,是研究茶的生物学、生化学,研究茶多酚、氨基酸等东西,我不是很了解,有农业科学院的陈宗懋院士负责那个部分;还有一部分就是茶产业,现在茶叶生产销售成了一个很大的产业,在2007年的时候,茶产业才刚刚起飞,就有一些论文探讨茶产业发展的前景。《茶香与美味的记忆》这本书,是我为台湾出版社写的,好像吉林文史出版社出版了一个简体字版。内地出版这些书的情况，我不是很了解，都是出来以后朋友告诉我的，也就是说，是我被人"转卖"之后，才有人来通风报信，说给人"卖掉"了。

我们讲茶文化，讲到头来，最了不起的，在人类历史上开创了茶文化深刻内涵的，就是陆羽先生，因为他写了一部《茶经》。这部《茶经》是在唐代写的，其中特别说道："茶之为用，味至寒，最宜精行俭德之人。"他讲茶的功用，先讲了茶的药用。从古代一直到唐朝，茶作为一个可以解毒的药物，是大家都认识的。可是，再下一步，陆羽提出的东西就很特别，说，最宜精行俭德之人，这完全是精神境界的价值判断，给茶赋予了道德意义，这是陆羽提出，并且一直强调的，从此之后，我们就发现，许多喝茶的人，都跟陆羽一样，不断讨论茶跟人品的关系，使得茶不再是简单的饮料。现在我们总不会说喝可口可乐最宜道德高尚的人；或者，你现在写一部《可口可乐经》，千年以后的人都听你的话，变成了一个文化传统。从这个意义上来说，陆羽创造了历史文化的一个新的脉络。喝茶，本来是喝饮料，或者是喝药，对身体比较好，他却引出了关于精神境界与品格的考虑。

一般都说，陆羽姓陆，名羽，字鸿渐，其实这并不是父母给他的名字。陆羽、陆鸿渐，大概是他长大以后自己命的名，就跟他自号桑苎翁的情况相似。陆羽是一个弃婴，他的父母是谁,我们不知道,他诞生在湖北竟陵,生下来以后被丢在寺院旁边的水滨,老和尚把他收养了。他本该有法名的,但因为后来没有真的受戒,跑掉了。他的名字来自《易经》第五十三渐卦"鸿渐于陆",说的是鸿雁降落在陆地上。然后,他就把陆变成他的姓,羽毛的羽,变成他的名,字鸿渐。你真要问陆羽到底姓甚名谁,我只好说不知道,只能说他是竟陵人,因为寺庙在湖北竟陵。这个弃儿真的很了不起,从唐朝到现在,一千多年,人类的日常生活和审美取向都为他所影响。现在全世界人都喝茶,而且有各种各样的喝法,喝茶被赋予了很多修养与审美的意义,不单单是口感享受,还有丰富的文化意义,这都跟陆羽有关。

陆羽说:"茶之为用,味至寒,最宜精行俭德之人。若热渴、凝闷、脑疼、目涩、四肢烦、百节不舒,聊四五啜,与醍醐、甘露抗衡也。"形容茶像醍醐,好到这个地步。醍醐是什么东西?现代人都不知道了,但是唐朝人很知道的,这是佛教从印度传来的词。在印度,浴佛的时候在佛头上浇酥油,那就是醍醐。现在写武侠小说的不懂,大谈醍醐灌顶,是说老师父按着年轻人的头顶,像输液一样,把毕生功力灌注过去。其实醍醐灌顶的本意,是用醍醐敬佛。用牛乳打出奶油,奶油再打出"cream",就是醍醐,最精华的东西就是醍醐。陆羽的贡献,就是把原来只有物质性作为饮品的茶，提升到带有宗教联想的玄思领域，像佛教的醍醐与道教的甘露，成为精神境界的导引，给人类提供了一个茶道的开始。茶道的意义就在此。日本人经常讲的茶道，也是从中国学来的，有学问的日本茶道大师都知道。可是一般人，尤其是欧美人士，说到茶道，就说是日本文化的精髓，以为与中国文化无关，真是莫大的误会。日本学习中国茶道，主要是唐宋时期。唐朝就开始学，到宋朝的时候，是非常系统地把整个仪式学过去了。日本学了之后，有一些在地的独特发展，形成日本茶道的特色，可是，万变不离其宗，基本的茶道精神和仪式是陆羽创造的。

陆羽《茶经》很有意思，把种茶、制茶、喝茶、茶具、品茶，都当作学问，写得清清楚楚，有很多规矩是他自己总结创造的。唐朝中叶，喝茶的习惯已经相当普遍，不仅限于西南、华中、江南地区，甚至从中原传到了塞外。陆羽总结了历代喝茶的经验，提升了喝茶的道理，写了这本书。他最了不起的，是创造了24种茶具，规定了喝茶的仪式，并且赋予其文化与审美的意义，使得饮茶成为一种愉悦的文化修养过程，可以提升饮者的精神境界。

自古以来，喝茶大概有三种方式。远古的时候，应该是生煮羹饮，把茶叶摘了，煮成汤，喝茶就跟喝菜汤一个道理。古人发现,茶有药用,有提神的作用,喝了之后,让人比较舒服,但是苦涩,所以称之为"荼",就是一种苦菜。生煮羹饮这个习惯,到了隋唐时代就慢慢消失掉了,但是不代表没有,很多偏远的地方,依然有这个方法。第二种就是制团研末,为了保存摘下来的茶叶,就制成茶饼、茶团,有点像今天的普洱茶的制作法。古代保存的方式,还糊上米膏,或封上蜡。喝的时候,把外层刮掉,研成粉末,然后是煮,或者是调成茶膏,打成茶汤。我们发现,日本茶道的主流,还是所谓的制团研末。他们现在制茶,干脆就研成茶末,称之为抹茶。制团研末之法,大概始于魏晋南北朝时,隋唐大盛,宋朝走到顶端。日本在唐宋时期向中国学习佛法、茶道,抹茶就是这个时候传到日本去的,变成日本茶道的主流。日本茶道传统,继承了宋代的寺院茶道,基本上没有变,沿用至今。第三种饮茶方式是芽叶冲泡,把茶叶从树上摘下来,晾干,杀青,炒青,揉捻,烘干,用开水冲泡,这是我们现代中国人最主流的喝茶法。芽叶冲泡法成为主流,而备受文人雅士欣赏的时间很晚,是明朝建立以后的事。

陆羽的《茶经》大约是在8世纪中期出现的,《茶经》的出现是划时代的。以文献的有无来划分,《茶经》划分了茶的史前史和历史期。陆羽之前,没有这样的系统调查研究与记录,没有通盘探讨饮茶文化意义的专著，只有零散的文献记载，就是所谓的史前史。讲到喝茶的史前史，人类到底是什么时候开始喝茶的，我们并不知道。《茶经》说茶是神农发现的，当然是引述传说。神农是传说人物，你说是神农发现的，就等于说，我不知道是谁发现的，反正是了不起的文化英雄发现的。传说神农尝百草，乱吃，吃了毒草，后来吃茶，才解了毒。我们讲历史，没有历史证据，就不好这么说，只能说，传说神农发现了茶。而茶的原产地在哪里，这是古生物学家可以告诉我们的，野生茶原产地是在中缅印这一带。在中国西南、滇缅边境，以及孟加拉国的东北角，有野生的古茶树。不过，野生茶与喝茶的历史是两回事。我们知道，所有的植物，包括五谷杂粮，都有野生的物种，远比人类出现要早，你总不能说，饮茶的历史要追溯到恐龙时代吧。讲茶文化、茶饮历史，重要的，是在于人工采集、种植、栽培，人怎么发现、怎么驯化、栽培。我们发现，全世界没有一个民族，像中国人这样，最先把茶种植、驯化、栽培，变成一种饮料，成为经济作物。人工栽培的最早产地，可能是在巴蜀。近来浙江有一个考古发现，在新石器时代的遗迹中有一种植物很像茶，到底是不是茶，还在争论。日本提供的初步检测，认为很像茶，既然在人类居住地区发现，会不会浙江在远古时期也有茶呢？按照现有的考古资料以及上古文献，我们觉得可能性不太大，不见得就是人工栽培作为饮料的茶。

有很多历史资料说到，茶成为作物，是从西南地区开始的。也有考古分布资料的迹象，在长沙马王堆西汉墓，发现了墓葬里面陪葬了"椟一笥"，就证明墓主人是会喝茶的。湖南地区在西汉的时候，在贵族中喝茶已经很普遍了。一直到魏晋南北朝，都是南方人喝茶，北方人不喝茶。茶的历史传播轨迹，显然是从巴蜀，一直沿着长江而下，繁衍到太湖流域。这也就是陆羽《茶经》开篇就讲的"茶者，南方之嘉木也"。

唐朝皮日休曾说，唐朝以前喝茶，都是生煮羹饮，跟喝菜汤没大区别。制作茶饼，应该始于三国时候，但不是很普遍，到了隋唐的时候，才蔚然成风。陆羽写《茶经》的时代，饮茶已经成为全国风尚，有些明显的迹象。第一，不但北方人开始喝茶，饮茶习惯还传到塞外，包括青藏高原地区。唐朝与吐蕃人有许多来往，吐蕃人也喝茶，而且有明确记载，说吐蕃赞普懂得喝高档名茶。第二，茶马贸易的发展，显示了茶作为大宗经济商品，在国防与外贸方面扮演重要角色。中国不大产马，马都在塞外，就用茶来换马。第三，唐朝设立了专管茶业的机构与制度，有茶政，收茶税，显示茶有重要的商品经济价值，已经纳入政府税收。另外一个很重要的迹象，是禅寺普遍饮茶，饮茶也成为民间宗教生活习俗的组成部分。佛教在中国发展出禅宗，可算是中国式或中国化的佛教，特别讲究开悟与坐禅。禅教大兴是在唐朝，特别是唐朝中叶的时候，禅宗已经遍布全国。禅宗打坐，最重要的是灵台空静，但是，不想什么事情，坐在那里，很容易就睡着了。禅师发现，和尚打坐经常打瞌睡，特别是小和尚，叫他打坐，过一会儿就睡觉了。打坐而又不能睡觉，那怎么办？禅师发现，喝茶可以提神，打坐就不至于昏睡，所以禅宗寺庙一律喝茶。寺院喝茶还发展出一些寺院仪式，所以禅宗的传播，使得饮茶在全国传播，还连带散布一些宗教的规矩与仪式。茶叶变成经济贸易大宗，饮茶成为人们生活的日常习惯，至少在唐末已经出现"柴米油盐酱醋茶"这样的说法。陆羽写《茶经》的时代背景，就是喝茶已经是很普遍的社会生活一部分，而陆羽的重要性，就在于他总结了历来一切喝茶的经验与规仪，创造性地转化成一套文化审美系统，开创了茶道。

根据陆羽自传及《新唐书·陆羽传》，我们知道，陆羽是个弃婴，是湖北竟陵龙盖寺智积和尚在寺外的水滨捡到的。他在庙里长大，却不喜欢读佛经，喜欢读"儒典"，显然与老和尚的预期不同，有点离经叛道。我觉得，陆羽说的"儒典"，可能不只是"儒家经典",而是佛典以外的中国典籍。他从小在寺院里面长大,不喜欢读佛经,看来是不想当和尚,就跟老和尚有很多冲突,冲突就使他逃家。他是一个出家人,居然还要"逃家",当然是因为受不了寺庙的封闭性宗教生活,这反映了陆羽的性格有其叛逆的一面,想要海阔天空,任他鱼跃鸢飞。老和尚想尽一切办法,没能约束住陆羽,到最后,他终于逃跑成功,流浪天涯。他加入了一个戏班子,这也说明陆羽是个有艺术才情的人,后来做了"伶正",也就是我们现在说的剧团编导,带着戏班子到处跑,所以陆羽是一个在全国各地流浪的艺人。他很聪明,终于被一位郡守发现,留下了他,给他读书进学的机会,奠定了他发挥才学的基础,开始了士大夫文人的高雅追求。

陆羽的学问很好,而且知识面很广,但是没有功名。唐朝社会,不但讲功名,还讲出身、讲家世,是个贵族集团掌权的时代。一直到安史之乱以后,世家的力量慢慢被削弱,科举的力量才慢慢起来。到了宋朝,科举制度才变成主流。唐朝沿袭魏晋南北朝制度,世族力量非常大。陆羽出身低微,全部靠自己努力,逐渐进入上流社会。当时很多人觉得陆羽有才,很了不起,愿意跟他交往。物以类聚,他交的朋友不但有学问,对艺术审美都有兴趣,像皎然、颜真卿等。陆羽写过很多著作,

陸羽茶經　一之源

茶者、南方之嘉木也、一尺二尺乃至數十尺。其巴山峽川有兩人合抱者、伐而掇之。其樹如瓜蘆、葉如梔子、花如白薔薇、實如栟櫚、莖如丁香、根如胡桃。

其字、或從草或從木、或草木并。從草當作茶、其字出開元文字音義、從木當作搽、其字出本草、草木并作茶、其字出爾雅。

其名、一曰茶、二曰檟、三曰蔎、四曰茗、五曰荈。

郑培凯书《陆羽茶经》(局部)

绝大部分都佚失了，只有一部《茶经》，完完整整留存了下来。显然大家都觉得这部书写得好，在当时广为流传，产生了巨大影响。到了唐晚期，已经有人称呼他为茶神、茶圣，而且在当时的茶肆中还供奉陆羽的瓷像，使得卖茶这个行业以陆羽作为行业神了。茶肆每天都要用茶水浇在瓷像的头上，就是把浴佛礼俗的醍醐灌顶，转为浴茶神陆羽，可见当时人对陆羽开创茶道的崇敬。

陆羽写《茶经》，有意识地融合了儒释道的精神，发展出茶道的文化审美追求。陆羽很有艺术细胞，而且在审美的体会上，境界也很高。他设计了一个风炉，模仿古鼎的形式，上面要有五行八卦，就是要跟自然合拍，又能继承历史文化。他在创制茶具的构思中，就把喝茶这个形而下的物质生活，提升到了形而上的精神追求。他强调了一些文化因素，跟文化传统儒释道的精神很接近，例如中庸、和谐、主敬这类的超越性追求。陆羽的《茶经》并不长，一共有十节，先讲茶的性质，这是属于植物学及植物分类的，然后讲采茶的方法，怎么辨别茶树的好坏，再列举烹茶、喝茶的器具，再告诉你怎么制茶、烤茶，必须要把茶烤了才能研末的。他还提出了茶和水的关系，他是很早写《水品》的人，可惜那本书已经散失了。他讲到饮茶的精粗之道，把古籍文献中能看到的茶饮资料，都列举下来，提供了中国茶饮的历史概要。他还说了各地的茶产，等于绘制了唐代茶业经济的地图。由于他行踪遍布全国，到各地区探访植茶、制茶的情况，以实际考察的具体经验，知道哪里产什么茶。《茶经》还要求，茶室里面要挂一幅画，或者是展示茶饮的道理。你到日本的茶室，里面一定会挂一幅字，或者插画，衬出文化的氛围，有人说是武野绍鸥的创始。其实，对于饮茶环境与氛围的要求，结合文化审美精神，陆羽早就提到了。

我觉得《茶经》对茶文化最重要的影响，可以归纳成四点：一个是审美感觉的整体性与统一性。他讲得最具体的是茶碗，也就是喝茶最重要的器具，然后延伸到其他的茶具环节。陆羽的《茶经》不但规范了饮茶的道理，还对中国传统品鉴瓷器，产生很大的影响。喝茶要用瓷器，茶碗是很重要的，茶碗的审美就必须配合饮茶，这就影响到了对瓷器好坏的评鉴。他关注的重点，不完全是瓷器的本质区别，不是青瓷本身比白瓷好，而是强调喝茶的时候，青瓷比白瓷好。因为青瓷的釉色配合茶汤，给饮茶者提供的视觉美感经验，可以联想到青山绿水，可以感受大自然的色泽，可以由此体会天人合一的境界。有趣的是，这个对茶具审美的判断，却长期影响了中国对瓷器的评鉴，把本来是陆羽发展出来的一种特殊饮茶审美标准，变成了评鉴瓷器品第高低的普遍准则,放之四海而皆准,使得越窑青瓷在中国瓷器史上独占鳌头,品第第一。

第二,陆羽讲到了择水与用火,讲究"活水"与"活火"。"活水"容易理解,就是自然界流动的水,流动就清澈,就"活",就不是一潭死水。苏东坡贬谪海南,曾写过一首《汲江煎茶》:"活水还须活火烹,自临钓石取深清。大瓢贮月归春瓮,小杓分江入夜瓶。雪乳已翻煎处脚,松风忽作泻时声。枯肠未易禁三碗,坐听荒城长短更。"其中提到的"活水"与"活火",讲的就是陆羽提出的道理。不过,陆羽所说的"活火"比较复杂,除了苏东坡诗中讲的煮水用活火之外,其实还有另一个意思,就是烤茶时所用的"活火"。煮水的活火,要掌握火势的均匀,不可一下子猛烈,一下子消微,目的是掌握水温的平稳上升。在陆羽的时代,烹茶多用煮茶法,要求水沸三次;到了苏东坡的时代,烹茶用研末调膏注水法,则要求水沸达到"蟹眼方至,鱼眼未到"的标准。烤茶的活火,则反映唐代的主流喝茶方式的特殊程序,是制团研末法的茶饮讲究。因为茶团保存不易,受潮之后影响茶汤的色香味,所以在研末之前,需要用"活火"把茶团烤透,使得内外干燥均匀。

第三,陆羽还强调茶的本色。茶本身就有自己的色香味,不要乱加东西。他在《茶经》中说得很清楚:有人用葱、姜、枣、橘皮、茱萸、薄荷之类，和茶一起反复煮沸，或扬弃杂质令其清，或煮掉泡沫来喝，这都无异于沟渠里的弃水，居然还一直成为习俗。陆羽批评唐朝当时饮茶的习惯，认为乱放各种佐料之后，无异于喝阴沟水，骂得也够凶的。自从陆羽发展茶道审美之后，中国精英阶级喝茶，都不添加香料与果物。高雅之士一直尊重陆羽《茶经》的指示，从蔡襄、宋徽宗到明朝的文人雅士，都是遵循茶有本色的规矩。可是老百姓喝茶并不如此，喜欢在里面放各种东西，像宋代茶肆卖的七宝擂茶，什么都放。到了现代，我们的老百姓喜欢标新立异，发展各种各样的喝茶方法，从英国奶茶到丝袜奶茶，从泡沫红茶到里面有青蛙蛋的珍珠奶茶，花样百出。可是中国传统的茶道审美，主流一直是讲究茶本身的真香、真味、本色，是崇尚简约之美的。

第四，陆羽说"茶性俭"，讲求质朴，强调俭朴之美，发展出简约哲学。《茶经》说"茶之为用，味至寒，最宜精行俭德之人"，我译成白话文，就是："茶之为用，因其性寒，最适合品德端正俭朴的人饮用。"这是有史以来，第一次有人把饮茶提升到道德伦理的精神领域，而且强调其苦涩清澹的本质，赋予茶饮简朴平淡而又端正肃穆的品位，开创了延续至今的茶道。从唐朝后期，一直到宋元明的通俗文学中，都有人以茶与酒的差异，专门写了文章，来讨论饮茶与饮酒反映了截然不同的人际处境与性格，很有意思。在敦煌的资料里面，我们看到《茶酒论》，把茶跟酒拟人化，作为人物角色互相褒贬。茶列举自己的优点，酒也不甘其后，自夸好处。茶说，我可以让人们脑筋清醒，修身养性；酒说，我可以促进朋友之间的感情，带来欢乐。吵来吵去，很有意思。在通俗文学传统之中，茶与酒所表现的人际关系，不断出现在宋元明的小说戏曲里面，成了中国人的集体潜意识，对茶与酒的功能有了典型化的认识。好茶的人多为清修之士，追求精神领域的精进，修持自我内在的品德；好酒之人则任性纵情，沉溺于世间肉体的欢乐，甚至可能有纵欲的倾向。

我觉得这四个方面很重要，都产生了长远的文化影响。陆羽的重要性就在于，他开启了茶饮之道，立下了规仪，指明的发展的取向，赋予文化审美的意义。之后所有的茶道的演变，都万变不离其宗，不管是唐宋宫廷的茶宴、士大夫点茶斗茶，或者是寺庙里面的饮茶规仪、明清文人清雅茶局、日本茶道的一期一会和茶禅一味，都来自陆羽的茶道精神，和它一脉相承，只不过在不同时空中，各地会有相应的变化而已。

我要特别讲讲茶饮与审美统一性的问题，因为这涉及了陆羽审美思维的全面观照，还考虑到了感官认识的心理活动，如何与自然协调，达到天人合一的境界。陆羽《茶经》最明显的例子，是讲茶汤跟茶碗的关系，讲的是味觉、嗅觉、视觉的审美统一性，也就是饮食审美所说的三大要素：色、香、味。

唐朝饮茶所用的茶碗瓷器，最著名的是南方的越窑青瓷与北方的邢窑白瓷。越窑青瓷出产在今天浙东的慈溪、上虞这一带，最重要的是上林湖区，这个湖旁边都是瓷窑，现在已经变成国家重点文物遗址给围起来，除了进行考古调查与发掘，一般人进不去。我曾去上林湖区做过调查，发现那个地方遍布了从东汉到北宋的瓷窑，湖边散布着瓷片，有一些烧坏的瓷器、匣钵、垫饼，有些瓷片闪烁着耀眼的青釉，色泽与后来的龙泉窑相类似。在北方，邢窑烧的是白瓷，晶莹雪亮，直接影响了定窑的工艺，是非常好看的雪白色瓷器。唐代还有很多窑烧造茶具瓷器，如浙江金华一带的婺州窑、安徽淮南一带的寿州窑、江西丰城一带的洪州窑，以及湖南湘阴一带的岳州窑。但是这些瓷窑的产品，质地比起越窑与邢窑就差，不是一个等级的，入不了品茶行家的青眼。

特别有意思的是，陆羽把南方的越窑跟北方的邢窑作比较，他说："若邢瓷类银，越瓷类玉，邢不如越一也；若邢瓷类雪，则越瓷类冰，邢不如越二也；邢瓷白而茶色丹，越瓷青而茶色绿，邢不如越三也。"他把当时最好的瓷器作了比较，给了三条理由，从瓷器本身来看，这是很奇怪的，但是从当时饮茶的具体情况来看，他强调"青则益茶"，认为青瓷才能配合饮茶的审美感受，却有其道理。南朝时期的越窑青瓷，青中发黄，还有点褐色，还达不到唐代之后的青绿色，过去大家推想这就是文献中提到的"秘色瓷"，但是没有实际的证据。法门寺地宫出土的唐僖宗供佛的茶具，以及随带的账册，明确记载是"秘色瓷"茶具，才让我们确定秘色瓷就是越窑青瓷。慈溪、上虞这一带，在上林湖区考古发掘的越窑青瓷，有完整器，更有大量碎瓷片，与法门寺地宫出土的秘色瓷完全相同，可以证实唐代皇室所用茶具就是越窑青瓷。在浙江博物馆以及新建成的慈溪博物馆，就能看到一大批越窑的青瓷，的确是釉色精美。然而，邢窑白瓷的制造工艺十分高超，瓷色雪白，造型也精美，为什么陆羽强调，邢窑不如越窑呢？

陆羽说，邢瓷非常漂亮，像银器一样，白色的，可是不如越瓷，因为越瓷像玉一样，银不如玉。这么一比，就不得了了。越窑的瓷器上了釉，釉比较厚润，跟玉比较接近。中国人从古以来对玉都有特殊的爱好和尊敬，如果把玉和金银相比，从来都是觉得金银属于次等。玉为美石，是君子佩戴的，所以自古以来就把美石比作君子，而金银是比较次的东西。这一直到汉朝都是非常清楚，玉是属于王侯贵族的饰物，老百姓不准佩玉。现在的考古发掘，在很多汉墓里面发现金缕玉衣、银缕玉衣,有许多墓都被盗过,金缕银缕都没有了,玉片却都还在,因为老百姓拿着玉也不敢用,偷了没用,可是黄金可以融化,查不出是赃物。玉是给王侯贵族的,属于君主统治阶级的,老百姓哪儿可以用玉啊!大家从小也听过和氏璧的故事,卞和弄了一块原石,说是美玉,君王都不相信,把他的腿都砍掉了。华夏民族这一点很有趣,贵重无过于玉,以美玉比拟君子。到了今天21世纪好像还是这样,大家还是把玉看得比金银高太多了,这也是中国文化传统,是在潜意识里面对珍宝的态度。陆羽说,邢瓷类银,再漂亮也比不上类玉的越瓷,只从瓷器工艺而言,似乎不成理由,但是放在文化意识脉络里,邢瓷再美,也输越瓷一筹,因为越瓷让人联想到君子如玉。

第二,他说,邢瓷类雪,越瓷类冰。越窑上了釉之后,釉色厚润晶莹,就像结了冰一样,发亮的,是水的结晶体。要说冰比雪高一个级别,虽然是一个很奇怪的理由,但也是一个理由,是一个审美的选择。第三个理由,才是真正有客观理由的,"邢瓷白而茶色丹,越瓷青而茶色绿"。唐朝人做的茶,先做成茶饼、茶团,再密封起来,喝的时候刮掉外层,因为怕它湿干不匀,要用火烤,烤透了才能碾末使用,茶到了这个时候其实已经是暗红色的。倒进锅里烹煮之后,再盛到茶碗里面,如果使用白色的茶碗,茶色呈暗红色,发乌,不太赏心悦目。如果倒进青瓷碗里面,茶色是绿的,就像大自然的千峰翠色。陆龟蒙写过一首诗,讲秘色越器,写的是越窑的瓷器:"九秋风露越窑开,夺得千峰翠色来。"这就是越窑青瓷,说茶碗里面蕴含了千峰翠色,这当然是诗的想象,但是很重要,非常形象地说出了越瓷在饮茶过程中提供的视觉美感,是唐朝家喻户晓的道理。近三十年考古发现,如法门寺地宫出土的皇帝喝茶的茶具,就是越窑青瓷,符合陆羽的标准。

很多年以前,我们开过一次学术研讨会,一位国家一级品茶师和我讨论。我讲陆羽喝茶强调越窑青瓷胜过邢窑白瓷的道理,他就不高兴,跟我争辩。他说,我们现在品茶,用的都是白瓷碗,才可以看到茶汤真正的颜色。若用青瓷,茶色都给掩盖掉了。我说,我讲的不是 21 世纪,我讲的是 8 世纪,是陆羽的时代,那时候制茶的工艺与现代不同,没有达到现在的水平,茶色是比较昏暗发红的,不像现在有各种未发酵与各色等级的发酵茶,茶色从嫩绿、鹅黄,到淡红、红褐,可以用纯白的茶碗辨明茶汤。时代不同,是有一个历史的进程。他坚持,茶就是茶,古代的茶与今天的茶都一样,好茶的汤色就是好,劣质茶汤色就不好,要看就看茶汤,看茶汤就只能用白瓷碗,青瓷绝对不行的。他讲陆羽的说法全无道理,陆羽不懂茶!我这才知道,原来有人只懂自己的专业,完全不懂历史文化,不懂任何专业知识都有一个历史的进程。品茶师讲的道理，是21世纪的道理，完全不顾历史发展的进程，厚诬古人。陆羽当然不是21世纪的人，不知道今天的科技发展，现在做茶花样繁多，茶具五花八门，品评汤色的标准也大有发展。可是别忘了，陆羽的时代是陆羽的时代，距今一千多年，品茶的客观条件与今天不同，何况他是茶具与茶仪的创始人呢。在陆羽心目中，通过"夺得千峰翠色来"的青瓷茶具，饮茶可以带入一种心境，与大自然融为一体。他在《茶经》中指出，岳州瓷、越瓷都是青的，"青则益茶"，这是他的基本判断标准。

前几年在湖南湘阴岳州窑考古，发现了一只青瓷褐彩茶碗，这个茶碗很有意思，上面有两个字，写的是"荼碗"。"荼碗"就牵涉到了"茶"字出现的问题，"茶"字我们现在常用，但是"茶"这个字，唐朝之前是没有的，《说文解字》里面就没有"茶"字，但是有"荼"字，表示什么呢？在古代，茶还没有成为一个独立的概念类别，它跟荼（苦菜）是同一个字，也就是属于苦菜的一种。到唐朝的时候茶就独立出来，跟荼分开了，出现了"茶"这个字。有人说陆羽发明了"茶"字，其实不是的。我们有资料证明，《开元文字音义》明确标出"茶"字，可知在陆羽之前就有"茶"这个字。顾炎武在《日知录》里也说，"茶"这个字在唐初就出现了。也就是说，到了唐朝的时候，茶饮越来越普遍,成了日常生活的要素,普遍到必须要有一个单独的字来示意,不能再含糊笼统地称之为"茶"了。

除了对茶碗的规制提出审美标准,陆羽对饮茶所涉及的器具,在创制上也有诸多要求。他在《茶经》中详列了这些茶具的制作方式,并且连带赋予文化意义,以符合茶饮的仪式性规矩。陆羽创制的茶具,在当时影响很大,成为唐代后期饮茶的必备器具。在陕西扶风法门寺地宫的出土文物中,我们看到了一大批唐僖宗供佛的茶具,基本都符合陆羽《茶经》所列的规制,可见晚唐皇室饮茶已经采用了陆羽创制的器具,饮茶的程序也就按规按矩,会遵循一定的仪式。伴随地宫文物一起出土的,还有一本账册,记载了每一件文物的名称,所以我们可以作为依据,与陆羽《茶经》一一对照。

法门寺地宫出土了一件鎏金的银风炉,上面有八卦图形。陆羽《茶经》"四之器"对风炉制作,从外形到铭刻文字与纹饰,有极为详尽的描述:

> 风炉,灰承。风炉以铜铁铸之,如古鼎形,厚三分,缘阔九分,令六分虚中,致其圬墁。凡三足,古文书二十一字。一足云"坎上巽下离于中",一足云"体

均五行去百疾"，一足云"圣唐灭胡明年铸"。其三足
之间，设三窗。底一窗以为通飙漏烬之所。上并古
文书六字，一窗之上书"伊公"二字，一窗之上书"羹
陆"二字，一窗之上书"氏茶"二字。所谓"伊公羹，陆
氏茶"也。置墆㙳于其内，设三格：其一格有翟焉，
翟者火禽也，画一卦曰离；其一格有彪焉，彪者风兽
也，画一卦曰巽；其一格有鱼焉，鱼者水虫也，画一卦
曰坎。巽主风，离主火，坎主水，风能兴火，火能熟
水，故备其三卦焉。其饰，以连葩、垂蔓、曲水、方文
之类。其炉，或锻铁为之，或运泥为之。其灰承，作
三足铁柈抬之。

陆羽讲的风炉，是以铜铁制成，而唐代皇室所用风炉，则
是鎏金银胎的器具，其间的差异，显示了皇室用具的豪奢与尊
贵，但是器形却基本仿照陆羽的规制，没有什么不同。《茶经》
对风炉的制作规定得很清楚，风炉的功能设计，要显示出五行
八卦，符合天地自然运行的象征要素。风炉造型模仿古鼎，鼎
有三足，于是风炉也有三脚，每只脚上刻有七个字，共二十一
个字。其一云"坎上巽下离于中"，刻的是八卦，符合天地自然
现象；其二云"体均五行去百疾"，表示五行相生相克，可以通

过茶饮而祛除百病;其三云"圣唐灭胡明年铸",则是标明风炉这种茶具的创制年代,明确显示陆羽要昭示自己的发明版权,相当于现代人强调要尊重"知识产权"一样。

他还说了这个风炉要有三扇隔窗,每一扇有两个古文字,一共六个字,就是"伊公羹,陆氏茶"。这个设计也可以看出陆羽对自己的期许,从中显示自己创制茶具的历史地位,希望能够媲美伊尹。陆羽拿自己跟伊尹对比,似乎有点自抬身价的意思,但也明确表示,自己创制茶具、提倡茶道,意义并不止于如何喝茶,而是希望饮茶有道,能够对社会文化产生重大影响。伊尹是厨师出身,靠烹饪起家,受到重视,而能辅佐商汤,安邦定国,成就一番伟大的事业。陆羽以之作为榜样,当然是见贤思齐,反映了自己创制茶器的骄傲,有着很高的心气。

法门寺地宫还发现了一个鎏金鸿雁流云纹银茶碾子,是把茶饼碾碎的器具。唐朝人饮茶的习惯,是先把茶饼掰碎,再放入碾中磨成粉末,然后才烹制茶汤。饮茶的程序,像我们现在喝普洱茶,拿到一块茶饼要先掰开弄碎,才好泡制茶汤,只是唐代还要碾成茶末,像日本人喝的抹茶。因此,茶碾是必要的茶具。按照陆羽《茶经》,茶碾的制作也是有规范的:

　　　　碾,以橘木为之,次以梨、桑、桐、柘为之。内圆而外方。内圆备于运行也，外方制其倾危也。内容堕而外无余。木堕，形如车轮，不辐而轴焉。长九寸，阔一寸七分。堕径三寸八分，中厚一寸，边厚半寸，轴中方而执圆。

陆羽说的茶碾是木头做的，质地虽然有讲究，但简朴适用，不求华丽，而法门寺出土的是"鎏金鸿雁流云纹银茶碾子"，精美异常，极其贵重，符合皇家身份，但其基本形制与构造，和陆羽所说的是雷同的。

陆羽《茶经》还讲到"罗合"，是碾茶之后所需的茶具。茶饼碾完以后，茶末并不均匀，要放在茶罗里面筛，筛出来的茶末就很均匀，可以盛在盒子里，以备烹煮。在法门寺地宫里面发现了"鎏金飞天仙鹤纹壶门座银茶罗子"，是鎏金银胎的贵重茶器，背后还有很清楚的镂刻铭文："咸通十年，文思院造，银金花茶罗子一副，全共重卅七两。匠臣邵元，审作官臣李师存，判官高品臣吴弘悫，使臣能顺。"《茶经》讲罗与盒的制作："罗末，以合盖贮之，以则置合中。用巨竹剖而屈之，以纱绢衣之。其合以竹节为之，或屈杉以漆之。高三寸，盖一寸，底二寸，口径四寸。"罗是用巨竹剖开制作，上面覆以纱绢，过滤极细的茶末。盒是用竹节或杉木制成，用来盛取筛过的茶末。陆羽制定的罗合,是用巨竹或杉木制作,取材容易,人人可以效法。到了皇室用具,就大为讲究,弃竹木而用金银,变简朴为奢华。法门寺地宫出土的茶罗子,是贵重的鎏金银器,并饰以"飞天仙鹤纹",不是一般人使用的,但其规制依旧沿用陆羽的设计。

法门寺地宫出土的文物种类繁多,基本上就是唐代皇室供奉佛骨的精品。当时供奉在地宫里,每过五六十年都要请出佛骨,也把皇室供奉的宝贝拿出来,在长安城满街游行。当此游行盛典,信徒们蜂拥而来,真是一境若狂。唐僖宗奉请佛骨之后,把供品封入地宫。再后来唐朝亡了,所有的皇室珍品,包括唐僖宗供佛的茶具,就永远埋在地宫里面了。所以,法门寺地宫出土的文物,显示晚唐皇室所用茶具沿用了陆羽创造的规制,显然也沿用了《茶经》所列出的茶仪。

除了茶具以外,陆羽对水也很有讲究,他是最早讲茶饮必须要用好水的人,可能还著有《水品》一书,可惜散佚掉了(见《湖州府志》)。《茶经》说饮茶要懂水:"其水,用山水上,江水中,井水下。"这个标准非常清楚,就是山泉水最好,其次是流动的江水,最差的是静止不动的井水。他还作了详细的说明:

其山水,拣乳泉、石池慢流者上;其瀑涌湍漱,勿食之，久食令人有颈疾。又多别流于山谷者，澄浸不泄，自火天至霜降以前，或潜龙蓄毒于其间，饮者可决之，以流其恶，使新泉涓涓然，酌之。其江水取去人远者，井取汲多者。

也就是，饮茶最好用山泉水，或潺潺流动的山涧或澄澈的活水。瀑布与湍急的水不可用，喝多了会生病，因为水源有问题，虽然是流动的，但是挟泥沙以俱下，很不可靠。还有一些山中的积水，是聚集不散的，在夏季可能有毒蛇蛟龙散放毒素，最好也不用。真要使用，必须决其堰塞，让污浊的毒素排出，使水泉涓涓，才可取水。实在没办法，得不到山泉水的时候，只好去取远离人迹的江水，因为没有污染。井水则用经常有人汲取的，关键是不要死水，要活水。

有关陆羽评水的资料，晚唐张又新的《煎茶水记》有所记录，但是否真是陆羽的品评，还是张又新假托陆羽编造的故事，历代都有质疑。不过，《煎茶水记》的记载还是很重要的，因为它显示到了晚唐，人们已经很清楚品茶必须鉴水的道理，而且把全国的名泉好水都记录下来了。这当然是陆羽讲究用水道理的影响，只不过陆羽品水的书失散了，我们不知道陆羽品水的确实情况，只知道相关的传说。《煎茶水记》里面说到，刘伯刍懂得品茶鉴水,记录了全国最好的七种水:"扬子江南零水第一;无锡惠山寺石泉水第二;苏州虎丘寺石泉水第三;丹阳县观音寺水第四;扬州大明寺水第五;吴松江水第六;淮水最下,第七。"这七种名水,基本都在江淮一带,扬子江南零水在今天的镇江,惠山泉水在无锡,也就是名曲《二泉映月》提及的天下第二泉。有趣的是吴松江(即吴淞江,也就是苏州河)水居然也是天下名水,我不知道诸位敢不敢直接喝苏州河的水,不过,这里面反映了一个重要的历史问题,其水在唐朝一定是很好的饮用水,一千多年下来,是我们后人把它污染了。研究环境史的人,可以把这资料拿来用一用,很有意思的。

按照刘伯刍的这张名单,张又新一一试过,认为确实如此。不过,他自己又添加了一些意见,说经过富春江桐庐严子陵钓台时,取清澈的江水煎茶,发现其鲜馥芳香远过扬子江南零水,大为赞扬。后来又发现,永嘉的仙岩瀑布(当指雁荡山之龙湫瀑布)也是水质佳美,不输天下第一南零水。张又新举桐庐富春江水与仙岩瀑布水为例,以为品质超过天下第一的扬子江南零水,这样的个人品水经验,影响了他品评的标准,认为急湍与瀑布水都非常佳美,与陆羽的论断不同。

张又新还说,他后来发现《煮茶记》中记载了陆羽品水的

故事,并且自定天下二十处名水:

> 庐山康王谷水帘水第一;无锡县惠山寺石泉水
> 第二;蕲州兰溪石下水第三;峡州扇子山下有石突
> 然,泄水独清冷,状如龟形,俗云虾蟆口水第四;苏州
> 虎丘寺石泉水第五;庐山招贤寺下方桥潭水第六;扬
> 子江南零水第七;洪州西山西东瀑布水第八;唐州柏
> 岩县淮水源(淮水亦佳)第九;庐州龙池山岭水第十;
> 丹阳县观音寺水十一;扬州大明寺水十二;汉江金州
> 上游中零水(水苦)十三;归州玉虚洞下香溪水十四;
> 商州武关西洛水(未尝泥)十五;吴松江水十六;天台
> 山西南峰千丈瀑布水十七;郴州圆泉水十八;桐庐严
> 陵滩水十九;雪水(用雪不可太冷)二十。

这个所谓的陆羽品水名单,列庐山康王谷水帘水第一,无锡县惠山寺石泉水第二,苏州虎丘水第五,扬子江南零水第七,吴松江水落到第十六名。看起来洋洋洒洒,可是名单很有问题,欧阳修曾写过两篇文章驳斥张又新,说这份陆羽品水名单是瞎编的,因为陆羽指出瀑布水挟泥沙而下,叫我们不要喝瀑布水;张又新的名单却一口气列了庐山康王谷水帘水、洪州

西山西东瀑布水、天台山西南峰千丈瀑布水，与陆羽的品鉴标准大相径庭。欧阳修认为张又新有诈欺之嫌，说他是"妄狂险谲之士，其言难信"。明代田艺蘅的《煮泉小品》也探讨了陆羽的品水标准，批评所谓的陆羽名单是捏造的。认真查证起来，我们发现这个张又新的花样很多，是有故作玄虚之处。他没有直说发现陆羽著作，他说的是发现了一本杂记，其中有《煮茶记》，记录了陆羽亲自列出的天下二十处名水这样一份名单。不过，他还说此书记载了陆羽品尝扬子江南零水的故事，其中明确指出陆羽"善于茶，盖天下闻名"，又说扬子江南零水"殊绝"，陆羽品尝南零水是"今日二妙千载一遇"，意思非常清楚：陆羽品茶天下第一，南零水也是天下第一。怎么等到陆羽列出天下名水的时候，扬子江南零水变成天下第七了呢？编故事编得前后矛盾，难怪惹出欧阳修的批评。

唐朝的时候民间有句俗谚："扬子江心水，蒙山顶上茶。"天下第一水，是扬子江心水，天下第一茶，是蒙山顶上茶。扬子江心水是什么呢？就是扬子江心的南零水，又称中泠泉。宋徽宗《大观茶论》里说："古人第水，虽曰中泠、惠山为上，然人相去之远近，似不常得。"这个扬子江心的中泠泉，现在已经不在江心，而在长江南岸的镇江，我曾去考察过。这是因为长江水常年向北岸冲刷，南岸就一直淤积，江流向北移动，所以，不但中泠泉南零水今天在南岸的镇江，连本来在江心的金山寺也成了镇江的一部分。现在的南零水因为泥沙淤积，或许还有江水污染的问题，已经成了一潭泥沼，当中咕嘟咕嘟地冒水泡，可见底下有个泉眼，但是没有人敢用来泡茶了。

天下第一蒙顶茶又是怎么回事呢？今天大多数人都没听过蒙顶茶，对于蒙山顶上茶在唐朝的辉煌历史，完全不知道了，因为蒙顶山茶到宋朝以后，就开始衰落，到了元明期间，连大多数文人雅士都没听过，成了明日黄花。陆羽《茶经》记述全国茶叶产地，首先列了山南的峡州，也就是今天的宜昌一带，或许是因为他成长在湖北竟陵，熟悉地望。峡州产的茶，在唐朝名列上品，而且名目众多，如碧涧、明月、芳蕊、茱萸寮、小江源等。他也提到剑南道的雅州，指出蒙山所在的名山地区产茶，不过，他似乎并不看好蒙山茶的品质。倒是唐代李吉甫《元和郡县图志》说到贡茶，明确指出："严道县（在今天雅安一带）蒙山，在县南十里，今每岁贡茶，为蜀之最。"李肇《唐国史补》则是这么说的："风俗贵茶，茶之名品益众。剑南有蒙顶石花，或小方，或散芽，号为第一。湖州有顾渚之紫笋。东川有神泉小团、昌明、兽目。峡州有碧涧、明月、芳蕊、茱萸寮。……而浮梁之商货不在焉。"唐代俗谚"蒙顶第一，顾渚第二""扬子江心水，蒙山顶上茶"，跟这些当时的记载是符合的。

孟郊也写过一首诗,《凭周况先辈于朝贤乞茶》,讲想得点蒙顶好茶喝喝,却又无缘到手,只好托人去乞讨:"道意勿乏味,心绪病无惊。蒙茗玉花尽,越瓯荷叶空。锦水有鲜色,蜀山绕芳丛。云根才翦绿,印缝已霏红。曾向贵人得,最将诗叟同。幸为乞寄来,救此病劣躬。"

到了元明,大多数人,包括江南讲究喝茶的文人雅士都没听过蒙顶茶了,万历年间茶人许次纾在《茶疏》中指出:"古今论茶,必首蒙顶。蒙顶山,蜀雅州之山也,往常产,今不复有。即有之,彼中夷人专之,不复出山。蜀中尚不得,何能至中原、江南也?"可见蒙顶茶早已丧失了天下第一的位置。

白居易的长诗《琵琶行》说到浮梁地区产茶:"商人重利轻别离,前月浮梁买茶去。去来江口守空船,绕船月明江水寒。"到浮梁贩茶的商人,是俗不可耐的市侩,对于"名属教坊第一部""妆成每被秋娘妒"的琵琶女,毫无怜香惜玉之心,让贬谪江州的白居易感慨不已,觉得"同是天涯沦落人,相逢何必曾相识"。这首诗提到茶商到浮梁去买茶,颇有不屑的口气,放到唐代饮茶的风习来看,就是个暗喻,因为浮梁茶在唐朝是大路货,属于最普遍,同时也是等级最次的大众饮用商品,排不上名品之列,入不了品茶人士的法眼。到浮梁去买茶的商人当然是唯利是图、为钱财奔走的市侩,不会懂得怜香惜玉的。

据《元和郡县图志》（公元 813 年成书），浮梁县设置于武德五年，名新平，后废，开元四年再置，改名新昌，天宝元年改名浮梁，"每岁出茶七百万驮，税十五余万贯"。可见浮梁茶产量之大。唐代杨华的《膳夫经手录》指出，蜀茶与浮梁茶产量大，是当时通行的商品："唯蜀茶南走百越，北临五湖，皆自固其芳香，滋味不变，由此尤可重之。自谷雨已后，岁取数百万斤。散落东下，其为功德也如此。饶州浮梁，今关西、山东，间阎村落，皆吃之。累日不食犹得，不得一日无茶也。其于济人，百倍于蜀茶，然味不长于蜀茶。"反映了唐代茶叶供应情况，主要的量产商品茶是蜀茶及浮梁茶。蜀茶流布长江流域及南方，仍然滋味芳香，浮梁茶传布更广，甚至流行黄河流域，遍及整个北方。然而，说到质量与滋味，则浮梁茶不及蜀茶，算是最下等的。

在白居易心中，浮梁茶属于下品，浮梁茶商是市侩，那么，他喜欢喝什么茶呢？在《春尽日》一诗中，他写道："醉对数丛红芍药，渴尝一碗绿昌明。"原来他欣赏的是东川的昌明茶，产地是在今天的北川一带，是蜀茶中的佼佼者。白居易晚年写过一首《琴茶》："兀兀寄形群动内，陶陶任性一生间。自抛官后春多醉，不读书来老更闲。琴里知闻唯渌水，茶中故旧是蒙山。穷通行止长相伴，谁道吾今相与还。"道出退休之后闲居的乐趣,喝酒发呆,弹琴饮茶,过起无忧无虑的神仙生活,饮的则是天下第一的蒙顶茶。

我们知道,唐朝人标榜的名茶,跟我们今天崇尚的名茶是不一样的。历史变迁以及风尚转向,都会影响人们对品味的追求,甚至改变口味的爱好。唐代最著名的蒙顶茶、顾渚茶、碧涧茶,是现代人鲜为听闻的,而当今流行的龙井茶、碧螺春、大红袍、冻顶乌龙,则在唐朝尚未出现。陆羽在《茶经》中讲的茶产地,基本上都是他去过的地方,属于实地调查得来的知识,主要是南方地区,从陕南、湖北、湖南,沿着长江一直下来。他还曾长住湖州与天目山一带的苕溪,对江南的情况十分清楚。他讲到峡州的茶属于上等,其中就有今天鲜有人知的碧涧茶,而碧涧茶一直到明朝都还是非常有名的。明末笔记《金沙细唾》有一个记载,说到明末民变的时候,天下大乱,清军南侵,江南的世家受到冲击,出现奴变、仆变,就是奴仆造反的事件。许多江南大族,奴仆上百成千,这个时候开始闹翻身。有一豪族的主人家,喜欢喝碧涧茶,经常要奴仆奔波到湖北去运购过来,奴仆翻身造反了,把主人拖到街上,打翻在地,还指斥说,你一天到晚要喝碧涧茶,煮得不好还责骂我们,今天我们也让你喝喝碧涧茶!就把小便装进茶壶,灌到主人嘴里面。可以从这个资料看出,到了明朝末年,碧涧茶还是备受追捧的名茶。

　　陆羽强调茶有本色，反对在茶饮中胡乱加料。当时流行怎么喝茶呢？《茶经》记载："或用葱、姜、枣、橘皮、茱萸、薄荷之等，煮之百沸，或扬令滑，或煮去沫。斯沟渠间弃水耳，而习俗不已。"这种喝茶的方法，是过去把茶当草药煮汤的习惯，有点像今天广东人喝的凉茶。陆羽坚决反对这种喝法，斥之为阴沟里的弃水，是庸俗低下的饮茶法。这是因为他创制了茶具，制定了茶仪，发展了茶道，把喝茶提升到审美的精神领域，讲究细腻精纯的茶饮之风。陆羽茶道之建立，开始了历代讲求茶有本色、茶有真香、茶有至味的传统，成为高雅之士喝茶的主流风格。宋代蔡襄《茶录》就说："茶有真香，而入贡者微以龙脑和膏，欲助其香。建安民间试茶，皆不入香，恐夺其真。若烹点之际，又杂珍果香草，其夺异甚，正当不用。"明代顾元庆、钱椿年的《茶谱》，依然强调这个高雅传统，说："茶有真香，有佳味，有正色。烹点之际，不宜以珍果、香草杂之。夺其香者，松子、柑橙、杏仁、莲心、木香、梅花、茉莉、蔷薇、木樨之类是也。夺其味者，牛乳、番桃、荔枝、圆眼、水梨、枇杷之类是也。夺其色者，柿饼、胶枣、火桃、杨梅、橙橘之类是也。凡饮佳茶，去果方觉清绝，杂之则无辨矣。"由此亦可见，自从陆羽强调本色茶饮之后，所谓"清茶一杯"，成为喝茶的主流。然而，雅有雅的喝茶法，俗有俗的喝茶法。俗法喝茶，加香加果，在后世并未完全消失,仍然在广大群众及不同地域有其市场,可算是中国饮茶多元化的现象。

陆羽《茶经》极为讲究喝茶的程序与规矩,因此,特别提到"茶有九难":"一曰造,二曰别,三曰器,四曰火,五曰水,六曰炙,七曰末,八曰煮,九曰饮。"又仔细说明:"阴采夜焙,非造也;嚼味嗅香,非别也;膻鼎腥瓯,非器也;膏薪庖炭,非火也;飞湍壅潦,非水也;外熟内生,非炙也;碧粉缥尘,非末也;操艰搅遽,非煮也;夏兴冬废,非饮也。"我把这段说明译成白话:"阴天采摘,夜里焙制,算不上制造;仅凭口嚼舌尝与嗅气辨香,算不上鉴别;膻腻的炉鼎与腥染的瓯碗,算不上器具;油脂重的薪柴,算不上用火;激流急湍与壅塞死水,算不上择水;茶饼外熟内生,算不上炙烤;茶末碾得过细,像粉末飘尘,算不上碾末;煮茶操作生硬,搅动急促,算不上烹煮;夏天喝茶,冬天不喝,算不上饮尝。"可见陆羽非常挑剔,从茶叶采摘到择优制作,从使用茶具到用火用水,如何烤茶饼、如何碾磨茶末、如何烹煮茶汤,以及四季如何饮茶,都是学问。喝一盏好茶,在陆羽看来,需要澄心静虑,全神贯注,是非常不容易的。

陆羽设计茶席,强调简朴之道,并且还规定了人数。他说,喝茶"其碗数三。次之者,碗数五。若坐客数至五,行三碗；至七，行五碗"。也就是说，最适当的茶席，只有三个人，其次五人，而且五个人只给三碗茶。实在没办法，有七个人来了，就给五碗茶。今天你去日本，如果应邀参加茶道师的正式茶席，一定还是三个人，而且三个人只用同一个碗。可以看出，日本茶道的这个规矩，就是陆羽定下来的。道理很简单，就是陆羽说的"茶性俭，最宜精行俭德之人"。让你在参加茶席，进入茶饮天地之时，心灵平静，达到身心和谐的状态，从审美领域进入道德提升的境界。

《茶经》论及烹茶，将茶汤倾入茶碗，是这样形容的："凡酌，置诸碗，令沫饽均。沫饽，汤之华也。华之薄者曰沫，厚者曰饽。细轻者曰花，如枣花漂漂然于环池之上，又如回潭曲渚青蘋之始生，又如晴天爽朗有浮云鳞然。其沫者，若绿钱浮于水湄，又如菊英堕于鐏俎之中。饽者，以滓煮之，及沸，则重华累沫，皤皤然若积雪耳。"译成白话，就是：饮酌之时，茶汤倒进碗里，要让沫饽均匀。沫饽，就是茶汤的精华。精华薄的，称之为沫；精华厚的，称之为饽。细轻的称之为花，就像枣花漂浮在圆形的池塘上，又像曲折回环的潭水新生了青青的蘋草，又像爽朗的晴天点缀着鳞状的浮云。茶汤的沫，有如水边浮着绿色的蘋钱，又如菊花落在杯中。茶汤的饽，是以茶滓煮的，煮沸之后，累积层层白沫，白如雪。由此可以看出，唐宋时期饮茶,讲究茶汤上有沫饽,以为沫饽是茶的精华。这种概念应该来自提炼醍醐的过程,从牛奶击拂成酥油,由生酥成熟酥,再提炼熟酥的精华成为醍醐。如此,啜饮沫饽就是啜饮茶之精华,在味觉上是一种精致的享受,在精神体会上则在啜饮之中上升到审美的境界。再加上沫饽漂浮在茶汤上的视觉美感,让人联想到蓝天白云,晴空爽朗,与天地自然融为一体,通过茶饮进入了天人合一的感悟。从唐代到宋代,饮茶过程重视沫饽的风尚,更上一层楼,把拉花的技艺发展到妙理精微的境地,我在《古人饮茶要拉花》一文中已经详细讨论过,这里就不再复述了。

陆羽创制茶道,提倡茶饮的审美追求,为喝茶奠定了规矩,成为精神世界修持的法门,不但规划出中国茶饮的历史进程,也直接影响韩国与日本,之后还扩散到全世界。中国历史悠久,幅员广大,人口众多,因此,陆羽的茶道虽然在理念上提供了饮茶的审美之道,在历代具体饮茶的实践上,却并不能囊括各种各样的饮茶方式。随着时间的演变,加上地域的不同与社会群体的阶级差异,中国有多元多样的喝茶方法。宫廷有宫廷喝茶的方法,士大夫有士大夫的喝茶法,寺院有自己的清规与仪式,老百姓也有老百姓的喝茶法,而且都有其历史传承与各自的道理,并随着历史的演化而有所发展。历史的演进,总会适应"众口难调"的情况,生发各种支脉,让我们发现各地发展出来的擂茶、酥油茶、奶茶,乃至于泡沫红茶之类。回顾茶饮历史,最重要的是,喝茶的方式可以不同,但是万变不离其宗,饮茶之道是陆羽首创,而且赋予了精神境界的审美追求。

本文原载《书城》2016 年 1 月、3 月号

啜英咀华

郑培凯

何时归上滕王阁，
自看风炉自煮尝。

——杨万里

一

宋徽宗在《茶论》（今人称作《大观茶论》）的序中提及，太平盛世，喝茶也就喝得讲究，"采择之精，制作之工，品第之胜，烹点之妙，莫不咸造其极"。在这本《茶论》中，宋徽宗对产茶、采茶、制茶、碾茶的物理与各种工序都作了详细而精到的探讨。讲到饮茶的器具，点茶所需要的对象，更是分门别类，按照盏、筅、瓶、杓，一一罗列。他特别指出，只要是涉及喝茶、存茶、点茶，无论阶级贫富贵贱，都可以从中讲究精致高雅的品位，而享有闲情逸致的生活。具体说到追求精致饮茶的方式，他说："莫不碎玉锵金，啜英咀华，较箧笥之精，争鉴裁之妙。"人人都喝茶，都蓄茶，都点茶，都斗茶，就会从中体会饮茶的情趣，"可谓盛世之清尚也"。

宋徽宗形容点茶的过程，用了非常简洁明确的修辞，说是"碎玉锵金，啜英咀华"，听起来像是运用文学修辞的伎俩，以华丽的辞藻来形容宋人点茶的境界，似乎没有具体说明点茶的程序。其实，这两句话，特别是"啜英咀华"，看似文人玩弄辞藻的虚招，却言简意赅，深刻说明了宋代点茶的精髓。以下我就从这表面状似文辞虚饰的题目说起，揭示宋徽宗描绘宋人点茶深刻复杂面貌遣词用字之准确。再进一步探讨，宋人点茶的审美追求，是否强调视觉美感多于味觉与嗅觉美感，以及"宋人点茶"风尚，为什么到了元明之后就衰微了，在中国茶饮传统中成了绝响。这背后的原因当然与文化风尚的变迁有关，涉及"点茶"与"斗茶"是怎么回事，追求的风尚是什么，又为什么会出现风尚转移，最后衰颓不振。

我从15年前开始做《中国历代茶书汇编》的校注工作，把能够找得到的历代茶书版本都整理了一遍，在进行校注的过程中，体会了"古典文献学"的甘苦，真是皓首穷经，只为了在学问的米缸里剔除一粒秕糠。在整理文献的过程中,也学会了细读文本,倒是与我大学时代研习"新批评"的"close reading"训练有异曲同工之处。只有细读文本的每一个字,理解古人用字之矜慎,才能在每个字后面,了解到书写者到底是什么意图。我读宋徽宗《茶论》,就在"碎玉锵金,啜英咀华"这八个字后面,读出了宋代茶饮风尚的历史意义。

说到"啜英咀华",就会让人想到古典文学中常用的"含英咀华"一词。《礼记·乐记》里面谈到音乐美学,对音乐审美境界的追求,是"英华发外,唯乐不可以为伪"。扬雄《长杨赋》中提到:"英华沉浮,洋溢八区。普天所覆,莫不沾濡。"李善注曰:"英华,草木之美者,故以喻帝德焉。"可见"英华"的本意,是形容"草木之美",形容草木生长葳蕤,生气勃勃,是天地间自然生态的美丽展现。不论是"英华发外"还是"英华沉浮",都是引申的意思,将草木的英华转为抽象本质性的"精英"或"精华",拿来比喻音乐之美或道德之美。晋代潘岳的《司空郑袤碑》说:"凡厥缙绅之士,所以挹酌洪流,含咀英芳者,犹旱苗之仰膏雨,湛露之晞朝阳也。"(《艺文类聚》卷47)遣词用字之法,已经从明喻转为暗喻,袭取《离骚》餐饮兰芷芬芳的修辞传统,以饮食含咀花草的芳香,比喻士大夫如何孜孜吸取道德学问,内化世上的精华。因此,英华可以含咀,就成为古典文学中的惯用表达词语，经常用来形容君子品类浸润于优美传承，以提高文化修养与道德品格。

南北朝时期梁朝刘孝标《答刘之遴借类苑书》说："若夫采亹亹于绁纯，阅微言于残竹，嗢饫膏液，咀嚼英华。"（《艺文类聚》卷58）说的是读书学习，吸取古人著作中的精华，就把"咀嚼英华"一词，具体联系到欣赏与体会文学，从中感受触动心灵的审美享受。古文大家韩愈的《进学解》，是唐宋以来读书人耳熟能详的典范，其中写道："沉浸醲郁，含英咀华。作为文章，其书满家。"这也就使人一提到"含英咀华"，就想到翰墨文章的精华，是学人墨客修养涵泳的必经过程。宋代张舜民《画墁集》有一篇题怀素《归田赋》的跋，说道："中间以文章知名，含华咀英，驰骋今古者，不可胜数。""英"与"华"两个字虽然颠倒使用，但意思跟韩愈所说是一样的，都是称颂文章辞藻之美，可以驰骋百代，以臻不朽。类似的意思，在杨时《龟山集》的《曾文昭公行述》中也可以见到："自少力学，于六经百氏之书，无所不究，含英咀实，以畜其德。"朱熹的《朱子语类》也有这样的文字："含英咀实，百世其承。"

宋徽宗这位特别注重审美细节的大艺术家，在《茶论》中不用"含英咀华"一词，而用"啜英咀华"，弃"含"取"啜"，是有其深意的。从文献细读的经验中，我们可以得知，古人的聪明才智惯常显示在遣词用字之上,对每个字的选择都十分精准。不说"含英咀华",而说"啜英咀华",不只是文学修辞上的变动,随意说说喝茶要喝精华,而是回到草木英华的原意,具体明确地描绘宋人点茶的过程,在喝茶的时候,不但是饮其"英华",还有"啜"有"咀",点出品茶程序的关键。

北宋点茶,先碾茶成粉末,调制茶膏之后,徐徐注入沸水,讲究击拂茶汤,制造泛起在茶碗的沫饽。击拂的茶具,先是茶匙,到了北宋中期之后开始用茶筅。蔡襄《茶录》中,特别讲到击拂茶汤的技巧:"先注汤,调令极匀,又添注之,环回击拂。"对击拂所用的茶匙,是有特定要求的:"茶匙要重,击拂有力。黄金为上,人间以银、铁为之。竹者轻,建茶不取。"宋徽宗在《茶论》里提到:"击拂无力,茶不发立,水乳未浃,又复增汤,色泽不尽,英华沦散,茶无立作矣。"需要击拂得力,才能达到点茶的效果,才会出现美丽的乳花与光泽。否则就"英华沦散",凝聚不起乳花似的沫饽,以失败告终。宋徽宗讲得非常清楚,宋人点茶是要见到乳花的,就像现代人喝卡布奇诺咖啡要拉花一样。我曾写过一篇文章《古人饮茶要拉花》(见《书城》杂志2014 年 6 月号),解释宋人饮茶喜欢这种视觉的花样,觉得赏心悦目,跟现代人喜欢咖啡拉花的心理相同。现在冲泡咖啡用乳沫来拉花比较容易,相较起来,用茶沫来拉花要难得多。

宋朝的点茶、斗茶，虽然沿袭唐代的茶饼研末传统，喝的是末茶，但与唐代的烹茶方式不同，关键就是斗拉花。宋徽宗所讲的"碎玉锵金，啜英咀华"这八个字，非常清楚地说明了唐宋饮茶风尚的转变，从陆羽煎茶到北宋点茶，出现了击拂拉花的追求。有的人以为"碎玉锵金"一词只是修辞用语，没有特殊的含义，其实大谬不然。《大观茶论·鉴辨》讲如何辨别茶的品质好坏，说："色莹彻而不驳，质缜绎而不浮。举之凝结，碾之则铿然，可验其为精品也。"茶饼之精品，色泽莹彻，质地缜密紧凝，碾末之时有铿然之声。铿，铿锵也，指碾茶的声响。为什么会有铿锵之声？"碎玉锵金"是什么意思？徐夤《谢尚书惠蜡面茶》一诗中有句"金槽和碾沉香末，冰碗轻涵翠缕烟"，明确指出高级茶碾是金属器，最好的当然是金银器。在《大观茶论·罗碾》中，也说到"碾以银为上，熟铁次之"。由此可知，"玉"指的是玉璧形状的茶团，"金"指金属器的碾槽。宋徽宗说"碎玉锵金"，其实指的是碾茶的过程，铿锵有声。把茶饼碾成茶末之后，下一个步骤就是击拂点茶，再来就可以"啜英咀华"了。点茶出现的泡沫凝聚，宋人沿袭唐人的用词习惯，不用"拉花"一词，用的是"沫饽""英华""乳花""粟花""琼乳""雪花""白花""凝酥"等充满华丽意象的词语。十分形象地显示，击拂出来的沫饽，还要像白蜡一样(所谓"蜡面")可以凝聚,泡沫呈现固态,历久不散,才是拉花的最高境界。如此精心泡制出来的"英华",不但可以啜饮,也堪咀嚼。可见宋徽宗《茶论》说"啜英咀华",在遣词用字上,是十分精准的。

<h2 style="text-align:center">二</h2>

在宋徽宗《茶论》详论"啜英咀华"之前,北宋的文人学士如梅尧臣、欧阳修、苏东坡、黄庭坚等,已经写过很多茶诗,对点茶拉花作了相当细致精确的描述。苏东坡的弟子黄庭坚好饮茶,特别宣扬自己家乡江西修水出产的贡品双井茶,曾经写过一首《双井茶送子瞻》,赠茶给苏东坡,其中有句"我家江南摘云腴,落硙霏霏雪不如"形容双井茶可比白云,碾成茶末比雪还白。东坡和了一首《鲁直以诗馈双井茶,次其韵为谢》,说到双井茶十分名贵,不能让童仆随便烹点,需要亲身煎点,才能保证拉花出现雪乳:"磨成不敢付童仆,自看雪汤生玑珠。"两首诗中出现的"云"与"雪"的意象,都是描绘双井茶提供的白色视觉感受。点茶的"雪乳"形象,是隐喻也是明喻,因为双井茶的特色是生有白毫,磨末点茶可以凸显雪乳的效果。

对双井茶的流行,苏东坡的老师欧阳修认为是时新的风尚,写过一首诗《双井茶》,其中说道:"西江水清江石老,石上生茶如凤爪。穷腊不寒春气早，双井茅生先百草。白毛囊以红碧纱，十斤茶养一两茶。长安富贵五侯家，一啜尤须三日夸。"双井茶早春即采，茶叶覆满了白毛，用十斤茶叶才能培养出一两好茶，可见采摘制作与保存之精。他在《归田录》中说得更为清楚："自景祐(1034—1038)以后，洪州双井白芽渐盛。近岁制作尤精，囊以红纱，不过一二两。以常茶数十斤养之，用辟暑湿之气。其品远在日注上，遂为草茶第一。"双井茶能够享有盛名，固然是有其白芽精制的特性，文人墨客的揄扬与炒作也起到了重要的作用。从欧阳修、苏东坡到黄庭坚，人人力捧，赞誉双井的品级超过日注(铸)，可以媲美建溪御苑的龙团。其中最关键的炒作推手，就是为家乡特产吹捧不遗余力的黄庭坚。叶梦得《避暑录话》指出："草茶极品，唯双井、顾渚，亦不过数亩。双井在分宁县，其地即黄氏鲁直家也。元祐间(1086—1094)，鲁直力推赏于京师，族人多致之。"

东坡写的茶诗极多，经常说到雪乳，吟咏点茶出现沫饽的愉悦。著名的《汲江煎茶》是他晚年遭贬海南所写，描写夜深人静之时，亲自到江边汲水，亲手煎茶，享受茶沫翻滚的乐趣："雪乳已翻煎处脚，松风忽作泻时声。"《试院煎茶》也说自己全神贯注凝视煎茶的过程："蟹眼已过鱼眼生，飕飕欲作松风鸣。蒙茸出磨细珠落，眩转绕瓯飞雪轻。"东坡的《赠包安静先生茶二首》，其一：“皓色生瓯面，堪称雪见羞。东坡调诗腹，今夜睡应休。”是说白色的茶沫浮在茶汤的表面，比白雪还要白，让白雪都感到害羞。东坡喝了之后，只好调整肚皮作诗，这一夜是睡不着了。

苏东坡还有一阕《西江月》词写茶，有序：“送建溪、双井茶、谷帘泉与胜之。胜之，徐君猷家后房，甚慧丽。自陈叙本贵种也。”说胜之是朋友的妾室，既聪慧又美丽，而且出身高贵家庭，他就赠送给她建溪御苑的龙焙茶、江西修水的双井茶，以及据称是天下第一的康王谷水帘水。上半阕说：“龙焙今年绝品，谷帘自古珍泉。雪芽双井散神仙，苗裔来从北苑。”自夸礼品之贵重稀有，皇家御苑的龙团不用说，修水双井茶是培育出来的雪芽珍种，而谷帘泉水曾被人列为天下第一名泉，正好得配名姬。下半阕：“汤发云腴酽白琖，浮花乳轻圆，人间谁敢更争妍，斗取红窗粉面。”使用了一连串美妙的词语，形容拂击茶汤所呈现的乳花，可与红粉佳人斗艳，同是人间绝色，让人浮想联翩。苏东坡词中营造的美感，是活色生香的“从来佳茗似佳人”（语见东坡《次韵曹辅寄壑源试焙新芽》），集中在色彩绚丽，以点茶的雪白乳花媲美红粉佳人，争奇斗艳，使我们可以想象无限的视觉美感。

文人学士吟咏双井茶啜饮之美，等于大做代言广告，既赞扬了茶叶品种，也宣传了饮啜的方式，要点茶拉花，击拂出雪乳沫饽。南宋的杨万里有一首诗《以六一泉煮双井茶》："鹰爪新茶蟹眼汤，松风鸣雪兔毫霜。细参六一泉中味，故有涪翁句子香。日铸建溪当近舍，落霞秋水梦还乡。何时归上滕王阁，自看风炉自煮尝。"从中可以看到，前人饮茶的典故成了诗歌创作的灵感，前人的诗文美句可以引发想象，从烹茶的过程联想到《滕王阁序》，落霞孤鹜，秋水长天，重新组构意象，一方面继承诗文传统，另方面则延续了饮茶风尚的流传。杨万里用六一泉煮茶，首先想到欧阳修；烹煮双井茶，就想到黄庭坚；落笔写下"蟹眼""松风"，就不可避免会想到苏东坡；饮啜双井茶，想到同为上品的日铸茶与建溪龙团，还要想回自己江西老家的滕王阁。

说起茶饮审美联想，我们很自然会想到茶的色、香、味三个不同范畴的美感，但是宋人对点茶的关注，似乎太过痴迷于拉花的过程，集中在"色"的领域。假如太过于关注视觉美感，把饮茶的审美享受集中在啜饮之前的点茶拉花，如苏东坡所说"雪乳已翻煎处脚，松风忽作泻时声"，看起来赏心悦目，再加上听起来如闻乐音，绘声绘形，的确是极声色之娱，就有可能忽视了饮茶的"香"和"味"，对茶饮审美的嗅觉及味觉范畴，不太措意。世上事物多半如此，类似茶的质地与内涵，本来具备富赡的发展可能,可以开发各种认知与审美范畴,但若有一方面走向极致,其他方面往往就受到忽视,甚至逐渐丧失其内涵的可塑性。宋朝人点茶、斗茶,从北宋中期发展到宋徽宗,就有强调视觉审美的倾向,也就对茶的味觉及嗅觉审美领域,逐渐有所忽视。

三

注重茶的视觉美感,始作俑者可能要算到陆羽头上,因为他特别强调茶的沫饽是茶汤的英华。他在《茶经》的"五之煮",细述了烹煮研末之后的茶汤,盛到茶碗里产生的视觉美感:"凡酌,置诸碗,令沫饽均。沫饽,汤之华也。华之薄者曰沫,厚者曰饽。细轻者曰花,如枣花漂漂然于环池之上,又如回潭曲渚青萍之始生,又如晴天爽朗有浮云鳞然。其沫者,若绿钱浮于水湄,又如菊英堕于鐏俎之中。饽者,以滓煮之,及沸,则重华累沫,皤皤然若积雪耳,《荈赋》所谓'焕如积雪,烨若春'有之。"

五代北宋时期陶穀(903—970)《清异录》有"生成盏"一则:"馔茶而幻出物象于汤面者,茶匠通神之艺也。沙门福全生于金乡,长于茶海,能注汤幻茶,成一句诗。并点四瓯,共一绝句，泛乎汤表。小小物类，唾手办耳。檀越日造门求观汤戏，全自咏曰：'生成盏里水丹青，巧画工夫学不成。却笑当时陆鸿渐，煎茶赢得好名声。'"靠煎茶获得这么大名声，确实不容易，四个茶盏茶汤，像变魔术似的，轻轻松松就点出了这么一首诗来。五代期间是幻化沫饽为视觉艺术的滥觞期，还有各种各样的"茶百戏""漏影春"之类的花样。

陆羽强调沫饽为茶之英华，强调其中有精神境界的追求，也连带出啜饮养生的含义。沫饽的视觉联想多于味觉联想，又联系起养生益寿，与唐宋佛教流行的"醍醐"概念有关。陆羽在《茶经》里说到茶的功能："茶之为用，味至寒，为饮最宜。精行俭德之人，若热渴、凝闷、脑疼、目涩、四肢烦、百节不舒，聊四五啜，与醍醐、甘露抗衡也。""甘露"就是清晨水汽凝结而成的露水，是上天凝聚灵气，从暗夜转为白昼之际，呈现在世上的仙品。《资治通鉴》卷二十记汉武帝元鼎二年（前 115年）："起柏梁台，作承露盘，高二十丈，大七围，以铜为之，上有仙人掌，以承露，和玉屑饮之，云可以长生。"从汉代以来，宫廷就修建承露盘，以吸取天地精华的甘露。"醍醐"是动物奶乳提炼出来的精华，是与"甘露"同样带有神性的天地精华。《大般涅槃经·圣行品》中提到"譬如从牛出乳，从乳出酪，从酪出生酥，从生酥出熟酥，从熟酥出醍醐"，这里的"醍醐"就是香港人所谓的"忌廉"(cream)。欧美传统烹调美食,就经常使用醍醐(忌廉),比如蘑菇忌廉汤、松露忌廉意大利面条之类。假如我们回到唐宋用词习惯,也可以称之为蘑菇醍醐汤、松露醍醐意大利面。陆羽把茶比作甘露与醍醐,是精神飞升的联想,因为他在联想的过程中,有意无意给茶赋予了神秘的灵性,成为可以追求的精神境界,而且与延年益寿的养生观念相连起来,很容易在审美风尚之上,又加持上一道养生风尚。

我觉得世界上所有对风尚的追求和对审美追求的提升,都是对一种美好境界的向往与联想。既然茶是百草英华,点茶所营造的沫饽,就是草木英华的精华,就是在想象意识的提升中,营造了带有神性的饮啜养生品。联想的脉络是:乳奶的精华是醍醐,茶的精华就是沫饽,都是提升精神境界的载体。这也就解释了,为什么唐宋饮茶如此在意沫饽,刻意要在汤面打出泡沫,而且要追求完美,击拂出凝聚不散的雪白泡沫。这种追求不只是客观物质性的视觉美感,其中还有视觉联想带出来的精神追求与向往,从形而下发展到形而上,从饮啜品尝得延年益寿,以至于提升到神灵境界。喝茶本来是物质性的,是个形而下的东西,可是审美联想是形而上的追求,饮啜的精神追求就没有止境了。假如饮啜沫饽能够跟神圣因素联系起来,那么茶饮审美的境界就可能遨游无尽,达到审美追求的极致。这种想法是否偏执暂且不论，这种追求审美极致的方向，则是宋人点茶要求击拂乳花、沫饽，还要精益求精的潜在原因。

四

对于点茶之道的掌握，宋徽宗这个旷世大玩家，讲得很多、很复杂，但条理分明，叙述得很清楚：

> 点茶不一，而调膏继刻。以汤注之，手重筅轻，无粟文蟹眼者，谓之静面点。盖击拂无力，茶不发立，水乳未浃，又复增汤，色泽不尽，英华沦散，茶无立作矣。有随汤击拂，手筅俱重，立文泛泛，谓之一发点。盖用汤已故，指腕不圆，粥面未凝，茶力已尽，雾云虽泛，水脚易生。

他首先指出，点茶要掌握技巧。技巧不到家，就会失败，出现"静面点""一发点"的现象。"静面点"是说茶汤表面"无粟文蟹眼"，没有乳花，因为使用茶筅的时候，手劲重而茶筅击拂得轻，无法打出沫饽，达不到拉花的效果。关键在于击拂不得力,茶沫发不起来,注汤的方式不得要领,沸水与茶膏尚未恰当调和,就再度加水,以至于"英华沦散",出现不了沫饽。"一发点"指的是发沫稀薄,一发即散,也是失败的拉花表现。原因还是技术欠佳,手与茶筅都用力过重,打起来的泡沫浮泛易散,无法凝聚。虽然表面上看似云雾弥漫,好像出现了乳花,但是很快就消失殆尽。

宋徽宗指出,掌握点茶的技巧,必须依照七个步骤,按部就班,澄心静虑,一一施行。第一步至关紧要:

> 妙于此者,量茶受汤,调如融胶。环注盏畔,勿使侵茶。势不欲猛,先须搅动茶膏,渐加击拂,手轻筅重,指绕腕旋,上下透彻,如酵蘖之起面,疏星皎月,灿然而生,则茶面根本立矣。

真正的行家里手,把茶膏先调得适宜,环绕着茶盏注水,要小心翼翼,不要让注水的过程影响茶膏发立。一开始不能太猛,慢慢击拂,逐渐发力。手要轻,筅要重,手指与手腕的动作要灵活,旋转环绕,上下透彻,才能像酵母发面那样,如"疏星皎月,灿然而生",形成茶面能够持久的沫饽。接着还有六个步骤,才能达到完美的点茶拉花境界:

第二汤自茶面注之，周回一线，急注急止，茶面不动，击拂既力，色泽渐开，珠玑磊落。三汤多寡如前，击拂渐贵轻匀，周环（旋复），表里洞彻，粟文蟹眼，泛结杂起，茶之色十已得其六七。四汤尚啬，筅欲转稍宽而勿速，其真精华彩，既已焕然，轻云渐生。五汤乃可稍纵，筅欲轻盈而透达，如发立未尽，则击以作之。发立已过，则拂以敛之，结浚霭，结凝雪，茶色尽矣。六汤以观立作，乳点勃然，则以筅着居，缓绕拂动而已。七汤以分轻清重浊，相稀稠得中，可欲则止。乳雾汹涌，溢盏而起，周回凝而不动，谓之咬盏，宜均其轻清浮合者饮之。《桐君录》曰"茗有饽，饮之宜人"，虽多不为过也。

宋徽宗教人点茶，秘诀是要掌握复杂的程序，循序渐进，才能一步一步看到"色泽渐开，珠玑磊落"，然后再看到粟文蟹眼，泛结杂起，到慢慢轻云渐升，"结浚霭，结凝雪"，就像白雪一样；再来是"乳点勃然"，最后才能达到沫饽凝聚的效果："乳雾汹涌，溢盏而起，周回凝而不动，谓之咬盏，宜均其轻清浮合者饮之。"

宋徽宗是皇帝，当然享受皇家待遇，喝的茶是特供给皇帝老子的贡品,也就是建溪御苑龙焙的产品。关于北苑龙焙的记载,蔡襄《茶录》已经指出"唯北苑凤凰山连属诸焙所产者味佳"。宋子安《东溪试茶录》引述品茶大家丁谓与蔡襄的论述,综论北苑水土特别适合产茶:"先春朝隮常雨,霁则雾露昏蒸,昼午犹寒,故茶宜之。茶宜高山之阴,而喜日阳之早。自北苑凤山南,直苦竹园头东南,属张坑头,皆高远先阳处,岁发常早,芽极肥乳,非民间所比。次出壑源岭,高土沃地,茶味甲于诸焙。"他描述北苑的地理位置特殊,连属诸山出产好茶,离开这片土地就差了:"北苑西距建安之洄溪二十里而近,东至东宫百里而遥(姬名有三十六,东宫其一也)。过洄溪,踰东宫,则仅能成饼耳。独北苑连属诸山者最胜。北苑前枕溪流,北涉数里,茶皆气弇然,色浊,味尤薄恶,况其远者乎?亦犹橘过淮为枳也。"《宣和北苑贡茶录》特别标出上贡给皇帝的御茶,都是精挑细选、花样众多,却产量极少的极品,从龙凤团茶、石乳、的乳、白乳、小团、密云龙、瑞云翔龙,一直到宋徽宗喜欢的白茶,还不断翻新,层出不穷,难以胜数,如龙园胜雪、御苑玉芽、万寿龙芽、上林第一、乙夜清供、承平雅玩、龙凤英华、玉除清赏、启沃承恩,不一而足。

梅尧臣有一首茶诗,诗题很长:"李仲达寄建溪洪井茶七品,云愈少愈佳,未知尝何如耳。因条而答之。"说的是他朋友李仲达寄来建溪所产的洪井茶，共有七等品级，分量愈少的愈好，要他品尝试茶。梅尧臣品尝之后，一一条举："末品无水晕，六品无沉相。五品散云脚，四品浮粟花。三品若琼乳，二品罕所加。绝品不可议，甘香焉等差。"梅尧臣所喝的建溪茶，产自北苑一带，分为七个等级品类，品尝之后发现，四品以上才有粟花，三品则美如琼浆玉乳，二品已经好到无以复加了，绝品更是言语道断，难以形容。梅尧臣无法描摹二品与极品的茶汤品相，虚晃一招，让人觉得，只能意会不可言传，但是描述三品已经有如琼乳，说及二品与极品，当然还是赞美建溪御茶可以击拂出绚烂的乳花。他在《尝茶和公仪》一诗中，称赞北苑御茶是这么说的："都篮携具上都堂，碾破云团北焙香。汤嫩水清花不散，口甘神爽味偏长。"到了徽宗皇帝写《茶论》，教人点茶拉花七步骤，则把御茶击拂所能达到的审美极致，像他书写瘦金体与描画花鸟人物一样，刻画入微，形容得淋漓尽致，纤毫毕露，那才是言语道断，无以复加呢。

五

仔细观察《大观茶论》写的品茶过程，可以知道，宋代品茶审美程序的展现，最强调的是视觉感受。虽然宋人饮茶的方式与唐代相似，主要是制造团状茶饼，然后研末煎点，同时又沿袭了唐朝以来强调的沫饽，但是，宋代点茶把视觉审美提升到了极致，更重视的是点茶、拉花，就造成品茶审美的"色香味"三位一体，逐渐向"色"的视觉感受倾斜。

关于饮茶品味，蔡襄早在《茶录》里，就非常清楚地讲到"色、香、味"，本来应该是三者并重的，也显示宋代人饮茶继承了陆羽提出的感官审美的统一性，要求视觉、嗅觉与味觉都能得到愉悦。他论"色"："茶色贵白……既已末之，黄白者受水昏重，青白者受水鲜明，故建安人斗试，以青白胜黄白。"论"香"："茶有真香。……建安民间试茶，皆不入香，恐夺其真。"论"味"："茶味主于甘滑，唯北苑凤凰山连属诸焙所产者味佳。隔溪诸山，虽及时加意制作，色、味皆重，莫能及也。"但是在"茶盏"这一段中，蔡襄却明确点出了斗茶的关键："茶色白，宜黑盏。建安所造者绀黑，纹如兔毫，其坯微厚，熁之久热难冷，最为要用。出他处者，或薄或色紫，皆不及也。其青白盏，斗试家自不用。"你要斗茶，就要使用建窑的黑盏，其他都不够好，斗茶的行家不用。原因很简单，他要看到绀黑的茶盏衬出雪白的沫饽，要看到乳花汹涌而起，最好能够凝聚不散。说到底，要斗茶，斗的首先还是视觉审美，要看击拂拉花的本领。

宋徽宗在《大观茶录》里面，也说"色香味"，大体说的和蔡襄一致，但是论"色"的时候，就长篇大论说了一通"纯白"的重要性："点茶之色，以纯白为上真，青白为次，灰白次之，黄白又次之。天时得于上，人力尽于下，茶必纯白。"对于茶色要白，他特别关注，还专门列了"白茶"一项："白茶自为一种，与常茶不同，其条敷阐，其叶莹薄。崖林之间，偶然生出，虽非人力所可致。有者不过四五家，生者不过一二株，所造止于二三銙而已。芽英不多，尤难蒸焙。汤火一失，则已变而为常品。须制造精微，运度得宜，则表里昭澈，如玉之在璞，他无与伦也。浅焙亦有之，但品格不及。"徽宗皇帝说的白茶，跟我们今天讲的白茶不同，是当时出产在崖林之间的珍异，是天地间钟灵毓秀的英华，是专供皇室的贡品。我们要特别指出，宋徽宗虽然强调茶之"纯白"，却并非忽略"香"与"味"，因为他所饮啜的白茶，是色香味兼有的，也就是他自己说的"与常茶不同"。他在论"味"的时候，还特别说到"夫茶以味为上，甘香重滑，为味之全，唯北苑、壑源之品兼之"。问题是，这种珍异的白茶，千金难买，当天下官民一体都羡称斗茶风尚，都要使用黑釉的建窑茶碗，击拂出皎如白雪的乳花，而却得不到北苑或壑源的御茶，不能同时具备色香味的情况下，该怎么办，如何取舍呢？

写《东溪试茶录》的宋子安，时代比蔡襄稍晚，生活在宋徽宗之前，对福建御茶园及其附近茶山出产的情况，知之甚详，可能就是监管御茶并从事有关造茶工作的负责人。他在《东溪试茶录》里讲到，北苑与壑源是最重要的上等茶产地，同时还说到，茶之名类有七：白叶茶、柑叶茶、早茶、细叶茶、稽茶、晚茶、丛茶。白叶茶列为第一等："民间大重，出于近岁，园焙时有之。地不以山川远近，发不以社之先后，芽叶如纸，民间以为茶瑞，取其第一者为斗茶。而气味殊薄，非食茶之比。"其次为柑叶茶："树高丈余，径头七八寸，叶厚而圆，状类柑橘之叶。其芽发即肥乳，长二寸许，为食茶之上品。"这里透露的消息是，白叶茶晚近才出现，不出产在特定的地区，也不按照固定的时序出现，芽叶如纸，气味淡薄，是斗茶比试的上品，但是味道比不过叶芽肥厚的柑叶茶。可见宋子安已经明确作了区分，白叶茶是斗茶的上品，而柑叶茶是食茶的上品。

黄儒《品茶要录》有一节专讲斗茶：

> 茶之精绝者曰斗，曰亚斗，其次拣芽。茶芽，斗品虽最上，园户或止一株，盖天材间有特异，非能皆然也。且物之变势无穷，而人之耳目有尽，故造斗品之家，有昔优而今劣，前负而后胜者。……其造，一火曰斗，二火曰亚斗，不过十数铸而已。拣芽则不然，遍园陇中择其精英者尔。其或贪多务得，又滋色

泽,往往以白合盗叶间之。试时色虽鲜白,其味涩淡
者,间白合盗叶之病也。(一鹰爪之芽,有两小叶抱
而生者,白合也。新条叶之抱生而色白者,盗叶也。
造拣芽常剔取鹰爪,而白合不用,况盗叶乎。)

这一段话说明了白茶斗品之难得,一片茶园中或许只有
一株茶树达标,而且还可能发生难以预期的变化,过一段时间
枯萎或变质了。一株斗品茶树实在做不出多少斗茶,就有人
想出其他花样,制造山寨版的斗品,以拣芽为底,掺入白合与
盗叶来冒充。拣芽是第三等的茶芽,也就是一般说的一枪一
旗(一芽一叶),鲜嫩可口,但是色泽偏绿,达不到斗茶所需要
的乳花汹涌、凝聚不散的效果。为了达到视觉效果,就掺入欠
缺香气与味道的白合与盗叶,让斗茶的时候看起来色泽鲜白,
然而味道涩淡,只能骗骗不入流的茶客。宋徽宗是行家里手,
他在《大观茶论》里说:"凡芽如雀舌谷粒者为斗品,一枪一旗
为拣芽,一枪二旗为次之,余斯为下茶。茶始芽萌,则有白合;
既撷,则有乌蒂。白合不去,害茶味;乌蒂不去,害茶色。"显然
他不会上当受骗,当然也没人敢骗皇帝。

《东溪试茶录》指出,建溪御苑一带,出产白茶的茶园,有
如是诸家。"今出壑源之大窠者六:叶仲元、叶世万、叶世荣、

叶勇、叶世积、叶相。錾源岩下一：叶务滋；源头二：叶团、叶肱；錾源后坑一：叶久；錾源岭根三：叶公、叶品、叶居；林坑黄漈一：游容；丘坑一：游用章；毕源一：王大照（诏）；佛岭尾一：游道生；沙溪之大梨漈上一：谢汀；高石岩一：云院；大梨一：吕演；砰溪岭根一：任道者。"在北宋中晚期，因为斗茶拉花的风气盛行，白茶成了万众瞩目的精品，民间也流传"叶氏白、王氏白"的说法，而以叶氏白茶最为著名。苏轼《寄周安孺茶》诗有曰："自云叶家白，颇胜中山酿。"王家白茶在宋代亦久负盛名，刘弇《龙云集》（卷28）："其品制之殊，则有……叶家白、王家白……"

蔡襄爱茶成癖，与茶农王大诏熟识，《蔡忠惠文集·茶记》云："王家白茶，闻于天下。其人名大诏。白茶唯一株，岁可作五七饼，如五铢钱大。方其盛时，高视茶山，莫敢与之角。一饼直钱一千，非其亲故，不可得也。终为园家以计枯其株。予过建安，大诏垂涕为予言其事。今年枯蘖辄生一枝，造成一饼，小于五铢。大诏越四千里，特携以来京师见予，喜发颜面。予之好茶固深矣，而大诏不远数千里之役，其勤如此，意谓非予莫之省也。可怜哉！乙巳初月朔日书。"这里讲的一段故事，让我们看到白茶的珍贵，茶户之间因竞争而嫉恨的冲突，以及茶人之间的高山流水知音情怀。王大诏茶园里只有一株白茶，却能名闻天下。这一株茶树，每年只能生产五铢钱大小的茶饼五七枚，每枚值一千钱，实在不便宜，却不随便售卖，只留给亲朋故旧。后来这株茶树遭人设计枯死了，王大诏曾向蔡襄哭诉，显然是痛心已极。到了1065年，枯树居然发了一枝新桠，王大诏以此制作成一块小于五铢钱的茶饼，千里迢迢拿到京师来送给懂茶的蔡襄，让他感动不已。

到了宋徽宗的时候，建溪白茶还是以叶氏生产的最为著名，《大观茶论》还一一著录了品名：

> 名茶各以所产之地，如叶耕之平园台星岩，叶刚之高峰青凤髓，叶思纯之大岚，叶屿之眉山，叶五崇林之罗汉山水，叶芽、叶坚之碎石窠、石白窠（一作突窠），叶琼、叶辉之秀皮林，叶师复、师贶之虎岩，叶椿之无双岩芽，叶懋之老窠园，名擅其门，未尝混淆，不可概举。前后争鬻，互为剥窃，参错无据。曾不思茶之美恶者，在于制造之工拙而已，岂冈地之虚名所能增减哉。焙人之茶，固有前优而后劣者，昔负而今胜者，是亦园地之不常也。

这些记载让我们看到，宋人为了点茶拉花，击拂出最出色的乳花沫饽,对珍稀的白茶是如何向往与渴求,而茶农也因种植高档茶叶得以蜚声天下,连皇帝老儿都在书中记了一笔。

传为刘松年的《茗园赌市图》及赵孟頫的《斗茶图》,都画了市井斗茶的场景,似乎宋朝人上至帝王将相下到市井小民,人人都参与斗茶的风尚狂欢,都在点茶拉花的过程中,享受乳花汹涌的愉悦。问题是,升斗小民能得到击拂出色香味俱全的白茶吗?想来是不可能的。点茶讲究纯白的色效,只有正宗的白茶才能达到色香味俱全的境界。因此,一般市井小民为了斗茶的沫饽呈现蜡白的效果,使用欠缺香气与味道的山寨白茶,这也是无可奈何的替代。为了跟上风尚,点茶的色相逐渐压过了香气与味道,成了视觉艺术的偏执追求了。啜英咀华的发展,由于风尚的大众化与平民化,完全颠覆了饮茶的色香味审美的统一性,沦落为拉花技艺的表演,也就预示着宋代点茶走向衰微的必然。

茶之为饮,有其客观的物质性,能够提供色香味的实体愉悦,满足形而下的感官享受。感官愉悦的发展,提升为形而上的探索,追求嗅觉、味觉、视觉的审美统一性,在精神领域追求美感的升华,就是茶道的肇始。从唐代陆羽的煎茶到宋代文人学士与宋徽宗的点茶拉花,是在一脉相承中不断攀升审美的境界,以臻于极致。但是,当追求过程偏于一隅,为了视觉效果达到乳花凝聚的巅峰状态，就不免忽视了茶香与茶味，排除了茶饮实体愉悦的两个相关面向。在早期点茶拉花的发展过程中，问题还不严重，到了蔡襄与宋徽宗这样的饮茶大家，把高雅艺术追求的探索精神移植到点茶拉花，茶饮就逐渐脱离了物质性，带动了难以持续的点茶风尚。

范仲淹有一首著名的《和章岷从事斗茶歌》：

> 年年春自东南来，建溪先暖冰微开。
>
> 溪边奇茗冠天下，武夷仙人从古栽。
>
> 新雷昨夜发何处，家家嬉笑穿云去。
>
> 露芽错落一番荣，缀玉含珠散嘉树。
>
> 终朝采掇未盈襜，唯求精粹不敢贪。
>
> 研膏焙乳有雅制，方中圭兮圆中蟾。
>
> 北苑将期献天子，林下雄豪先斗美。
>
> 鼎磨云外首山铜，瓶携江上中泠水。
>
> 黄金碾畔绿尘飞，碧玉瓯中翠涛起。
>
> 斗茶味兮轻醍醐，斗茶香兮薄兰芷。
>
> 其间品第胡能欺，十目视而十手指。
>
> 胜若登仙不可攀，输同降将无穷耻。
>
> ……

从采茶、制茶写到斗茶,生动活泼,色香味俱全,似乎把斗茶的欢乐都写尽了。可是蔡襄觉得范仲淹写得不够好,没能掌握点茶的个中三昧,其中最大的问题是,形容茶末是"绿尘飞",而茶汤的沫饽是"翠涛起",不符合雪白色的茶末要求,更降低了沫饽色泽应该是雪白乳花的标准。明冯时可《茶录》记载了蔡襄对范仲淹的批评:"范文正公《采茶歌》'黄金碾畔绿尘飞,碧玉瓯中翠涛起',今茶极品色甚白,碧绿乃下者,谓改为'玉尘飞''素涛起'如何?"蔡襄讲究茶道,是要色香味三位一体的,但是他的批评却在客观上造成了强调视觉美感的后果。再经过宋徽宗的推波助澜,通过《大观茶论》大力宣扬,使得斗茶一味追求视觉美感,违背了这两位茶道大家的初衷。

回顾中国茶饮的历史,点茶拉花的风尚,在宋代大行其道,一直影响了日本茶道的主流发展。在中国却因为发展走了偏锋,在视觉审美上走到了极致,忽视了饮茶客观本质的香与味,以至于点茶之风走向没落。明太祖罢造龙团,进贡芽茶,一般都说是体恤民情,让茶农不至于疲于奔命,在惊蛰以前赶制特供皇室的龙凤茶团。自此以后,中国饮茶历史完全改观,开始了饮啜芽叶茶的新传统。仔细思考饮茶的历史发展就会发现,宋代点茶拉花走向极致,以乳花雪白为上的情况,需要偶生于天地间的白茶作原料,居然成为全民风尚,是个不可能持续发展的途径。中国饮茶历史转向芽叶冲泡，更深刻的原因就涉及了茶的物质本性，具备色香味的条件，是应当发展三位一体的审美追求的。因此，明代以来饮茶以芽叶冲泡为主，扬弃了盛极一时的点茶风尚，或许也是中国茶道返璞归真的历程。

本文原载《书城》2016 年 12 月号

晚明饮茶风尚

郑培凯

喝茶是清雅之事，大概是陆羽写了《茶经》之后，在士大夫精英阶层之中，逐渐发展而成的概念。先是追求纯净，再来就从形而下的茶饮纯净之中，提炼出精神境界的纯净，变成了形而上的心灵追求。中国人喝茶，从最先滚水煮茶叶，当作菜汤或药汤的饮料，用来解渴与解乏，从原本只强调物质性的功能，逐渐变身，开始进入追求非物质文化的精神境界，成为提升个人文化修养与审美情趣的道场，经历了很长的时间，而且峰回路转，其中还有许多曲折变化。

从物质形态的变化来看，最主要是中国饮茶的主流风尚，从唐宋的研末煎点，转化为明清以来的芽叶冲泡。对日本茶饮的影响，则是唐宋研末煎点法在日本得以持久承续，演化为日本茶道的抹茶法，经千利休的发扬光大，迄今仍然是日本茶饮风尚的主流。若从非物质的精神追求领域来看，无论是研末煎点，还是芽叶冲泡，抑或是日本人坚守不变的抹茶道，古代的文人雅士与当今的社会精英，则追求的目标基本不变，企图从喝茶的形而下体验，上升到精神的形而上领悟，凝神虑志，希望从饮茶过程中发现人世间的静修之道。其间或许存在茶叶形态的不同，程序与仪式的差异，但目的一致，都是追求心灵的平和与审美的享受。

陆羽《茶经》可说是开创了茶道的精神领域，从物质性的解乏解渴，上升到口感审美，并且强调饮茶的纯净性，追求简约美学，从中得到道德境界的提升。陆羽讲究茶道，指出茶有其本色，有其内在的质量，不应当加料加果。饮茶可以有各种各样的方式，制茶也有粗茶、散茶、末茶、饼茶之别，他反对的是当时流行的喝法："或用葱、姜、枣、橘皮、茱萸、薄荷之等，煮之百沸，或扬令滑，或煮去沫。斯沟渠间弃水耳，而习俗不已。"晚唐的皮日休非常喜欢喝茶，说古人喝茶的方式不敢恭维，就是把茶叶丢进锅里煮，跟喝菜汤无大分别。唐朝通俗喝茶,沿袭了"煮菜汤"的古法,还喜欢放各种佐料,把葱、姜、枣、橘皮、茱萸、薄荷等,都放到茶汤里面一起去煮。这个习惯是沿袭古人喝茶如喝菜汤的方式,什么东西都可以往茶里放。陆羽认为,这不是喝茶,是糟蹋茶,喝的是沟渠间的弃水,跟人家倒在沟里的馊水差不多。陆羽强调"茶性俭,最宜精行俭德之人",要从简约当中发现茶的灵性。

陆羽在人类饮茶历史上,最大的贡献就是写了《茶经》,明确点出饮茶有精神境界,可以从中提升心灵感悟,体验静修的审美经验。之后的茶仪与茶道演变,无论是宋代宫廷与士大夫的点茶斗茶、寺院茶仪的持修空灵、明清文人的清雅茶聚、日本茶会的和敬清寂,都因陆羽的开示而得以开创自成体系的饮茶天地。

中国历史发展到明代,在文化审美的追求上,基本沿袭宋代对精致美学的向往、对日常生活品味的讲究。宋代士大夫文人在审美的体会上,较之唐代的上层社会,或许对盛世排场及奢华的追求有所不及,但是能够沉潜于细节,精益求精,在纯净简朴之中,体悟光风霁月的审美境界。宋人讲究的"清风明月""鸢飞鱼跃",是一种追求自然境界的精神领悟,融合了儒家的宽博、道家的逍遥、佛家的禅悟,通过具体的人间事物,达到圆融的审美境界,体会天人合一的神韵。宋人饮茶发展出点茶拉花,虽然有耽于卖弄技巧、过度偏重技艺之嫌,但是,大多数文人雅士在茶饮审美的追求上,还是注重心灵提升的体会的。如苏东坡的《汲江煎茶》诗,写在他遭贬海南的时期,就显示了这种审美超越的精神境界:

> 活水还须活火烹,自临钓石取深清。大瓢贮月归春瓮,小杓分江入夜瓶。茶雨已翻煎处脚,松风忽作泻时声。枯肠未易禁三碗,坐听荒城长短更。

汲水煎茶的过程,是一种心灵净化的过程,在人生境遇遭到困蹇之际,安安静静地喝一碗茶,自己取水,自己烹茶,静听水声翻腾,默看茶沫浮泛,夜深人静,正是安顿自己心境,"万物静观皆自得"的时候。

历史经过蒙古入侵,天下大乱,再经历改朝换代的天翻地覆变化之后,到了明代中叶之后,经济与社会形态渐趋稳定,江南的商品化经济开始起飞,物产丰富,社会繁华,士大夫阶级的日常生活重新讲求精致与奢华,品味也开始重新追求高雅。明朝的文人雅士心目中高风亮节与风雅洒脱的表率,就是苏东坡,不但景仰他的为人处世,欣赏他的诗词歌赋,也向往他的生活品位态度。在饮茶方面,虽然明代的饮茶风尚在物质性的制作与烹调方法上已经改变,不同于宋人的研末点茶,而开始推崇炒青的芽茶,特别讲究清明到谷雨间的新茶嫩芽,但是在追求茶饮的高雅审美境界,冀望精神提升方面,却仍然一脉相承,继承了陆羽、苏东坡的审美向往。

我们只要看看明代文人雅士的著作,说到饮茶的场合,除了要喝好茶,满足口舌的物质性品味之外,说的都是如何可以达到清雅之境,让心灵得到无限欢愉。徐渭《煎茶七类》首先就说"人品",也就是坐在同一茶席中喝茶的朋辈:"煎茶虽凝清小雅,然要须其人与茶品相得。故其法每传于高流大隐、云霞泉石之辈,鱼虾麋鹿之俦。"喝茶要清雅,首先人品要雅,物以类聚,人以群分,要跟高雅之士在一起,才能登临清雅之境。徐渭还说到适合喝茶的环境,有以下几类:"凉台静室、明窗曲几、僧寮道院、松风竹月、宴坐行吟、清谭把卷。"而可以一起饮茶,一同体会茶饮审美境界的茶侣,则是:"翰卿墨客、缁流羽士、逸老散人,或轩冕之徒、超然世味者。"换句话说,孜孜营役于官场或商场,脑满肠肥,而无隐逸超越心境的人,是不配与他同席饮茶的。

明万历年间的茶人,最为当时称颂的,是浙江钱塘(今杭州)人许次纾(字然明,约 1549—1604)。他写了一本《茶疏》(1597 年成书),不但对茶的历史文献了若指掌,还反映了作者访茶、品茶的实践经验,吸收了当时江浙一带精于茶事者的宝贵经验,可说是杭州地区最懂得品茗之人。他列举古今名茶的兴废,说到明代中叶以后的风尚趋向江南的春茶,最有名的有长兴之罗岕,他怀疑就是唐朝人崇尚的顾渚紫笋,但又有不同。此外,"若歙之松萝、吴之虎丘、钱塘之龙井,香气浓郁,并可雁行,与岕颉颃"。福建的茶,宋元之后开始衰落,到了晚明,只有武夷的雨前最好。浙江其他地区也有些好茶,如"天台之雁宕、括苍之大盘、东阳之金华、绍兴之日铸,皆与武夷相为伯仲"。可惜的是"制造不精,收藏无法,一行出山,香味色俱减"。

许次纾非常讲究烹茶的方法,要从清洁的茶具开始,按部就班,一一合乎洁燥的程序,否则会破坏茶的原味:"未曾汲水,先备茶具。必洁必燥,开口以待。盖或仰放,或置瓷盂,勿竟覆之案上,漆气食气,皆能败茶。先握茶手中,俟汤既入壶,随手投茶汤,以盖覆定。三呼吸时,次满倾盂内。重投壶内,用以动荡,香韵兼色不沉滞。更三呼吸顷,以定其浮薄,然后泻以供客。则乳嫩清滑,馥郁鼻端。病可令起,疲可令爽。吟坛发其逸思,谈席涤其玄衿。"

泡茶要有技巧,而使用技巧的目的,是要达到一种审美的感受,从中体会高雅的境界,不只是满足口腹之欲,为喝茶而喝茶。他认为嫩绿的新茶最有趣,不但有新鲜感,而且充满了诗意,有余不尽,留下无穷的美好想象:

一壶之茶,只堪再巡。初巡鲜美,再则甘醇,三巡意欲尽矣。余尝与冯开之(冯梦祯)戏论茶候,以初巡为"婷婷袅袅十三余",再巡为"碧玉破瓜年",三巡以来绿叶成阴矣。开之大以为然。所以茶注欲小,小则再巡已终。宁使余芬剩馥尚留叶中,犹堪饭后供啜嗽之用,未遂弃之可也。若巨器屡巡,满中泻饮,待停少温,或求浓苦,何异农匠作劳,但需涓滴,何论品赏,何知风味乎。

许次纾还讲到茶寮的安排与布置:

小斋之外,别置茶寮。高燥明爽,勿令闭塞。壁边列置两炉,炉以小雪洞覆之,只开一面,用省灰尘腾散。寮前置一几,以顿茶注、茶盂,为临时供具,别置一几,以顿他器。傍列一架,巾悬之,见用之时,即置房中。斟酌之后，旋加以盖，毋受尘污，使损水力。炭宜远置，勿令近炉，尤宜多办宿干易炽。炉少去壁，灰宜频扫。

他对于茶室环境的讲究，强调明亮清爽，而且明确地说："煎茶烧香，总是清事，不妨躬自执劳。"许次纾中意的茶寮，在半个世纪以后文震亨的《长物志》中，是这么形容的："构一斗室，相伴山斋，内设茶具。教一童专主茶役，以供长日清谈，寒宵兀坐。幽人首务，不可少废者。"

至于饮茶的场合，许次纾更是着意罗列，可从中见到晚明雅士的茶饮情趣：

心手闲适。披咏疲倦。意绪棼乱。听歌拍曲。歌罢曲终。杜门避事。鼓琴看画。夜深共语。明窗净几。洞房阿阁。宾主款狎。佳客小姬。访友初归。风日晴和。轻阴微雨。小桥画舫。茂林修竹。课花责鸟。荷亭避暑。小院焚香。酒阑人散。儿辈斋馆。清幽寺观。名泉怪石。

说来说去，都是清雅的场所与情景，就像平日在自家园林中优哉游哉的生活,高兴了出去游山玩水,到清幽的寺观中与出家人谈玄说禅,像明代画卷中想象的隐逸风神。许次纾还说到不适当的场合:"作字。观剧。发书柬。大雨雪。长筵大席。翻阅卷帙。人事忙迫。及与上宜饮时相反事。"更指出不宜茶饮场合的人与物事:"恶水。敝器。铜匙。铜铫。木桶。柴薪。麸炭。粗童。恶婢。不洁巾帨。各色果实香药。"不宜靠近的地方、人与物:"阴室。厨房。市喧。小儿啼。野性人。童奴相哄。酷热斋舍。"

与许次纾同时代的罗廪,周游各地,潜心调查种茶、制茶技艺之后,回乡居山十年,亲自实践,加以验证,总结经验,写成《茶解》一书,主要探讨茶叶生产和烹饮技艺,是明清时期最为"论审而确"之茶书。他指出:"茶须色、香、味三美俱备。色以白为上,青绿次之,黄为下。香如兰为上,如蚕豆花次之。味以甘为上,苦涩斯下矣。"为了表现他品评茶饮的知识来自亲身考察,见识与本领不下于许次纾,他特别在品水的体会上,点出许次纾没有发现杭州的甘露泉水:

武林(杭州)南高峰下,有三泉。虎跑居最,甘露亚之,真珠不失下劣,亦龙井之匹耳。许然明(许次纾),武林人,品水不言甘露何耶? 甘露寺在虎跑左,泉居寺殿角，山径甚僻，游人罕至。岂然明未经其地乎？

关于适合饮茶，而能跻升体会清雅的场合，罗廪是这么说的："山堂夜坐，手烹香茗，至水火相战，俨听松涛，倾泻入瓯，云光缥缈，一段幽趣，故难与俗人言。"这样的幽趣的确"难与俗人言"，却是苏东坡《汲江煎茶》所展示的诗境。

关于品茶需好水，是陆羽一直强调的基本原则。罗廪则引用苏东坡《仇池笔记》的记录，说：

> 瀹茗必用山泉，次梅水。梅雨如膏，万物赖以滋长，其味独甘。《仇池笔记》云：时雨甘滑，泼茶煮药，美而有益。梅后便劣。至雷雨最毒，令人霍乱，秋雨冬雨，俱能损人。雪水尤不宜，令肌肉销铄。

这一段话提到，品茶最好是用山泉，即是陆羽的真传不二之法，其次是"梅水"。梅水是什么呢？就是江南梅雨季节的雨水，也就是苏东坡说的"美而有益"的甘滑的时雨。这样的"时雨"，并不只是诗情画意的联想，让人想起陶渊明说的"霭霭停云，蒙蒙时雨"。古代的天宇不像现代这般污染，没有钢铁厂或化工厂制造的毒雾，没有汽车排出的废气，没有笼罩在空中死活不肯消散的雾霾。梅雨季节的蒙蒙时雨，是洁净甘美的天水，是泡茶的好水。后人把"梅水"误会成梅花瓣上的露水，以讹传讹，还自以为高雅，未免抛弃了形而下的物质本性，数典忘祖，混淆视听了。

《红楼梦》第四十一回，贾母带着众人到妙玉的栊翠庵品茶。曹雪芹特别描写妙玉的品位高雅清纯，有这么一段叙述，显示她的茶饮境界高出宝玉与黛玉：宝玉吃了好茶，觉得轻淳无比，赏赞不绝。

> 黛玉因问："这也是旧年的雨水？"妙玉冷笑道："你这么个人，竟是大俗人，连水也尝不出来。这是五年前我在玄墓蟠香寺住着，收的梅花上的雪，共得了那一鬼脸青的花瓮一瓮，总舍不得吃，埋在地下，今年夏天才开了。我只吃过一回，这是第二回了。你怎么尝不出来？隔年蠲的雨水那有这样轻浮，如何吃得。"

妙玉所说的玄墓，是在苏州的西边靠太湖一带，现在称作光福的地区，以种植梅花著名，有"香雪海"之称。她收集了梅花上的雪水，藏了五年，再来泡茶，是否适合发挥春茶的清扬香气,是颇有可议,也令人怀疑的。曹雪芹是知道晚明茶饮风尚的,因为晚明遗风到了乾隆时期才逐渐颓丧,何况"上有天堂,下有苏杭",江南的清雅并不会全然消逝。或许从这段描述,我们也可以看到曹雪芹生花妙笔的狡狯之处,让我们看到妙玉的故作玄虚,把以讹传讹的"梅水",变成了可遇不可求的茶饮甘露,只有通过有洁癖的妙玉,才能体会品茶的最高审美境界?

本文原载《书城》2016 年 8 月号

华佗无奈小虫何

戴燕

如果医生而有士人的情结，病人却是专制的君主，那么谁又会变成谁的命运的最终主宰呢？

一

1958年，毛泽东发表了两首七律诗《送瘟神》，"华佗无奈小虫何"是其中的一句，这一句讲的是当年流行血吸虫病的厉害，似乎起华佗于地下，也对它无奈。我从小念这些诗，每到这一句就会卡壳，因为华佗是家喻户晓的神医，神医怎么还能有治不了的病？后来，我还知道称华佗为神医、为我们传统医学的老祖宗，已经有起码一千多年的历史，神医的光环加在他头上，并不始于今日。我这里举一个例子，是在唐代学医的人必须要读的《经方小品》中，有这么一段说明传统医学起源的话："神农使于草石，黄帝施于针灸，扁鹊彻见脏腑，华佗刳割肠胃，所为各异，而治病则同。"这里面，神农、黄帝都是古史传说中的人物。扁鹊起初是传说中轩辕时代的良医，不过，司马迁《史记》写到过一个名叫秦越人的春秋时代医生，行医时也会用"扁鹊"这个名字，大概是要借力于扁鹊的神性吧。在山东曲阜收藏的东汉画像砖上，也还可以看到一个扁鹊施针图，那上面的扁鹊就是人首鸟身、半神半人的模样。这样算下来，只有华佗，是见诸史籍的实实在在的一个人。

华佗是东汉时代的人，最早把他的事迹记录下来的，有人说是与他弟子相熟的一个人，这人写过一篇《华佗别传》，这篇别传，迄今仍有一部分保留在《三国志》的裴松之注以及《后汉书》李贤等人的注里。而在相隔了半个多世纪以后，陈寿（233—297）撰写《三国志》，把他正式地写进《魏书》的《方技传》里，于是，便有了现存第一篇完整的华佗传记。在《魏书·方技传》中，陈寿一共写有五个人的传，一个是华佗，另外四个人分别是知声乐的杜夔、懂相术的朱建平、会占梦的周宣和善卜筮的管辂。这五位，按照现代的学科划分，勉勉强强可归入科技类，陈寿说他们都掌握有"玄妙之殊巧，非常之绝技"。比陈寿更早的一位史学家班固在他的《汉书·艺文志》里,解释"方技"为"生生之具",即与人的生命相关。由此也可知,把华佗当医学家、科学家,不光是现代人,也是他同时代人的看法。

华佗,一名旉(fū),字元化。祖籍沛国谯县(今安徽亳州),与曹操同乡,游学、行医的范围,则在离家乡不远的徐州(今山东南部、江苏北部)。他年轻的时候,对自己的医术就颇自负,因此,拒绝过沛相陈珪的举孝廉,也拒绝过太尉黄琬的招辟,一心一意只靠自己的医术吃饭。这些经历,在陈寿的《华佗传》里都写得清清楚楚。

《华佗传》还写到华佗"兼通数经",这个"经",当然指的是儒家经典。但问题也就来了。我的问题是,读完整个传记,就是不见一个字提到华佗的医术所从来。要说是因为像《三国志》这样以政治史为中心的史书,从来就没有交代一个医生的专业知识和技能之来源的惯例,好像也不是。在司马迁的《史记·扁鹊仓公列传》里,就既写有长桑君传禁方给扁鹊,也写有仓公随阳庆学医学了三年,而在《华佗传》本身,也写有华佗的两名弟子吴普、樊阿如何如何"从佗学",由此可见,并不是陈寿有意要略过师承关系一节。那么,华佗的老师是谁呢?这位神医又何以能够凭空出世?在稍后的医学史谱系中,倒是有华佗继承扁鹊(秦越人)的说法,比如唐代的王勃为

《黄帝八十一难经》作序，就提到该经是由岐伯传黄帝，黄帝传伊尹，而后到秦越人，再"历九师以授华佗"的。在这个系谱里面，华佗是扁鹊的几百年后的隔代传人，但这还是没能解决他的直接导师是谁的问题。陈寿在这个问题上的语焉不详，留下疑点，给人以无限遐想的空间。

助成后人无限遐想的，还有陈寿写到只要让病人喝下麻沸散，华佗便能够实施手术的情节，这一情节，让熟悉现代外科手术规程的人尤其有匪夷所思之感。因此，在1917年出版的《外科医镜》这部书里，有一篇谌耀斋写的序，序里面就谈到华佗的医术可能"得自西方"。他有什么依据呢？依据是，华佗生活在汉献帝时代，碰巧的是，欧洲的解剖学鼻祖、希腊人加林（Galen，又译作盖伦）就在汉献帝三年去世，而加林到世界上最早的解剖学馆即埃及的亚历山大去学习解剖，还是在汉献帝之前的顺帝时期。换句话说，在华佗行医的年代，加林已从亚历山大学到了解剖术，这是千真万确的事实。所以，尽管没有确切资料说明华佗做手术的本领是从哪儿学到的，但加林和华佗曾经处于同一时空，这一点，不能理解为简单的巧合，华佗"若非西学灌输，焉能具此绝技"？1930年，陈寅恪发表《三国志曹冲华佗传与佛教故事》的论文，在这篇论文里，他又补充说：陈寿写华佗为曹操所杀，这一结局，应该是取材于

"医暴君病,几为所杀,赖佛成神,仅而得免"的印度故事。到了 1935 年,夏以煌再发表一篇《华佗医术传自外国考》,进一步确认华佗的医术是自西而来,经过了从埃及到印度、从印度到中国、再到华佗之手的路线。他说,华佗的"佗"可写为佛陀的"陀","旉"与佛陀的"佛"谐声,华佗的两个弟子吴普和樊阿,名字又与释迦牟尼的两个徒弟普贤菩萨和阿难菩萨谐声,而华佗编创的五禽戏来自达摩的少林拳术,华佗使用的麻沸散也就是印度大麻,所有这一切,点点滴滴,都表示"华佗医术之受印度人熏陶",并非不可能的事情。

需要说明的是,持有华佗医术是从西方传来的观点的人,他们的出发点,大多是不赞成把传统的中国医学看成"国粹",因此谈到这位传统医学的老祖宗,他们更乐于把他塑造成完全不排斥西方医学的开通、开明的形象。若从纯粹的学术立场去看,他们的说法,仍然存在着很大的漏洞,想象大于事实,所以今天讲医学史的人,基本上都不接受这一论点。台湾有一位年轻的医学史研究者李建民就针对陈寅恪提出不同意见,说:第一,曹操本嗜杀之人;第二,在敦煌的唐写本《搜神记》里,写有黄帝时代"善好良医,能廻丧车,起死人"的俞附的故事,俞附之后有扁鹊,扁鹊之后,便是"汉末,开肠腜,洗五藏,劈脑出虫,乃为魏武帝所杀"的华佗,这说明俞附已能断肠破腹，而华佗的医术当然源于华夏，根本没必要去"比附印度神医故事"。

二

司马迁说扁鹊吃了长桑君给他的神药，便有穿墙视人的神功，能看到人五脏的症结，可是华佗好像不曾得到神人的指点，他又怎么能证明自己医术超群？陈寿在《华佗传》里，因此一开头就交代了两点：第一，是华佗自己的身体非常健康，"时人以为年且百岁，而貌有壮容"。范晔根据陈寿的《华佗传》，后来在《后汉书》里也写有一篇《华佗传》，在这里还特别加上一句："时人以为仙。"长寿而不留岁月的痕迹，貌如神仙，显然是为医的一块"硬招牌"；第二，是华佗给人治病，能"汤药攻其内，针灸攻其外"，功夫全面，手法利索，也有效果。

本草和针灸是传统医学的两块基石，按照陈寿的描述，华佗都占全了。陈寿讲华佗用药很灵，配方有准头，病人服他的汤剂，往往药到病除。这一条，从他的弟子吴普著有《本草》一书，也可以想象得到。陈寿说华佗的针灸技术也很好，穴位拿捏得一丝不差，取穴少，不留针，灸不过七八壮（一灼为一壮），针不过一二处。他还形容华佗扎针前都会与病人作沟通："当引某许,若至,语人。"写得相当传神。据说这是有益于行气的一种方法,到今天都还在用。华佗的时代,针灸已十分流行,我们在河北满城的汉墓里,可以看到西汉时的金银针,我们还可以看到四川绵阳出土的汉代针灸木人。当陈寿撰写《三国志》的时代,中国也确实有了第一部专门讲针灸的书,就是皇甫谧的《针灸甲乙经》,这书还一直传到朝鲜、日本。在后世所传有关针灸的书里,又有一些是托名华佗的,如《华佗观形察色并三部脉经》《华佗枕中刺灸经》等。

假如碰上针药所不能及的"结积在内"的病,需要动刀子"刳割",陈寿说,华佗便会让病人"饮其麻沸散,须臾,便如醉死,无所知,因破取。病若在肠中,便断肠湔洗,缝腹膏摩,四五日差,不痛"。陈寿写这一段,步骤清楚,如在目前,然而就像前面已经讲到的,它恰恰引起了很多人的质疑。因为按照现代人的经验,做一个较大型的外科手术,首先不可缺少的就是麻药,而华佗制作的麻沸散,它的成分是什么,并不清楚。后人因此而有种种猜测,有说是押不芦草,有说是曼陀罗或通仙散,清人所编《华佗神医秘传》还说是羊踯躅、茉莉花根、当归、菖蒲的合成,现在人也有推测为乌头、附子、椒之类,众说纷纭,却终难认定。范晔的《华佗传》又提到麻沸散要"以酒服",那么到底是酒使人麻痹无知觉而发生止痛的作用,还是麻沸散本身有麻醉的功效，也不明不白。另外，术后的缝合也是一大问题，华佗用的是什么材料？是桑皮细线，拿热的鸡血涂在上面吗？还有术后消毒，"膏摩"的膏指什么？是不是虎骨膏？仔细一追究，在这些大关节上，还都有难解之谜。

一般人都知道华佗曾为关公刮骨疗毒，这是《三国演义》里讲的故事，这一故事在《三国志·关羽传》里，原来写的是："羽尝为流矢所中，贯其左臂，后创虽愈，每至阴雨，骨常疼痛，医曰：'矢镞有毒，毒入于骨，当破臂作创，刮骨去毒，然后此患乃除耳。'羽便伸臂令医劈之。时羽适请诸将饮食相对，臂血流离，盈于盘器，而羽割炙引酒，言笑自若。"事情发生在建安二十四年，此时距离华佗之死已有十多年，为关公刮骨的医生，自然不可能是华佗，最多是华佗的弟子。又有人说华佗为司马师做过眼睛手术，这也是传说，从《晋书·景帝纪》"初，帝目有瘤疾，使医割之"的记载而来，加进了很多想象，因为司马师出生时，华佗实际上已不在世，因此它也同样是不可靠的。

除了外科手术这一条，现代人有所质疑，在有关华佗高超医术的记录和传闻中，其他的都如陈寿所写，的确令人赞佩。所以说神医的名望，在陈寿看来，并非神授，而是靠着华佗自身的健康，靠他所掌握的本草、针灸、手术这一整套诊疗手段及其疗效，是在这两方面的基础上建立起来的。

三

陈寿讲华佗的医术高明，并不停留在泛泛而论或者是抽象概括上，最重要的是他记录有很多医案，这些医案，在《华佗传》里面占据了绝大部分的篇幅，那里面一一记载着华佗接待过的病人，他们的姓名、职业、病因、病性、诊断、治疗和愈后等，就像司马迁在《史记·扁鹊仓公列传》里曾经写下好多扁鹊、仓公的医案一样。

看陈寿写下的这些医案，不得不说华佗是一位全科医生，内外妇儿、方剂诊疗、针灸手术，面面俱到，无所不包。为了叙述的方便，我把这些医案作了初步的整理，简单归纳为：

产科二例：

一例是，甘陵相夫人怀孕到六个月，忽然肚疼，华佗为她把脉，发现胎死腹中。他说根据胎儿在腹中的位置，还可以知道是男是女，男左女右。有人摸到"在左"。夫人吃药打胎，生下死婴，果然是男。

一例是，李将军的妻子病重，经华佗诊断，原来是胎死腹中。李将军不信，说妻子难产不假，可孩子已经生下来了。华佗告诉他：夫人怀的是双胞胎，大儿出生时，夫人大出血，大家忙着救人，没注意到还有小儿没出来，不曾助产，致使胎死腹中。华佗给开了药、扎了针，夫人便产下一个死男婴，手足完备。

儿科一例：

陈叔山有一个两岁的小儿生病，每次痢疾都会哭闹，人也瘦弱不堪。去问华佗，华佗说：母亲怀他时，他靠着母亲体内的阳气长大，母亲哺乳时，他又受了母亲的寒气，所以老是不好。华佗给开了治痢疾的女菀丸，十天后便治好了小孩的病。

内外科，分两类：

第一类是经诊断而判定死期的，共六例：

一例是，县吏尹世患病，说是四肢乏力，口干，小便不畅，怕听到人的声音。华佗叫他回家吃热食，出汗呢，表示没事，不出汗，三天后会死。县吏照办而不出汗，华佗说：这说明你脏气已绝，将要涕泣而死。果如其言。

一例是，严昕与一众人来看华佗，华佗问严昕哪里不舒服，严昕自己还没感觉。华佗就警告他：你脸上挂着急病的相，千万不要多饮酒。这群人返回途中，严昕突然头晕目眩跌下车来，结果车刚到家，人就死了。

一例是，督邮顿子献大病初愈，请华佗把脉，华佗嘱咐他：体虚不堪多劳，行房事必死，死而吐舌数寸。督邮的妻子赶了一百多里地来探望，晚上两人忍不住在一起，这位丈夫便在三天后发了病。

一例是，军吏梅平生病回家，路上遇见华佗，华佗对他说：你要是早遇到我就好了，现在你的病已无法医治，不如速速归家，还来得及与亲人见面，离死期只有五天。结果被华佗言中。

一例是，华佗去为督邮徐毅看病，徐毅说：昨天让医曹吏扎针，扎完后便咳个不停，人疲倦不堪，却睡不着。华佗告诉他：是扎错了穴位，恐怕你会一天比一天饭量减少，五天后就是死期。结果也应验了。

一例是，有一士大夫身体不佳，经华佗诊断，已是病重，需要剖腹，可是华佗又认为他的寿命大概只有十年，十年内病不至于死，所以不如忍一忍，等待自然死亡，也好免受一刀。但这士大夫不愿忍耐，硬还是让华佗为他做了手术。病是暂时治好了，不过十年后，仍是一死。

第二类是，经过诊断、治疗而最终痊愈的，共四例：

一例是，府吏儿(倪)寻、李延住在一起，得同样的病，都是头痛发热的伤寒，一样难受，华佗却说儿寻需要通导，李延需要发汗，因为一个"内实"，一个"外实"，所以治疗方案不同。两人拿了不同的药回去，第二天便都痊愈。

一例是，华佗在路上看见一个人咽喉堵塞，咽不下东西，就叫他到路边卖面食的店家，去买三升醋泡蒜苜喝下去，这人喝完后，吐出一条蛇形的寄生虫（蛔虫），拿着去找华佗。华佗的小儿子看见他挂在车旁的东西，认得是父亲的病人。病人跟随着到了华佗的家，一看，墙上所挂同样的小蛇，已有十来条。

一例是，彭城夫人夜间在厕所被一种叫蚕的毒蝎子蜇了手，痛得大呼小叫。华佗让她把手浸泡在温热的汤药里，到天亮就好了。

一例是，广陵太守陈登脸红胸闷，吃不下饭，华佗给他把脉，发现他生鲜食物吃得太多，寄生虫在体内引起腑脏溃疡，于是便给他开了两升药，让喝下去，结果吐出三升多寄生虫，还有好多鱼脍，病也因此好了。但是华佗又预言，三年后此病还将发作。果不其然，陈登再发病时，正好华佗不在，就死了。

精神科一例：

有一个郡守病了，华佗认为只要把他激怒，使他大发雷霆，病自然会好，便收了钱而不加治疗，还留下一封骂人的信，不辞而别。郡守气急败坏，派人去追杀华佗，郡守的儿子当然了解内情，按下不让去追，郡守暴怒之下，吐黑血数升，病也痊愈。

以上十四个医案，从最后的结果看，其中内外科六例是属于无法治愈，而另外的内外科四例、精神科一例、妇产儿科三例，属于治疗而有成效，不过广陵太守陈登最终还是死亡，因此经华佗诊治的病人，他们的生死之比，是七比七，刚好一半对一半。

除了这十四个医案，陈寿还写到华佗的另外两个病人，一个是曹操，一个是军吏李成。曹操与华佗之间的恩怨是非，留待后文再讲，反正是华佗没能根治曹操的病。李成的咳嗽病，本来也没什么，华佗让他服药、休息，预计一年恢复，到十八年后再发病，再服药，也能无大碍。谁知李成遵医嘱，顺顺当当过了五六年，把药也都借给了别人，然而十八年后旧病复发时，华佗已不在世，他也就无药可医而死。

加上这两例，陈寿记录的医案便有十六例，其中经华佗治疗而痊愈的，实际是七例，但让华佗束手无策或无法根治的，却有九例。这么简简单单地一统计，就知道即便是在陈寿的叙述当中，华佗的治愈率，也只是勉勉强强达五成。

那么，这样的医疗记录说明了什么？说明华佗的医术不精，果然像毛泽东的七律诗所写"华佗无奈小虫何"？可是看陈寿的讲述，似乎又没有这层意思。这件事，我自己琢磨了很久，得出的结论是，在看待医生的权威性上面，古人的态度也许和我们有所不同。

医生在古代，曾经与巫有密切的关系。《论语·子路》篇引孔子的话说："南人有言曰'人而无恒，不可以作巫医'。"这里就是巫、医不分的。巫主要是算卦、祝祷，也替人看病，同医没有那么大的分别，反过来，医身上兼有巫的特质，也就不奇怪了。商代甲骨文里有现存最早的医案，其中一个写着："戊贞。王占曰：兹鬼魅。五旬又一日庚申丧命。乙巳卜，贞斤其有疾，惟丙不庚。二旬又七日庚申丧命。"据说这份卜辞的大意是：商王在斤病魔缠身的戊时，为他占卜，得到预言说51天后丧命。乙巳时再卜，说即使丙日不死，也逃不过庚日，果然到了27天后的庚申日，斤就死了。这一段占卜的文字，已经反映出早期的医案最关心的就是对于病人死期的推算，而不是施救的措施。

再来看《左传》的记载。这部春秋时代的史书，写到过公元前六百年两位秦国著名的医生缓与和。缓被邀去给周成公看病，实际头一天晚上，成公已梦到自己的病在肓之上、膏之下，也就是心脏和膈中间的位置，第二天，他听了缓的诊断，说病确是在膏肓之间，并且"攻之不可，达之不及，药不至焉"，灸、针、药都用不上，已经不治，便赞叹缓是位好医生。和去给晋侯看病，指出晋侯"近女室，疾如蛊"，病得也没办法治了，他也被晋侯称赞为好医生。《左传》写缓、和两位医生，都只是看到病人的症状和病因，认为没办法治疗，就被授予"良医"的称号，表现出在古人或者说是在左丘明这样的史家心中，所谓

"良医",指的就是能够给出正确诊断的医生。

因此,司马迁在《史记》里写道:当扁鹊(秦越人)为赵简子和虢太子准确诊断后,"天下尽以扁鹊为能生死人",也就是有救命的大本事,不料扁鹊却回答:不是我能够起死回生,是他们本来有生命力,我不过使这生命力得到恢复而已。司马迁还写道:仓公(淳于意)也曾表示,自己是在跟着阳庆读了一些医方后,才掌握了"诊病决死生"的本领。汉文帝有一次问他:"诊病决死生,能全无失乎?"他回答说:我是先切脉,再决定如何治疗的,要知道"败逆者不可治,其顺者乃治之",倘若不了解病人的死生大限在哪儿,当然免不了经常失手。

诊病决死生,这就是司马迁以及他所代表的那个时代的古人对于医生的权威性的定义吧。好的医生,能够看到生死门限,并在这一基础上提供预防及救助的办法,让人安然尽享自己生命的饱满和力量,这大概也就是陈寿的意见,是他对神医华佗的一个评价。

四

华佗的有名,要说起来,与曹操是他的病人不无关系。

曹操患有头风病,发起病来,心乱目眩,便要华佗来给他扎针。所谓"头风病"，有人认为就是今天说的习惯性头痛，也有人认为是高血压，总之是个慢性病，需要长期的治疗和护理。曹操的遗令中也都有与此相关的安排："吾有头病，自先着帻，吾死之后，持大服如存时，勿遗。"意思是当他死后下葬，要先给他在脑袋上捂个头巾。因为是顽疾，华佗便被召来做了御医。

曹操看重华佗，是由于他自己也懂一点医药和养生，知道华佗的分量。根据李建民的分析，曹操曾说："吾夜半觉小不佳，至明日饮粥汗出，服当归汤。"就是他为了治疗自己的头痛失眠而服用当归，因为当时人都觉得当归有止痛的作用，今天我们还知道它可以防治动脉硬化与中风。曹操还有一篇《内诫令》，说："孤有逆气病，常储水卧头。以铜器盛，臭恶。"把头埋进水里，也是他对付头痛的一个办法。曹操又编有一部《魏武四时食制》，大概讲的是如何食疗。据说曹操也问过皇甫隆："闻卿年出百岁，而体力不衰，耳目聪明，颜色和悦，此盛事也。所服食施行导引，可得闻乎？若有可传，想可密示封内。"表现出他对于长寿和健康的极度渴望。在陈寿写作《三国志》的时代，很多人都知道曹操是"好养性法，亦解方药"的，也知道他敢于冒着风险吃野葛、饮鸩酒，以毒攻毒，还知道他把当时最有名的方士如左慈、华佗、甘始、郤俭等人，都召集到自己的身边。

华佗被圈在曹操身边，时间一长，极其郁闷，便声称家中有事,告假返乡。回到家里,又以妻子生病为由延期不返,任凭曹操下令再三催促、地方官遣送,全都置之不理。曹操气得要命,叫人去核查:如果他妻子确实有病,便赐小豆四十斛,宽限假期,可是如果涉嫌欺诈,就要不客气抓人。于是华佗被带到许昌,严刑逼供,不由得不招认。许昌的大名士荀彧劝曹操息怒,他说华佗医术精妙,可以救人性命。曹操正在火头上,断然拒绝:"不忧,天下当无此鼠辈耶!"竟将华佗拷打致死。

陈寿讲华佗的心理,说他的人生,本来是以做士人为目标的,可是不知不觉走上行医的道路,因而他的内心是时常愧悔的,所以,一旦寻机离开曹操,就再也不想回去,不愿再过受制于人的生活。而曹操的心理呢,却一边是极度需要华佗的医护,一边又对他缺少起码的尊重,故而能脱口说出"天下当无此鼠辈耶"这样轻蔑的话来,并且怀疑华佗本来就是个无赖小人,专门利用自己的病来行要挟。在处死华佗之后,他依然愤愤不平地说:"佗能愈此。小人养吾病,欲以自重,然吾不杀此子,亦终当不为我断此根原耳。"一直要到后来,他钟爱的儿子曹冲患病,才不免有一丝悔悟:"吾悔杀华佗,令此儿强死也。"

华佗与曹操的冲突,在陈寿笔下,因为有人物心理和对话的描写,显得格外生动,是《华佗传》全篇的亮点。为什么说华佗"本作士人,以医见业,意常自悔"呢?这就要回到陈寿对方技的看法上来。陈寿对方技谈不上鄙视，不过视之为小道，却也很明显。在《吴书·吴范刘惇赵达传》的最后，他对吴范、刘惇、赵达三位术士有一个评语，说他们"各于其术精矣，其用思妙矣，然君子等役心神，宜于大者远者，是以有识之士，舍彼而取此也"，说白了，就是认为方技术数还不算"君子"或"有识之士"追求的"大者远者"。所以，他在《华佗传》的一开始，写华佗熟悉儒家经典，有过举孝廉和招辟的经历，留下这些伏笔，都是为了证明华佗虽以行医为业，但骨子里却是一个堂堂正正的士人，有士人般广大的心怀。同时，这种士人的情怀，也使华佗在行医过程中，始终没有放弃自由的信念、独立的人格。

司马迁写到扁鹊之死，说是由于"秦太医令李醯自知技不如扁鹊"，便派了人去刺杀扁鹊。他还写到仓公曾经被判刑，递解长安，最后是小女儿缇萦"入身为官婢"，才救了父亲。太史公因此感慨道："女无美恶，居宫见妒；士无贤不肖，入朝见疑。故扁鹊以其技见殃，仓公乃匿迹自隐而当刑。缇萦通尺牍，父得以后宁。故《老子》曰'美好者不祥之器'，岂谓扁鹊等邪？若仓公者，可谓近之矣。"意思是扁鹊、仓公都技艺超群，而按照老子"美好的都是不祥的"理论，技艺超群便是祸端。如果依照司马迁的判断，那么华佗的死，一定也是由于他怀揣绝技，而令曹操产生一种无法控制的恐惧。陈寿说，司马迁过去替扁鹊、仓公写传记,是为了"广异闻而表奇事也",他仿照着也写了一篇《华佗传》,因此对于华佗的死,很难说他不曾受到司马迁的启发。

可以拿来作对照的,是范晔的《华佗传》。范晔写到曹操杀华佗这一段,不仅删掉了很多精彩的对话,只剩下一些平铺直叙,又还插进如华佗"为人性恶,难得意"之类的评语,似乎华佗生性难以合作,进一步推论的话,连他的被杀,也好像要算是咎由自取。这样的叙述,与陈寿的《华佗传》相比,不知少了多少对于传主的同情与敬意。

《三国志》成书之始,便得到过"文艳不若(司马)相如,而质直过之"的评价,所谓"质直",是不是也可以理解为史家的质朴和正直呢?华佗与曹操,一个是医生,一个是病人,依照我们普通人的常识,应该是医生掌握着病人的生死。然而,如果医生而有士人的情结,病人却是专制的君主,那么,谁又会变成谁的命运的最终主宰呢?我想,不要说"华佗无奈小虫何",华佗当然也无奈曹操何,因为他自己的命运,实际上是被攥在曹操手心里的。

本文原载《书城》2013 年 4 月号

『这是多大的使命呀』
——试论郭绍虞《中国文学批评史》的贡献

戴　燕

一

　　郭绍虞(1893—1984)年轻时写过一些新诗,有一首《送信者》不过短短两句:"这是多大的使命呀! 人们的安慰在你们的身上脚底。"(《文学旬刊》1921 年第 23 期)读起来却有沉甸甸的责任感。诗中描写的这位送信者,就仿佛是他在中国文学批评史领域的形象。

　　郭绍虞本是苏州人,辛亥革命后到了上海,五四运动后又到北京,他曾说"五四运动总算给大多数国民一个大刺激,供给大多数国民趋向'觉悟之路'的曙光"(《文化运动与大学移殖事业》,《东方杂志》第 17 卷第 11 号),他自己当然也是迎着曙光走上"觉悟之路"的。他那时信奉社会主义,怀着改善社会的理想,而作为一个文艺青年,他又是将艺术发展当成社会改善之一部分的,确信真正的社会主义一定会促进艺术的发展(《从艺术上企图社会的改造》,《新潮》1920 年第 2 卷第 4 期)。他写过一篇文章《俄国美论及其文艺》(《小说月报》1921 年第 12 卷号外),讲述俄国 19 世纪文学理论的变迁,主要想说明美论(即文艺批评)既与文艺"互相规定",美论及文艺又与社会"互相规定",三者之间关联互动,因此,当"中国文学正在筚路蓝缕之时",文学不光肩负有社会改善的责任,也亟需"正确忠实的批评者"。这篇文章之所以值得郑重地在这里提出来,是因为它代表了郭绍虞早年的文学观念,受唯物史观的影响,相当重视文学产生的社会背景,也非常强调文学批评与文学相辅相成的关系。更重要的是,这一观念也渗透在他后来撰写的《中国文学批评史》里。在晚年回忆《我怎样研究中国文学批评史的》(《书林》1980年第 1 期)文章中,他谈到自己当年对蔡元培提倡的美育很有兴趣。众所周知,蔡元培所提倡"美育"即美的教育,目标在于"以美育代宗教",是有很强的社会针对性,而这一点与郭绍虞以文学及文学批评的发展来改善社会的理念确实又恰相一致。

1934年，郭绍虞的《中国文学批评史》上册（商务印书馆，1934年5月）出版，这是他在清华大学和燕京大学上文学史课的讲义，他说上课时参考了陈中凡的《中国文学批评史》、刘永济的《文学论》，可是他这本书一出版，好评如潮，马上盖过了比他早的陈中凡同名书籍。胡适大概是第一个给予正式评论的，在看过商务印书馆的排印稿后，就在应邀而写的《中国文学批评史序》里表扬它是"很重要的材料书"（胡适此序写于1934年2月17日，但最终没有用于出版，见耿云志主编《胡适遗稿及秘藏书信》第12册269—276页，黄山书社，1994年）。朱自清不久也有一篇评论发表，竭力称赞它的"材料和方法都是自己的"（《清华学报》第9卷第4期，1934年10月）。

在郭绍虞以前，除了陈中凡，有关中国文学批评史，事实上已经有一些日本学者的书出版，在陈中凡《中国文学批评史》（中华书局，1927年2月初版）的参考书目里，就列有盐谷温、儿岛献吉郎、铃木虎雄等人的作品。从体例上看，这里面最接近陈中凡、郭绍虞的应该是铃木虎雄的诗论史。此书1925年5月在日本出版，第二年铃木虎雄给叶长青写回信，就介绍他自己的这本书"乃古今诗论之史，非诗史也"（《国学专刊》第1卷第3期91页，1926年9月），而由孙俍工翻译的此书，改名为《中国古代文艺论史》(上、下册,北新书局,1928年、1929年),很快也获出版。今天来看,正如铃木虎雄自己所说,他最大的特点是就批评史而论批评史,好像陈中凡一样,谨守在古今文学评论的范围。

然而就是在这一点上,郭绍虞偏偏不同。根据郭绍虞《中国文学批评史》上册初版《自序》(1934年2月)的说法,他教文学史课教了六七年,本来想写一本文学史教材,最终变成文学批评史,但尽管变成了文学批评史,他还是希望能"从文学批评史以印证文学史,以解决文学史上的许多问题",因为"文学批评,是与文学演变最有密切的关系的",文学批评史实际是文学史的一部分,所以,应该能从文学批评史中"窥出一些文学的流变"的。(《自序》1页)这是他和过去中日学者考虑不同的第一点。在《中国文学批评史》第一篇《总论》里,他再补充说道:一方面,文学批评是与文学相关,另一方面,"文学批评又常与学术思想发生相互连带的关系,因此中国的文学批评,即在陈陈相因的老生常谈中,也足以看出其社会思想的背景",这也正是"中国文学批评史所以值得而且需要讲述的地方"。(1—2页)这又是他与过去中日学者考虑不同的第二点。

大约从朱自清开始,人们都纷纷表彰郭绍虞在文学批评史学科领域的开创之功,但是,回头看郭绍虞的本意,他自己却似乎更看重在文学史上的开拓。平心而论,也正是因为这样的预期和视野，他的《中国文学批评史》才能有朱自清所看到的"取材的范围广大"的优点，便是"不限于诗文评，也不限于人所熟知的论文集要一类书，而采用到史书文苑传或文学传序、笔记、诗论等"，甚至也不限于文学，"思想影响文学之大，像北宋的道学，人人皆知，但像儒道两家的'神''气'说，就少有注意的。书中叙入此种，才是探原立功"。换句话说，就是从文学批评史跨界到了思想学术史，而跨界的结果，便是它建立了自己的材料和方法。从几十年后，包弼德在《斯文》一书中仍然采用它的相关论述以为唐宋思想文化史演变的脉络，也可见它的影响之深远，还不止于文学批评史界。

二

1956 年，郭绍虞被评为复旦大学一级教授，他这时发表了一篇文章《怎样自学——我的学习道路》（《青年报》1956 年11 月 16 日）。说"自学"，一半是事实一半是自谦，因为他早先在苏州学工，到北京后，只是在北京大学哲学系注册旁听，好像算不了科班出身，不过既已为大教授，再来谈自学，于自谦中透出很强的自信，因为历来就有一些了不起的学者属于"无师自通"。在这篇不长的经验谈里，关于研究中国古典文学及语言文字的方法，郭绍虞一共谈了六点，比如说要多读相互辩驳或递相补续的文章，以训练自己的判断力和发现问题的能力，要有一边读书一边作笔记甚或制图表、画地图的习惯，又比如说要在读书中发现问题，然后跟着问题去找材料，这样一部一部地牵引下去，他还说这是顾颉刚（1893—1980）的办法，也适于人作独立的思考。他谈得都很具体、实在，也都是真知灼见。提到顾颉刚也很自然，因为他们两人是苏州同乡，同生于清光绪十九年，还先后做过燕京大学、复旦大学的同事，两人有过相当多的学术交往。

中国文学批评史的研究，在 20 世纪二三十年代尚属草创，材料和方法都是大问题，就如朱自清在为郭绍虞写的书评里所讲，第一是要"向那浩如烟海的书籍里披沙拣金去"，第二是要"建立起一个新系统"，而后者比前者更困难。困难就在于，用沈达材批评陈中凡《中国文学批评史》的话说，便是虽然有文人学士留下的诗文诗话或笔记，但由于它们"大都没有一定的立场，如西洋文学家之有一定的主义的。要想把此作为批评的材料，自必须一番很繁重的审查工作"，陈中凡之所以有"材料的贫乏和选择的不当"之缺陷，就是由于未能下一番苦功，整理"有系统的史料出来"（《陈钟凡著中国文学批评史》，载《图书评论》1933 年第一卷第五期）。同样的道理，郭绍虞之所以能超越陈中凡，后来者居上，也正是由于他不仅能把文学批评放在文学的潮流中和社会的背景下，以此扩大材料的范围，同时还能对这些材料作系统化的整理和叙述。郭绍虞解释《中国文学批评史》的编写体例，在各个时期并不一致，"有的以家分，有的以人分，有的以时代分，有的以文体分，更有的以问题分，这种凌乱的现象，并不是自乱其例，亦不过为论述的方便，取其比较地可以看出当时各种派别、各种主张之异同而已"（《中国文学批评史》[上册]初版《自序》3页），就说明他并不在乎写作形式上是否整齐，他要突出的是各家各派的理论和主张，是以文学的主张为叙述的脉络，而这也就是他晚年仍然强调的，"按一个问题一个问题的次序去写"（《我怎样研究中国文学批评史的》）。

他的写法，首先便得到胡适的肯定，在《中国文学批评史序》里，胡适最赞许他的就是"能抓住几个大潮流的意义，使人明了这一千多年来的中国文学理论演变的痕迹"。这里说的几个大潮流，主要指郭绍虞对中国文学批评史三个时期的划分及描述：周秦至南北朝为文学观念由混而析的时期，隋唐至北宋为文学观念由析而反于混的时期，南宋以后为文学批评的完成期。胡适指出对这三个时期的命名还可商榷，但这一分期"实质上是有见地的"，因为他看到了中国的文学观念在隋唐以后有一个"激烈的大变化"，形式上复古，但意义上革新，可以说从隋唐到北宋是经历了一场文艺复兴、托古革命,而古文运动的兴起又绝非偶然,"乃是一个经过长期酝酿,并且有许多才智之士努力参加的大运动,不是盲目的,乃是有许多自觉的理论作基本的革新运动"。胡适自己写过《白话文学史》上卷,于汉唐之间的文学史有过真正深入的研究,他对郭绍虞在这方面的贡献因此看得非常清楚,以为"此书的最大功用在于辅助文学史,在于使人格外明了文学变迁的理论的背景"。

朱自清在评论中则进一步指出,郭绍虞能够抓住文学、神气、文笔、道、贯道、载道等重要术语,"按着它们在各个时代或各家学说里的关系,仔细辨析它们的意义",因为"懂得这些个术语的意义,才懂得一时代或一家的学说",所以用了这个方法,便已经成功了一半。而在张长弓的眼里,如果说陈中凡还是"偏重文学批评史料的陈列,关于文学批评的本身、前因以及影响,都未肯用精审的笔墨去分析的,也就是未尽却'史'字的任务"的话,那么,郭绍虞就"仿佛在一堆散乱的制钱中,一个一个地贯入钱绳,到最后提起钱绳,一串依次不紊的制钱,便提起了",他是完成了真正写史的任务,所以"凡有志于文史者,皆有'人手一编'之必要"。(张长弓《读中国文学批评史(上册)》,《文艺月报》1935 年第 1 卷第 4 期)

以翻译莫泊桑小说著名的李青崖当年对《中国文学批评史》

上册有一个很好的复述，他说郭绍虞在处理周秦至北宋的批评史时，首先设立了两个坐标，一个关乎文学，遵循的是"世界文化演变一般由简单而复杂，由复杂而繁缛；再由繁缛而复归于自然于朴质的路线"，一个关乎思想，是先认清道家的反文、墨家的尚质、儒家的尚文，然后便从儒家入手去看文学观念，因为儒家偏尚实用，所以偏向于文道合一，到了魏晋南北朝时期，由于释家的出现，儒家消沉，文学不再为传统的卫道观念所囿，到隋唐时，释道并重，儒家未能独霸，文学上也就是文道并重，然后到北宋，有阳儒阴释的道学家出来，于是揭起文以载道的招牌（《华年》1934年第3卷第43期"书报介绍"）。由此也可见在《中国文学批评史》上册出版的当日，人们的评价几乎众口一词，都集中在表扬它清楚地揭示了周秦至北宋的文学批评史的主张和潮流。

三

1921年以后，郭绍虞辗转于南北各地的大学担任国文教师，这是他从文艺爱好者转向学术研究者的契机，1927年受聘于燕京大学后，更是得以专注于中国语言文学的教学研究。在他历年发表的论文中，可以看到他转益多师的痕迹，比如他早年所写《中国文学演化概述》（《文艺》第一卷第二期，1925年），就深深受到刘师培 1905 年在《国粹学报》所刊登《论文札记》的影响,因刘师培有由简入繁是文学"天演之例"的观念,认为中国的上古是全用文言,东周以后文字渐繁,至六朝有文笔之分,宋代出现儒家语录,元代以来词曲兴而语言文字合一,《水浒传》《三国演义》等小说开俗语入文之渐,从刘师培的这一叙说,郭绍虞也得出了中国文学的各种文体都有自由化、散文化、语体化之趋向的结论。又比如他在《中国文学批评史自序》中也明确谈到他教书时,是以陈中凡的《中国文学批评史》和刘永济的《文学论》作参考。这也表示他并非"师出无名"。

在这里,也许值得提到的还有一个人,就是日本的铃木虎雄。1920 年代,除了孙俍工翻译出他的《中国古代文艺论史》,他关于中国文学的论文,译成中文发表的还有不少,其中包括鲁迅翻译的《运用口语的填词》(《莽原》第 2 卷第 4 期,1927 年 2 月 25 日)。1929 年,郑师许翻译了他的《儒教与中国文学》(《知难》第 109 期),译文刚一发表,就得到胡怀琛的撰文呼应,表示他和铃木虎雄一样,推重具有儒家立场的诗人,而视道学家和文士的诗为不足取(胡怀琛《评儒教与中国文学》,《南阳:南阳中学校友会会刊》1929 年第 9 期)。在 1937 年发表的《神韵与格调》(《燕京学报》第 22 期)一文中,郭绍虞于论文的《绪言》便交代说"神韵与格调,是中国文学批评史上的重要问题",故翁方纲曾有《神韵论》《格调论》，铃木虎雄"也知道他的重要，于是于《支那诗论史》之第三编即专论格调神韵性灵之三诗说，于阐说其义以外，兼述其历史的关系"，这篇论文就是要在他们两人的基础上"擘肌分理"，阐述神韵和格调的特殊意义。

需要说明的是，郭绍虞提到的铃木虎雄"论格调神韵性灵三诗说"，本来是他1911年发表的一篇论文题目，后来收入《支那诗论史》，并见中文本《中国古代文艺论史》下册。而就是在《中国古代文艺论史》上册，铃木虎雄不仅提出了他关于魏是中国文学"自觉时代"的极有名的论断，也给出了"在中国儒者与文人、道德与文学底对抗，历代都是如此"的总结（140页）。也许正是受到铃木虎雄这一总结的刺激，1930年，郭绍虞在《中国文学批评史上文与道的问题》（《武汉大学文哲季刊》第1卷第1期）一文中，劈头写道："粗粗看来，从前一般人的文学观似乎都以道为中心，在中国全部文学批评史上彻头彻尾，都不外文与道的关系之讨论。但是细细察去，则知同样的文道论中，自有其性质上的分别与程度上的差异。"他的这篇论文，整个也都是基于对一般人只是这样粗粗看到中国文学批评史之皮毛的不满，仔细地考辨唐人文以贯道与宋人文以载道的不同，并且分析当北宋的道学家们忙于建立他们的道统时，古文家们又在怎样建立他们的文统。这一论述，在稍后出版的《中国文学批评史》上册里更得到发挥,成为书中最精彩的一节,受到胡适最早的称赞以及后来人绵绵不绝的回响。而这也说明在郭绍虞编写《中国文学批评史》时,他对于国内外同行的研究,都是既有所学习又有所超越,因此才为中国文学批评史学科奠定了广大而坚实的基石。

2016 年 10 月 19 日于复旦

本文原载《书城》2016 年 12 月号

借纸遁窥牖（节选）

葛兆光

一个以学术为职业的人，虽本应做「荒江野老」，却也忍不住想从象牙塔中，找个窗户往外眺望一下历史和波澜，明知做不到「不窥牖，知天下」，但也像《世说新语》所说的「南人」，总是试图「牖中窥日」。于是，浏览的杂书，有时便成了眺望的窗户。

华琛与罗友枝的《中国死亡礼仪》

华琛(James L.Watson)和罗友枝(Evelyn S.Rawski)编的《中国死亡礼仪》(*Death Ritual in Late Imperial and Modern China*, University of California Press, Berkeley and Los Angeles,1988,日文《中国の死の仪礼》,由西胁常记翻译,平凡社,1994 年),据书前面的序言说,他们是希望以婚姻、死亡来考察晚清以来的中国文化的同一性和多样性。在死亡的问

题上，他们认为，从葬式和埋葬两方面仪礼来看，"如果葬式说明了中国文化的同一性的话，那么与墓密切相关的仪式则意味着，各种象征社会性要素如民族、阶层、性别的境界都不能独立存在，必须互相依存。在作为中国人自我认同的一系列规范统一的葬式中，由于尸体处理习惯的变更与差异，残存了多样性和区域性，这种在某种意义上缺乏统一仪式的结果，造成了松动和含混，允许和默认了各个民族集团按照自己的惯例，在认同'中国人'的时候，出现宽泛、自由地实施和处理遗骸的习惯"。

书中一篇文章介绍说，中国人的葬仪包括九项：一、哭丧，主要由女性承担，挂白幡以周知众人；二、着麻制的白衣白鞋白头巾，按照血缘远近用不同的质料；三、对遗体进行仪式性的沐浴着衣；四、生者向死者赠送随葬物品，如置钱、纸马、食物和用具；五、准备死者的牌位，并确定其在家族祠堂中的位置，由于用文言的缘故，他的名讳和尊号会写得很规范；六、司职钱财的专人收取仪金；七、安魂音乐；八、遗骸入棺；九、安圹下葬，意味着死者从此便从生的世界转向死的世界。但是，这只是某种简约化和世俗化了的丧葬仪式，完整和经典的丧葬仪式，在古代礼书中有另外的叙述，而且各个区域和各个阶层的丧葬仪式，其繁简也大相径庭。

罗友枝在她写的本书第二章《历史学家对中国葬礼的研究方法》中说："'乱'这个字,在广义上就是在伦理规范与社会结构被破坏的时候,家、共同体、国家中产生的无秩序……对知识人来说,预防'乱'的一个方法就是教育一般民众,不要动摇正确的价值。"这个说法当然很普通,不过倒是很实在的,也正是儒家在中国社会生活中的意义所在。由此想到的是,所谓"无秩序",一为"淫",二为"乱",前者是个人与家庭中的阴阳失序和道德瓦解,后者是社会或国家上的政治失序和伦理崩溃,官方依凭儒家学说,不允许佛教与道教造成这种漫无秩序的现象。

特别有趣的是,在第十章《皇帝的葬礼:明清皇帝与死亡仪礼》一文中,罗友枝说到,天子葬仪中似乎有一种二律背反的现象,当然这是必要的,一方面作为天子,他是中国社会体制中的唯一和绝对的至尊;另一方面,作为天命承受者,他的正当性又依赖于天人合一的特殊仪礼以及从先王甚至前朝那里传下来的神圣性。因此,祭祀成了合二为一的极重要的事情,天子独占了祭天的权力,由于这种权力,他获得统治的合法性,这是因为他通过仪式与宇宙相互关联,而宇宙又支持着他的神圣性。但是,皇帝的葬仪却只是老百姓葬仪的放大,这是因为独占性的天子实际上就是垄断性的长子的扩大,因此

"皇帝陵墓不过是中国人坟墓的放大，从临终瞬间到灵柩入土的一系列葬礼，也只是庶民仪礼秩序的变形"，只是从陵墓的选择（考虑风水、龙脉）、葬仪（服丧范围的扩大、庄严性和神圣化）、陪葬品（象征天下财产的统一性）中，一而再再而三地要象征、暗示、强调，这是"唯一"和"绝对"。所以她说，帝国的葬仪是"为了确立中国人宇宙观中天子的唯一崇高性及基本家族关系的价值标准合理性，承认天子负担了模范作用……通过葬仪，强化了国家宗教中的王权观念"。

高延《中国宗教系统》

高延（Johann Jakob Maria de Groot）的名著《中国宗教系统》（*The Religious System of China*，Ⅰ—Ⅵ，1892—1910），是一部百年前的老书。早在若干年前我便在中国书店六里桥的旧书库中见过，价格极贵，达数千元之巨。后来，在清华老图书馆三楼西文书库又曾见到，虽布面精装，但灰尘满书，也未曾细读。此次在京都大学文学部资料室再次见到，因为刚刚看过华琛和罗友枝编的《中国死亡礼仪》（*Death Ritual in Late Imperial and Modern China*），所以，便借来再读。

从高延到华琛和罗友枝这些西方学者，对中国的丧葬祭吊,似乎有一脉相承的兴趣,这是因为他们从这里看到中西宗教与文化差异。高延书共六卷,第一卷便是葬仪;第二卷讨论的是灵魂;第三卷讲道教的理论;第四卷是神与祭祀的节日,包括祭祀的供物、仪式、时间以及对疫病、旱魃、大火的防范,主持祭祀的祭司等;第五卷是佛教;最后一卷是国家宗教。他在第一卷开头序文中,劈头便提出一个设想:"在中国,灵魂崇拜是所有宗教的基础,灵魂崇拜是从人是否真正死亡开始的,生者会思考这样的问题——怎么样来处理遗骸?从中可以显示生存者的想法,因为他会想,遗骸中是否还继续住着灵魂?他们还会复活吗?"他觉得,从这里出发考察中国宗教,可以纲举目张地清理出他所说的 system。

此书影响深远,像后来译成中文的《原始思维》即受它启发。西方学者从中国之外观察中国,加上深入民间的传教士传统影响,往往如同后来人类学作田野调查,极能体会下层社会状况,同时又因传教的意图,对作为"他者"的中国宗教比较敏感,故较容易直接体会中国活的宗教生活。这一点,不像日本学者,从一开始便受到经典系统之影响,有对民众宗教的先验看法。当然,高延时代的中国研究,与欧洲当年视亚洲为"半开化"或"未开化"民族之观念有关,故颇注意考古与民俗,以反衬自身文化,强化先进民族与文化之自豪感。但是,他对中国宗教的这一观察理路，也应当说与中国历史实际颇吻合，中国古典如《礼》的记载，也确实特别重视从丧葬仪式开始，建立其整个秩序和伦理，所以《仪礼》十七篇中，与丧葬相关者达七篇之多。

　　早在 1882 年，高延到厦门，看到当地人的葬礼，又看到厦门道台发布关于"久停不葬"的禁令，他觉得很有趣。当他开始他的写作时，这些实际经验和调查给了他很多帮助，同时他也浏览了很多中国古籍，比如《仪礼》《礼记》《抱朴子》《本草纲目》《岭外代答》等，有时，他也会借用西方中国学著作，像丹尼斯（Nicholas Belfield Dennys）的 *The Folklore of China*（《中国民间传说》）、威廉斯（S. Wells Williams）的 *Middle Kingdom*（《中国》）等，更重要的是，他拿了很多西方知识来作比较，比如他曾经引用斯宾塞（Spencer）的（*Principles of Sociology*）《社会学原理》、普林尼（Pliny）的 *Historical Natures*、玛丽亚·埃奇沃思（Maria Edgeworth）的 *Castle Rackrent* 等，他常常能够用世界各地的死亡仪礼，来说明中国的葬仪和丧礼有什么特别处。比如，他在第二部第一章中就引用罗马人的习俗、爱尔兰人的习俗来讨论中国的叫魂和哭丧，在第二章中又引用凡·埃克（Van Eck）和科林·德普朗西（Collin de Plancy）关于罗马、希腊、印度、墨西哥帝王的习俗来讨论中国古代的"玉含"。因此，高延此书运用他在厦门的民俗调查，与古代三礼文献互相印证，加上西方人类学调查资料，倒是格外有趣。他引用《文王世子》以及《檀弓》"哭泣之哀，齐斩之情，饘粥之食"等记载为证据，指出丧礼中的哭泣，本来是有特别的意味的："经过若干世代，号哭的最初意味被遗忘了，如今它只是作为表示悲哀与烦恼的形式而存在。但是，它保存了这样一个重要信息，即它与呼唤死者魂兮归来一样重要，是一个永远不能消失的礼仪。"

他也注意到了传统经典葬礼在后世的变异，尤其是它如何受到佛教的影响。在第六章《从纳棺到埋葬》中，他提到佛教的"镇魂仪式"可能就是所谓的"施食"。他说，在这种仪式中，有悬挂佛陀、菩萨、罗汉的画像，但也有旌幡，而旌幡又按照中国思想分为浅黄、赤、白、黑、黄、青六色，象征着上下四方共六方佛，还有和尚念《阿弥陀经》、颂《祈愿文》，佛坛上还用了种种刺绣、铜像、蜡烛，举行仪式的时候，有三个、五个或七个僧人主持，又是敲木鱼又是敲钟打铃。最重要的是，在引导灵魂往生净土的时候，他们会象征性地在室内缭绕，这时，死者的子孙也会跟随着念诵"阿弥陀佛"（在这时，高延还记下了一段当时幡幢上的文字："唵，毫光招请亡者皇清敕授儒林郎国子监典簿邑庠生温如杨府君一位正魂，速往西方，托化莲池,逍遥自在,业脱苦轮,受财享食。哑哞。"高延的标点有一些错误,其中一前一后的"唵""哞"其实就是六字真言中 Om mani padme hum 的一头一尾)。这当然已经和《仪礼》或《朱子家礼》《家礼仪节》中的规定大相径庭了。

也许中国学者会质疑,古书记载的仪礼,真的是古代社会实际施行的制度吗? 三礼是否有真伪的问题呢? 高延为什么可以不分史料的时代而越界使用? 但是,作为一个外国学者,对于现时中国社会生活,他需要知道它的 Origin,所以,他会把这些可以看到的历史资料当作证据,把时间的古今和空间的东西淡化,以此来求得一个理解和解释,不必对他们的"想象"过度苛求,更不必持"疑古"之见怀疑古文献的记载,毕竟,古代中国到现代中国,很多传统和风俗的延续性很强。

弗里德曼《中国的宗族与社会：福建与广东》

弗里德曼(Maurice Freedman)的《中国的家族与社会：福建与广东》(*Chinese Lineage and Society: Fukien and Kwangtung*, The Athlone Press of the University of London,1966;日文本题作《中国の宗族と社会》,田村克己、濑川昌久译,弘文堂,1995 年)。本书共分六章：一、村落、家族(Lineage)以及宗族

(Clan)；二、家族；三、社会地位、权力与政府；四、家族间的关系；五、风水与祖先崇拜；六、中国的家族。依照日文本后面的《解说》作者末成道男（圣心女子大学教授）的说法，弗氏的研究特点有三：一是超越个别的小村落、小社会，拥有对广域社会的研究思路与分析角度，二是无论研究对象处于何种层次，均考虑它与整个社会的关联，绝不将其视为自给自足的单位，改变了过去那种解剖小麻雀以透视大世界的显微镜方式，三是在传统的人类学关心共时性问题的同时，也注意了历时性的侧面，并在可能的范围内收集与利用文字资料，沟通了历史学与人类学，也沟通了汉学与人类学。特别是他常常提示，模式只是需要经常修正的假说，如果把基本事实与这些假说结合对照，验证就比较容易，在作者与读者共同以实证对模式的检讨中，就有可能推进研究领域。（以上是大意，见 265—269 页）

弗氏在一开头就指出，福建省和广东省，有很多共同体，是由一个男性祖先延续下来的父系成员以及他们未婚的姐妹、他们的妻子构成的，因此，首先要从"居住模式与父系集团这样一个重要的问题"开始进行研究（11 页）。不过，他很清楚地说明，"中国话里的'族'，如果用人类学的术语，可以相对为 Lineage 和 Clan，而'宗'与'宗族'也同样，这些汉语词汇在其本身就有疑问，或很含混，很难确切定义。可是，根据 Creel

（即 H. G. Creel 的 The Beginnings of Bureaucracy in China：The origin of the Hsien，见 *The Journal of Asian Studies*，Vol.ⅩⅩⅢ，No.2，February，1964）最近的论述，在中国古代，姓和氏并不相当于今天的 Lineage 和 Clan，'姓是指很大的、暧昧的共同集团的发源，其为一团结姿态的象征，但并不一定可以在特定的场合，采取一致的行动'，而'氏较小，用 Weber 的术语，即团体 Verband'。"（33—34 页）

进一步，他反驳了一种传统的说法，即"是单一家族村落的崩溃，形成了多姓村落或历史较短的家族的形成"这一说法，他指出，有一些反证，说明也有相反的运动方向，即单一家族村落是由多家族集居村落的互相竞争、排挤、械斗等从而形成的，比如有一些单一家族村落至今还残存了其他宗族祠堂，说明可能由于贫、病、弱小等，出现"死绝了""断了香火"的可能（16 页），还有一种情况，就是发达的人家（比如有人中举）依托官府的力量，把其他家族驱逐或瓦解（18 页）。同时，他在第三章中又提到："应当区分那些家族中的文化人，其中有仅仅获低级资格的，比如通过县、府考试的生员、监生，他们并没有特别的权力与地位，而达到贡生或举人的则不同，比较容易接近政治权力"，所以他指出应当分析这些文化人的动向，低级文化人可以从商，而较高级的文化人虽然为了做官而放弃部分商业活动，但是其家族可以使其成员的经济活动简化，其结果是，作为文官的勤务和商业上的利益双方都被维持，而且可能互补（94页）。他因此强调："在分析家族时，要首先注意区分只拥有生员的集团和拥有贡生以上资格成员的集团，虽然拥有平民文化人的家族，比起临近家族水准要高，但是，不与官方有牢固的、直接的关系，是不可能成功的。"（94页）这涉及家族存亡盛衰的一大关键，一家族与他家族内各分支的消长，均与此相关。

也许可以把这一说法可以看成弗氏对于单一家族村落的建构的看法。接下去，他还对族谱或家谱进行了分析。他指出，过去的理解有两种，一是相信其为叙述历史事实，所以是一个家族绵绵不绝的分支以及地理性人口移动的资料；一是认为它是为追溯家族历史构成的，是对现存家族分布的实况赋予"历史意味"。他认为两种说法都有一定的理由，但是他似乎更倾向于后者。道理很简单，家谱或族谱确实有时会引起一些麻烦，中国传统的家谱或族谱常常喜欢追溯有名的祖先，网罗广泛的支脉，但是这种方式却遭到一些压力，比如追溯到刘邦的族谱，曾经因为皇帝怀疑其有篡弑变天的嫌疑而被斥责，甚至导致族谱被毁，祠堂共有地与共有财产，也会因为其过分膨胀而被没收。因此，这也有一个"中心"与"边缘"、国家与地方、大与小之间的互相依存又互相平衡的紧张关系。弗里德曼的分析，不仅会对人类学有影响，显然也会引发历史学上诸如"乡绅"与"宗族"、"皇帝"与"士人"、中央军队与地方军队、腹地与边地等问题的讨论，也会引起历史学家重新思考"科举""致仕""乡村建设"等话题。

除了"族谱"或"家谱"，他还讨论了"乡约"。历史学界都注意到，北宋以来乡村出现的各种自我认同的、一体的、互相帮助的村落组织中，儒家学者常常为此建立"约"，如吕氏、朱子，本来这只是一种维护秩序、建设文明与普及道德的形式，但是，久而久之，则由软性契约趋向硬性法律，由乡绅权力（得到政府支持）而拥有支配权甚至裁判权。清代初期以来，政府给予新的意味，乡约乡规甚至有"讲义制度"，这种制度强化了农村的儒家伦理意识，也与保甲制度和家族组织重叠，形成以家族或地方领袖为中心的控制权力，在中央势力的渐渐崩溃中，出现了地方性的家族性的军队、土围子、民团，湘军与淮军即其荦荦大者。所以弗氏提到19世纪的混乱中，团练和保甲常常密切结合，形成清末的特殊秩序，朝廷统治渐渐弱化，而地方主导与地方自治性逐渐加强。（110页）

此外，第五章从家族埋葬、祭祀、祖先崇拜，说到风水信仰，也值得一看。

潘光旦《明清两代嘉兴的望族》

潘光旦《明清两代嘉兴的望族》（上海书店据商务印书馆1947年版影印本,1991）这部书,不仅文笔清晰,而且结构很完整。第一部分"以前关于地方氏族或望族的作品",宛如一篇研究史或学术史概说;第二部分"此种作品的评论",谈及氏族谱牒记载血缘而忽略婚姻的缺陷,说明自己的方法,这是方法论的一节;第三部分"本篇的资料由来与作法",是理论与文献的说明;第四部分是"嘉兴的望族",则是本书的中心,占了五分之四以上篇幅;第五部分是"余论",其实是结论;最后附上"参看作品"。几乎是一份极好标准的学位论文,我总是想,如果现在的硕士可以这样写论文,就很可以放心了。老辈人学问的规范、文字的清通和论理的明晰,真有不可及处。

在我看来,潘书中尤其值得注意的是对于"世家"意义的阐发,其"余论"部分说到,"君子之泽,五世而斩"是不确的,因为嘉兴望族有长达21世者,平均则为七八代,每代26年。他指出的历史现象中有两点十分值得深思,一是传统中国中,血缘网络往往是人才产生的渊薮;二是望族兴衰的原因之一在于遗传和教育,而原因之二在于移徙、婚姻和寿夭等因素。

需要讨论的是，文化品位的高下、学术修养的厚薄、道德精神的强弱，是否也需要这种遗传加上教育，并且保证望族延续的社会秩序条件？近百年来社会动荡、血缘解组、阶层流动、人口迁徙，加上政治意识形态对于上流社会的摧毁和打压，快餐文化和流行时尚占据主流，已经使望族如初盛唐之贵族一样逐渐消失，即使几代的修养和文化亦不能积累。潘氏在全书之末提到，江浙大族之多，"实际上还是因为这一带在历史期内太平的日子比较多些，而并不因为大族中的人物有什么特别的自觉的努力"（136—137 页），他似乎还是小心翼翼地避开了门第决定论。

陈荣捷《近代中国的宗教趋势》

陈荣捷（Wing-tsit Chan）的《近代中国的宗教趋势》（*Religious Trends in Modern China*）这本书，英文版是 1953 年由哥伦比亚大学出版社（Columbia University Press）出版的，1969 年又有纽约的 Octagon Books 再版。日文版则是福井重雅翻译，由东京的金花舍出版，题为《近代中国宗教の足迹》，我看的是日本的翻译本。在印象中，一直以研究儒家学说著称的陈荣捷先生，居然写了有关佛教史的著作，这让我很意外。更加意外的是，这部书不仅比起尉迟酣（Holmes Welch）的三卷本《中国佛教的实践》（*The Practice of Chinese Buddhism 1900—1950*, Harvard University Press, 1967, 1973）来，脉络更加清晰，就是与一些晚近才出版的国内有关现代佛教史的书比起来，似乎还好得多。

此书的第一个好处，是它在分析佛教在近代中国的变化历史时，不是按照人头、著述和机构设置章节，而是用了一些很好的主题作为架构，如"实践：从净土教之形式主义到敬虔主义""法仪：从戒、定学到密教之学""佛典：从汉译本到巴利文、藏文本""姿势：从仪式的施行到宗教之表明""指导力：从佛教僧侣到在家居士""前途：从来世观到现世观"，一共七个领域，把现代佛教之重点取向都清晰地呈现出来，如现代中国佛教在仪轨上对密宗之学的兴趣、在经典上对巴利文藏文佛典的重视、在重要成员中居士佛学家的增加，确实是很重要的历史变化。二是它在分析现代中国宗教时，颇有一些说法相当精辟，如第四章说"三教"，就说："把中国人所信仰的宗教区分为儒、道、佛三教，不如改为大众阶层和知识阶层两个层面的信仰为好。霍金（W.E.Hocking）教授曾把东方宗教性信众分为僧侣、在家的神秘论者、学者、一般平民四类，但是在中国，第二类不存在，其余三类则可分为大众阶层与知识阶层。

这里所说的大众，即中国占了百分之八十五的有迷信而无教养的人，而知识阶层则包括文化人以及有一定学识的农民渔民或者虽然不多用语言、同样地位卑贱却常常发挥伟大智慧的人。"（144 页）

当然，陈观胜《佛教与中国社会》一书，亦值得注意。

许理和《佛教征服中国》

之所以重读许理和（Erik Zürcher）先生的《佛教征服中国》（*The Buddhist Conquest of China*，李四龙等译，江苏人民出版社，1992 年），一是想到应写一篇回忆文章给许理和，我在 2000 年去莱顿大学拜访他的时候，已经年迈的他不仅热情地和我聊天，并带我看了他们有关荷兰与日本的图像资料库；二是想到，应将此书列入博士课程的讨论对象，毕竟在中古中国佛教史上，除了汤用彤先生的大作，似数十年间仍无出其右者。

但是，也应当讨论以下几个问题：在《佛教征服中国》一书中，一、是否过分关注南方（士大夫），在北方佛教"与中部与南部贵族社会所呈现出来完全不同的景象"中，有什么特别的意义？是否只有南方佛教才"汉化"了？长安佛教呢？（5

页)本书并没有描述出公元 4 至 5 世纪的北方佛教,而是转向南方,这对后来隋唐佛教史的叙述,有何不妥? 二、对于第十三页说的士大夫成为寺院领导人的说法,要重新检讨,他一方面说四世纪寺院领导人来自士大夫,一方面又说大多数有教养的僧人来自社会底层,这是矛盾的,而下面的结论更大而且有待检讨。三、关于《序言》中说的"亚文化"问题,似乎多倾向于"调适"一面,早期之冲突似乎一带而过,是否真的如此? 亚文化与主流文化之间,孰"主"孰"亚",必有一番较量才是。如"沙门拜父母君王"之争,即到唐代方始结束。

埃里亚德《世界宗教史》

埃里亚德(Mircea Eliade)的《世界宗教史》(日文本,岛田裕巳等译)。

日译本下的功夫相当深,注释尤其可看。日译者《后记》中说到的几点也值得记取。第一,关于 20 世纪一二十年代,世界宗教研究受人类学与心理学之影响;第二,宗教作为一种思想、感情与意识形态的存在,这种解释可以突破过去宗教史的上下限,将宗教作为人类生活史的一部分,贯穿整个历史;第三,形象(image)与象征(symbol)在宗教生活中的重要性,一定要充分注意；第四，宗教史转向的人类学影响中，有西方中心主义的阴影。

重点读有关中国宗教部分，一个不通中文的学者，能够写成这样，比较精确地讨论早期中国宗教与思想，也实在让人惊叹。埃里亚德对于世界各种宗教以及各个民族习俗的多种研究，使他很能体验异族宗教的特殊，在他出版于1951年的《萨满教——古代的灵魂出窍技术》（英文本，Willard R.Trask 译，*Shamanism: Archaic Techniques of Ecstasy*，NewYork，1964）一书中对各种入神技术的分析，包括他对中国古代的"升天""招魂"巫术的叙述、对仪式中的过火海上刀山的意味的研究、对禹步与熊祭的关系的分析、对师公在仪式上所穿的服装的象征的评论以及对中国古代萨满行为的结论，无论对与不对，其中一些相当天才的猜测，足以证明他对不同宗教现象的体会与领悟能力。当然，其中也不乏可议之处，如他对中国早期文明的资料来源，主要是来自汉学家的著作，这样就有些受制于汉学，又如他讨论"仙"一字之字形，讨论"三丹田""三尸"，讨论邹衍与炼金术等，就多有不确处。不过，他对于古代亚洲以及中国有关生死、再生的象征，对大宇宙与小宇宙的观念、道家思想中的宗教意味、古代中国泛化与普遍的概念、炼金术三要素等的描述，都很值得称赞，可写一书评介绍。

埃里亚德的这部三卷本，原是法文，分别出版于 1976 年、1978 年、1983 年，原来打算分为四卷，在这三卷外还要编一本缩写本，但由于他于 1986 年去世而没有最终完成。不过，所幸的是这主要的三卷本已经完成。这是一个相当庞大的体系，它已经有了 Willard R. Trask 的英文译本，也有了岛田裕巳等人的日文译本，我读的就是日文本。

韩明士《道与庶道》

韩明士（Robert Hymes）著《道与庶道：宋代以来的道教、民间信仰和神灵模式》（*Way and by Way*，皮庆生译，江苏人民出版社，2007 年），是我的学生皮庆生翻译的，我在哥伦比亚大学拜访韩明士的时候，他曾经非常称赞翻译的水平。

这本书通过对江西崇仁县二真君及浮邱公信仰的研究，试图解决的是这样一个问题，即神仙是天界掌控命运和前途的官僚，还是给有关人提供保护的个人，这就是所谓的"道"与"庶道"。作者指出，过去如王斯福（Stephan Feuchtwang）、武雅士（Arthur Wolf）等，认为神祇世界是国家权力系统的隐喻，把"权威体系"等同于国家，这常常会引起一个简单的结论，即神祇系统是皇权机构的镜像，而它的作用也常常是为现实政治和意识形态服务。但是，韩明士不同意这种简单化的结论，他提出乡村长者、有权势的地主、地方士人，他们的权力与官方权力有差异，又宗教专业人士的权力也不等同于官僚的权力，因此他主张，古代中国神与人的关系，既有官僚模式，也有个人模式，两者兼有，又彼此竞争。它如何呈现，取决于"信奉者、陈述者在何种语境以及出于何种目的"。（导论，1页，参看213页，第9章《结论：两种模式》）

但是，这种论述的前提是国家、社会、地区的模式。首先，他要论证中国的政治与宗教的大系统中是有不同空间，而不是高度同一性的，所以必须反驳"中国社会只有一个权威体系？该体系是否只代表国家？"（4页）。其次，要借助于当前宋代研究流行的地方精英或士绅理论，说明这种社会分化在思想信仰领域亦有投射，人们在选择神灵信仰的时候，会受到这种社会状况的影响，说明"中国人在讲述神祇时，吸取了他们在社会生活中知道的各种具有权力性质的人类关系，而并非只限于官府内部或国家与臣民之间的关系"（6页）；再次，还要说明，确实宋元时期的宗教信仰"是一个缺乏共同预设的聚集点，其用途、神祇、仪式和实践者具有相当广泛的多样性"（24页），而这种信仰特征是宋以前所缺乏的，它导致了韩明士所说的，即宋代这一神灵信仰特征的形成。而其研究的结论,也一定会成为论证唐宋变革、宋代以后文化走向近代的大趋势中的一部分。

不过,似乎这种理论背景下的考察是有些让人疑惑的。一是宋代既存在一个地方与中央、士绅与官僚、区域与区域的差异性,但也存在着国家、地方与文化的趋向同一性;二是既要考虑民众信仰的相对独立性的;也要考虑在士绅和国家双重努力下,神灵信仰的解释系统渐渐渗透下层的现实;三是民众的神灵解释尽管可能有实用性,因而呈现多样性,但是这种解释在多大程度上可以成为模式,似乎还是有值得怀疑的问题在。

卜正民《为权力祈祷》

卜正民(Timothy Brook)的《为权力祈祷:佛教与晚明中国士绅社会的形成》(*Praying for Power: Buddhism and the Formation of Gentry Society in Late-Ming China*,张华译,江苏人民出版社,2005 年)。这部书的中文版序言讨论了中国与西方(及日本)史家对佛教社会史兴趣之差异,他认为西方是与宗教始终纠缠,而现代性经验一方面是破除中世纪宗教之迷信,另一方面以新教方式重新阐释教义,"消除了宗教不

可置疑的绝对立场"（1页），因而19世纪以后宗教被自由地
作为研究对象；而中国的现代性经验是认为"宗教是他们现代
化目标的绊脚石"，觉得应当坚决破除宗教之迷信，包括佛道，
所以"即使不是彻底的敌视，至少也是漠不关心"（2页）——
这是导致中国学界不关注佛教社会史之原因。

恐怕这一结论是需要略加修正的。简单地说，第一，中国
学界一直对佛教史及有关的社会史有兴趣，并有大量著作；第
二，但是，中国学界的兴趣不在教义，而在历史，不在社会，而
在政治，这才是需要分析的问题；第三，对于"迷信"与"宗教"
的破弃，似乎主要影响的是道教研究之热情。对于"哲学"与
"历史""文学"的兴趣，则激励了中国学界数十年来佛教研究
之热情；第四，东西方差异并非如此对立，特别是，应该考虑中
国从日本转手接纳宗教史研究的现代范式，其实，与西方颇有
相同之处；第五，由于卜正民主要是对明代佛教的关注，故使
其仅仅考虑到陈垣的研究，恐怕没有注意到更广泛的中国佛
教研究界。

太虚《东瀛采真录》

太虚的《东瀛采真录》（1917年秋冬记，载《太虚大师全

书》29 册《杂藏·文丛(一)》,太虚大师全书影印委员会)。这是太虚的日记,从 1917 年 10 月 4 日起,记载他访问门司、基隆、台中、神户、京都等地的见闻。其中有几处可注意:一、他与熊谷泰寿的对话中,说到对日本各宗"不去俗姓,带妻食肉,与信佛之在家二众无异"和"日本佛教,今于佛学研究诚盛,唯各宗自为部勒,不能融合成一大佛教团"这两点不满,尤其批评真宗率先,而各宗效仿,不能不说是"僧侣之堕落",他认为僧侣应当"以佛祖之伟大人格为师法,战胜国俗、时势、政权,等等,以保持其清净律仪,始能拔俗而不为俗溺"(328 页)。二、他在彰化演讲,提到"佛教为东洋文明之代表,今代表西洋文明之耶教,已失其宗教功用于欧美,欧美人皆失其安身立命之地,故发生今日之大战局。吾辈当扬我东洋之和平德音,使佛教普及世界"(334 页)。三、在熊谷处看到村上专精之《佛教统一论》,感慨日本佛教各宗的门户之见很深,在斋藤处看到岛地默雷的《三国佛教史》,被告知已经不是完全佛教史,而近来通用的,却已经是境野黄洋的各种佛教著作。

顺便再读太虚《寰游记》(1929 年写,记 1928 年游欧洲事,载《太虚大师全书》29 册《杂藏·文丛(一)》,太虚大师全书影印委员会),其中提到,A. 与葛拉乃(即葛兰言)见面:"(葛)能看中国书,能听中国话而不能说。遂由传译,中颇谈学理,自云喜研究老庄及道教之学。余告以佛法与道教不同之义,颇引起其倾听之兴味"。(371页)又曾与葛拉乃商量成立世界佛学苑事,其中10月20日在东方博物院商议此事,发起人名单中有二十余人,包括葛拉乃与伯希和,"议决即设通讯处与东方博物院,由阿甘(东方博物院院长)派院中职员任其事,先筹集临时经费,余当缴付五千法郎,对于此事才有一基础"。(376页)B. 与荷兰佛学研究者费式尔谈《唯识三十颂》,"前二十四颂,明唯识相,乃说明相对真实,包一切科学而为科学之所未逮;第二十五颂,明唯识性,乃说明绝对真实,超一切哲学而为哲学之所要求;后五颂明唯识位,则说明其人生如何转变而进化至佛陀之真进化论",他自称"以科学、哲学、进化论比类旁通"。(385页)

孙宝瑄《忘山庐日记》

孙宝瑄《忘山庐日记》,上海古籍出版社1983年出版。

清光绪二十三年(1898)十二月初四,孙氏读《天演论》,突然悟到"世儒多以欲属人,而理属天,彼独以欲属天,而理属人",觉得这是中西一大分别,中国崇尚"天理",却不知道"天理"其实是"人"想出来的,倒是"人欲"却是"天"生的。但是,这个道理,百年前的戴震不就说到了么?

倒是他对常识的怀疑,使他注意到经典之外的资源。那个时候的人,受到时代巨变的刺激,便常常走出经典,不再局限于读科举所需之书,中国、欧洲和印度的各种知识在头脑中搅成一团,无形中形成互相比较和诠释,比如他觉得,"天演说"始于额拉吉来达,嗣于德谟吉拉图,中变于斯多噶,便说额拉"为欧人智学之祖,大旨以变言物,故谓万物有已过、未来而无现在,与中土《易》理合,《易》言既济,即额拉之已过、未来也",而德谟"生春秋哀定间,以富人子游学……在古人中最先创莫破微尘之说者,近代化学宗之",特别是斯多噶,他想到了印度,"始创为造物主宰,以为无不只无不能,盖近婆罗门八明之论,而额拉氏所未言也"(156页)。

他好读佛教尤其是相宗之书,如《百法明门论》《唯识三十论》《相宗八要》《八识规矩》,等等,而且还好从佛教联想到《天演论》等西书,从西学联想到佛学,这一风气可能影响了不少人。比如初七这一天,他和章太炎一道聊天,就说到西方人说蚊生水中,应当就是"水中微生物所变,故谓化生",而不是所谓卵生或湿生,他引了《楞严经》所谓"湿以合感,化以离应",说"离者即以此化彼之谓也,合者当为两种质相配而成",他觉得,西学与佛学都注意到了观察生物变化,所以,他反过来批评宋儒"讲空理多,有空而无理,然亦能妙绪环起者,不过善绘其空之状态而已,反近于词章"（157 页）。光绪二十八年（1902）三月,他又在日记里面说,男女媾精"精中有微生物曰精虫,此近日全体学大明,为人所恒言",就想到佛书中早就有类似的内容,"《大论》云：身内欲虫,人和合时,男虫白精如泪而出,女茶赤精如吐而出",觉得佛教不仅和西学相通,甚至比西洋人更先知先觉。

新知识进入异域,常常首先是好奇的道听途说,然后是在自家仓库里找东西解释,郢书燕说导致对传统知识的瓦解,接着则是原教旨式的追根究底,最后仍然回到所谓"创造性或歪曲性的再理解",这是否是一种规律?

《郑孝胥日记》

晨起,读《郑孝胥日记》（中华书局,1993 年）前二册所记晚清事,深有感触。

一百年的时间真是不短,说到前清的人事,仿佛已经遥远得很,有时候想起来,不由得会把它当了"古代"。可是读这本日记,却又颇为恍惚,好些事情和场景好像就在前天或大前天。就说他在清光绪十七年（1891）出使日本（他先任筑地副领事，后两年充神坂领事）到二十年(1894)归国这一段时间里写的东瀛日记罢，提到的好些地方、事情和话语，就和今天没有什么两样，让我想起去年日本旧游之地，如东京的后乐园(1891 年 7 月 10 日，216 页)："园极林壑之胜，有小屋祀夷齐，明王孙朱舜水于鼎革时，避地日本所创也。"如镰仓的神社和大佛(1891 年 10 月 29 日)："(八幡宫)有三石并列，大如栲栳，云时治则出土，乱则没入地也，复有一石，高二丈许，绕以栏楯。""(大佛)高五丈，建长四年上总国大野五郎右卫门铸造之。"又如京都的四条(1894 年 2 月 12 日)："四条桥浪花楼……楼对圆山，前临河，河水湍急多碎石，汹涌有声，地颇喧闹车轮屐齿如沸。"仿佛都和我看到的相同，特别是里面不断提到的高岛屋、三菱公司、"帝国伙蝶儿"(帝国 Hotel)，直让人恍惚中觉得历史好像并没有走过百年似的。

不过，有的世风人情在这百年间还是变化很快，那时中国文人的出洋生活，现在是全然不见了，日本人的旧时风俗，如今也没了踪影。郑氏在日本似乎主要是在读书，读的还是《说文》和《通鉴》，也读宋人笔记，偶尔学两句英文，读一读《明治时势史》《明治开化史》(1891 年 6 月 20 日)，还对日本的新政大为不屑，像光绪十七年十二月因为日本之乱而幸灾乐祸，说"天败之以为学西法者戒"(261 页)，光绪十八年闰六月因了

《日本新闻》讽刺伊藤"变法以来,外观虽美而国事益坏……盖伊藤始终学西法也"(311 页)。所以尽管身处变法的日本,仍然长袍马褂,过着如同国内士大夫的生活,狎妓听戏,吃茶饮酒,似乎乐不可支,一天到了浴室,见到"裸体赤立者右男而左女,俯仰自如",倒也觉得怡然(211 页),这大概是甲午之前中国文人士大夫的风习?他批评日本人森大来肆意贬低中国的诗歌,则说到日本明治学西法以来虽然富强,但"汉学益衰",所以搞得风俗日下,敦厚之本已亡(334 页)。要到了甲午一战之后,他才在日记中有震惊和愤怒,"闻之(和议)心胆俱腐,举朝皆亡国之臣,天下事岂复可问,惨哉"(1895 年 4 月 18 日,482 页),日记中还抄录了唐景崧自台北来电,说"(台湾)一旦授人,百万生灵如何处置?外洋能不生心?宇内亦将解体……铸此大错,曷胜痛哭"(1895 年 4 月 19 日)。看来,不变的是山川,常变的是人情,更容易变的是时势,难怪古人说"秦时明月汉时关"。

《翁同龢日记》(三、四册)

《翁同龢日记》(第三、第四册)是陈义杰整理本,中华书局1992 年至 1993 年出版,这两册记载的是清光绪元年(1875)

到十五年(1889)间的事情。

这十五年虽然不像 1894 至 1895 年那样变化剧烈,但仍是近代中国的多事之秋,日本在这期间(即明治八年至二十三年)已经大变。但是,从《实录》和翁同龢等人的日记中却可以看出,中国上至天子下至士大夫,仍然在传统生活轨道上缓缓滑行,光绪皇帝的日程功课,仍然是正统儒家的经典《孝经》《论语》《孟子》《周易》《礼记》《左传》《诗经》,外加作为文学修养的唐诗,以及做天子必须了解的反面历史教材明代史事(《明史》)和正面教材清初事迹,(《开国方略》)。据日记记载,翁氏在光绪三年侍读,给皇帝讲的便是"孔颜乐处"(三册,1269 页)。士大夫官员则除了官场公务之外,依然是沉湎在三件雅人逸事之中:一是游山玩水访僧问道,二是吟诗作画校书读帖,三是搜集字画古书兼及会客应酬,偶尔把头伸出窗外,才吃了一惊,但是不久又缩头回去,照旧心安理得地过着旧时生活。1875 年 2 月 25 日载丁日昌上折子,告诫朝廷"日本国变峨冠博带之旧习,师轮船飞炮之新制",觉得这是大事(三册,1113 页),但是,后来看来还算很明白的翁氏却说,"阴而有谋,固属可虑,穷而无赖,则更可忧",似乎没有太多警惕,也没有应对的措施,只是把东边的邻居看作还是"穷而无赖"的岛夷。

其实，翁氏何尝没有感觉？在光绪五年(1879)，他就已经写到过，"值国事艰难至极之时，又逢讲幄大费劝讲之际，百念灰冷，中怀瘀损，将病无疑"，这说的是个人，还是国家？但是一旦走出公门，回到自己的生活，就仍然在写些不咸不淡的诗歌，像什么"读画亦奇事，清淡得暂闲"(三册，1306页)。似乎在那个时候，知识人并没有真正意识到危机将萌大难将临，所以，一方面心情还是安闲，觉得"谋国之方，以保境息民为大"，全不想是否真的可能"保境"(三册，1463页)，像庄子祯上折子，还在向皇帝反复讲"圣学以用人行政听言为大，听言在致知，致知在穷理，穷理在读书"这种空洞的道理(四册，1728页)，一方面思想仍是迂阔，像曾沅圃论时弊，仍然是"驭夷以柔，以忍辱为主"(四册，1791页)，作出一副宽容大国模样，实际上可能已经是无可奈何了。

光绪十二年，中国人和日本人在长崎互斗，在日本打官司，明明日本人无理，但是中方律师最后却说了一段"私中之私话"，说"日廷如肯知照中华认过，谓曲在日捕(警察)，并议抚恤，中国素怀大度，谅可化大为小，若执迷不悟，将来欲求今日而不可得，则悔之晚矣"(四册，2043页)，虽然气度可佳，但让人想起《红楼梦》说迎春"虎狼屯于阶，尚谈因果"，也让人想起宋襄公列阵待敌。

金毓黻《静晤室日记》

读金毓黻《静晤室日记》（辽沈书社，1993年）。这次闲下来，找到他的十大册日记，读来也很有兴趣，所以随手做了一些摘录。

第三册卷四一（1926年10月13日）记载他写的《研究东北文献之重要及其方法》演讲辞，其中引用《周礼·职方氏》"东北曰幽州，其山镇曰医巫闾"之郑注"医巫闾在辽东"，证明为中国故地，又强调东北文献研究之意义一是爱乡，一是证史（1762页），希望组织一个"东北文献学会"，并说"日本人士因研究朝鲜古史，曾在汉京组一朝鲜研究会，发刊书籍多种，皆极有价值，近年又在大连组织满蒙文化协会，所得之成绩，亦复甚佳。外人且如此，吾人岂可甘居人后乎?"（1764页）又，1927年4月24日，金氏又撰《东北地理略说》，认为西北地理之研究已经从清末即成为风气，如今东北也渐渐为人注意，但是多数学者"专凭载籍，殊鲜目验"，所以一个渤海中京，或以为在辽阳，或以为在广宁；一个金上京，或以为在开原，或以为在宁安（1861页）。并指出研究东北的著作，如宋代有洪皓的《松漠纪闻》、徐梦莘的《三朝北盟汇编》、许亢宗的《奉使行程记》(附《大金国志》之后)，以及明人撰集的《辽东志》《全辽志》等(1865页)。这大约既与感受到日本对东北的领土野心有关，也与日本的满蒙研究刺激有关。大凡现代学术的发展，往往都来自两种动力，一种是现代学术的国际比赛，一种是国家政治的彼此警戒。比如稻叶君山书，就对金氏大有刺激。1926年11月8日，金氏开始读稻叶君山的《清朝全史》，大发感慨："唯著者之取材不仅得之与游历，其所引用之书籍，为吾国人向未寓目者，不啻数十种之多，如日本传抄太祖、太宗、世祖三朝《实录》也，《全辽志》也，朝鲜人所著之古史之册档也，皆足令人惊异。吾国博通之士匪少，以言清史，乃不如稻叶创获之多，视之洵有愧色矣。"(1778页)1927年4月25日，读第二册，说："此册叙清代平定外蒙古、回疆、西藏之武功，条理极明晰，大抵以魏源《圣武记》为蓝本，而复以散见他书者增饰之。以异国人叙中土事，提要钩玄，语皆有据，虽秉笔修清史者，亦不能不取材于是书，其为有数之名著可知矣。特以异国人优为之，而生于是邦之人反不措意，此事是亦可耻之事，贤哲之士曷不奋起图之？"(1869页)

读金毓黻《静晤室日记》第九册。这时北平已经易帜，金氏颇敏感，很想"赶上时代"，看他1949年2月1日读《新民主主义论》，1949年3月6日记北大樊弘论大学课程改革，1955

年 11 月 1 日记载其不敢与在香港的佘雪曼通信，1956 年 2 月 4 日记载郭沫若关于知识分子"孤芳自赏，坐井观天"之评语，就知道他还算是"识时务者"。不过，毕竟是读书人，也有牢骚太盛的时候，如 1949 年 6 月 4 日与向达、王重民、唐兰、邓广铭等教授座谈会，就感慨今之君子"言是而心非"，只好自嘲是"卖膏药"，很有趣。

诺夫乔伊《存在巨链》

诺夫乔伊（Arthur O. Lovejoy）《存在巨链》（*The Great Chain of Being: A Study of the History of an Idea*，张传有等译，江西教育出版社，2002 年）第一章《导论：观念史的研究》中提出，思想史中那些最基本的、持续不变的，或重复出现的要素，第一，是"有一些含蓄的或不完全清楚的设定，或者在个体或一代人的思想中起作用的，或多或少未意识到的思想习惯"，这些东西是"心照不宣地被假定"的，而且是无须加以论证的（5 页）。第二，是"这些某地特有的假定，这些理智的习惯，常常是属于如此一般，如此笼统的一类东西，以至于他们有可能在任何事情上影响人的反思进程"（9 页）。第三，是"对各种各样形而上学激情的感受性"（10 页）。第四，是"可以被称作哲学语义学的东西"(14 页)等。

他认为观念史的研究,要穿越不止一个历史领域,要打破传统的民族或学科的划分,要关心大量人群的集体思想中的那些特殊单元(18—19 页),并且要研究"新的信仰和理智风格是如何被引进和传播的"(20 页)。

思想史与政治史相当不同,思想史讨论的话题常常超越国界和语言,拥有更大的空间性,因此思想史拒绝从国籍和语言上切割对象,把自己拘束在狭小的政治共同体和民族共同体中,它必须考虑超出国界的东西,而政治史则由于制度、法律、经济的空间,可以单独述及一个地区和民族。(可以参见洛夫乔伊著《存在巨链》,日文译本《存在の大いなる连锁》,25页,内藤健二译,晶文社,1975 年)

《解释过去了解现在——历史社会学》

辛西亚·海伊(Cynthia Hay)在《何谓历史社会学》中提到,基思·托马斯(Keith Thomas)在 *Religion and the Decline of Magic* 中用人类学的理论与例证来进行比较,并以传统的史学记叙说明人对巫术的信念是如何丧失的。他认为,这种人类学取向的影响是,使历史学更关注人类学意义上的文化现象,因而促使"人类学转向",它指的是历史学家如何从传统上关心政治权利人物的行为与思想,转而关心普通人的态度与信仰,即民众史(history from below)。它受法国年鉴学家启发,注意"重建那些表达集体情感的态度、言辞与沉默"(Mandrou 语)。Mandrou 用 18 世纪小贩贩售的通俗书籍作为研究农民心态的线索,但有人质疑,因为这类通俗书籍的作者会想尽办法投合读者,但他们未必表达了农民的心态与信仰。Ladurie 用宗教审判记录来研究 14 世纪纯净派异端生活态度与方式。但也有人会怀疑这类证据是否会引起判断失误。因为村民也许会用他们的性遭遇来转移审讯者的注意力。加比(Gaby)和伏维尔(Vovelle)对 16 到 19 世纪普罗旺斯地区的祭坛画进行分析,说画上的天使数量逐渐减少,说明这段时间对死亡的态度正日益世俗化。这篇文章收在《解释过去,了解现在——历史社会学》(中译本,上海人民出版社,1999 年,38—44 页)中。

关于都市研究的一种新途径,本书中还有罗斯马里·梅勒(Rosemary Mellor)的《作为道德方案的城市化》一文,它通过对都市的人口、环境、经济、社会、政治的建构,讨论了城市对居住者的文化管制与改造。这使我想到的问题有:一、居住者的社区／街道／区域的划分与区别,对居住者认同／定位的意义(如上海的上只角、下只角，或浦东、浦西；北京的东富西贵南贫北贱，以及很多发展迅速的城市中的新区与老区）。二、城市设施及功能对文明的规范与要求（如垃圾处理、街道公共卫生，以及人们的习惯）。三、城市组织与治安（例如犯罪与处罚、监视系统、邻居关系的变迁）。四、家庭、家族、语言、风俗的变迁（居住区域的变动，往往使传统家族组织崩溃，它对乡村形态的摧毁，以及导致的语言的普通化与失去乡土味）。五、娱乐方式的变化与市民公共空间（如澡堂、戏院、街头、茶馆）（1999 年4 月 14 日）。

季镇淮《司马迁》

这是一本旧书（上海人民出版社，1960 年），也是一本小书（仅 137 页）。记得上大学的时候读王国维《太史公行年考》与郑鹤声《司马迁年谱》，颇有心得。今天重新读有关司马迁的书，如英文世界的伯顿·沃森（Burton Watson）之 *Ssu-Ma Chien: Grand Historian of China*，以及季先生此书，仍有新感觉，不知道为什么，这次阅读，特别想到的却是帝国与历史的关系。我想，《史记》之诞生犹如波里比亚斯（Polybius）在一个世界性的罗马帝国出现时，不得不把这一帝国历史当作一种可理解可掌握的伟大统一体一样。司马迁在汉代盛期书写《史记》，也超越了《尚书》（文件汇编式的历史）、《国语》、《国策》（拼合式的历史）、《鲁春秋》（各诸侯国即地区式的历史）等历史书写方式，因此，才有周边（大宛、匈奴、朝鲜、南越），有源头（三代本纪），有不同阶层（世家、本纪、列传）和不同领域（各书）。这种笼罩天地、铸造古今的"历史"，其实，正是这一庞大帝国伟大历史的记录与反映。

劳弗《伊朗与中国——古代伊朗与中国之文化交流》

《伊朗与中国——古代伊朗与中国之文化交流》（国立编译馆出版，台北中华书局，1975 年），乃 Berthold Laufer（1874—1934）著，台湾出版的中文版是杜正胜翻译，由刘崇竑校正的，作者名字翻译为"劳弗"。这是一部大大有名的著作，大陆版则由林筠因翻译，商务印书馆出版，书名作《中国伊朗编》，作者名字则翻译为"劳费尔"，大陆版比台湾版还早一些，1964 年就已经问世，现在可以看到的最新版，是 2001 年的。邵循正先生在给中译本写的序文中，对它有相当公允和清楚的评价。

我感兴趣的是现在什么东西是从"外面来的"。此书在有关古代西域植物的部分说到，除了葡萄、胡桃、石榴、胡豆之外，还有很多东西是从伊朗传入中国的，比如像菠菜，刘禹锡《嘉话录》、唐慎微《证类本草》、《唐会要》、李时珍《本草纲目》都有记载，又比如像水仙，《酉阳杂俎》十八卷有记载，称"奈祇"，此外还有胡萝卜、西瓜、橄榄，等等。

特别注意了一下"押不芦"，因为过去看唐代小说《无双传》，甚有兴趣琢磨那个道士究竟用了什么药，居然可以使无双假死，后来，无意中看到冯承钧译《押不芦》一文，则对此物颇为好奇，怀疑是否唐代道士已经知道这种药。劳弗此书称，押不芦为宋代由阿拉伯人从西亚传入，首先见于周密（1230—1320）的《癸辛杂识续集上》《志雅堂杂钞》卷上，其名原于阿拉伯文为 yabruh 或 abruh，就是大大有名的曼陀罗花（309 页），如果真的是在宋代才传入中国，则唐代道士便无从用此药矣。

周质平《胡适丛论》

读周质平《胡适丛论》（台北三民书局，1992 年），其中《胡适与冯友兰》一文甚有趣，里面提到胡适曾经在《美国历史评论》(*The American Historical Review*)1955 年 7 月号发表书评,对冯之英文版《中国哲学史》提出批评,指出他"只以不到九页(423—433页)的篇幅来处理道教",而且"对四百年禅宗的成长和发展,只提供了大略而不含评判的处理"(105页),特别是,他批评冯书是"以'正统'的中国观点来写的中国哲学史"。这里所谓"正统"是:一、"'道'是由孔子拓展出来的,他是上古时期先圣遗绪伟大的传承者";二、"'道'受到异端如上古时期墨翟和杨朱,以及中古时期佛教和道教的蒙蔽和驱难";三、"'道'长时期地潜藏在经书之中,直到11世纪开始的理学运动,才受到理学家的重新阐发"(105—106页)。

其实,胡适在1955年1月24日写的日记中,已经提到了这一点。他对冯氏《中国哲学史》的批评,有人说是"瑜亮心结",甚至有人说是"被超越之后"的恼羞成怒。未必如此,因为胡适的地位高于冯友兰甚多,完全不必在一个哲学史领域与他论长争短。胡适受到傅斯年等人的影响,对于思想史自有看法,而在这一争论中,恐怕胡适的立场是对的。我读冯书,也觉得他前一卷较好,后一卷稍差,特别是对佛教与道教的研究,实在是太过简略粗率,对佛教往往多引用而少分析,对道教常常是一闪而过,基本上仍然是以来自儒家一脉的叙述为主干,在选择哲学史叙述什么的时候,冯确实太过"正统"。

陈毓贤《洪业传》

《洪业传》(联经出版公司，1992年)的作者陈毓贤女士是艾朗诺(Prof. Ronald Egan)的夫人，他们夫妇曾经应张隆溪之邀到香港城市大学来，我们曾在尖砂咀一家饭店一起吃饭，有趣的是，竟然很快就看到了这本书，因为与作者有一面之交，所以看起来似乎多了一份亲切感。

据序文说，此书是与洪业多次采访和交谈的记录，又参考了很多书信和档案，正如作者说的"百分之八十完全根据洪先生的口述"(序，3页)，所以，有几段有关历史学方法的记载可以当作学术史资料。在第120页，记载了洪业对大学学科的想法，他一方面希望把"中国经几千年积累的学问挤入大学课程的框架里"，一方面觉得"把它笼统归入一个国学系太难令人满意了"，所以，"他相信把先人知识分为语文、数学、科学、人文四类，人文下中国文学应自成一门，而中国的考古、艺术、历史、哲学、宗教等科目，都该与西方的这些科目相互结合，一起教"。第176页，又记载"洪业训练未来历史学家的最主要的工具是他的历史方法课，他请了一个图书馆小职员每星期天到市场去买废纸，这些废纸中有日历、药方、黄色读物、符咒,等等"。第 115 页,又在晚年回忆中,他说他当时的历史方法课上,要先灌输他们一种历史感,"第一,要他们在一周内交出一篇作文,题目是《我是谁》,内容包括姓什么名什么,有没有别的名字,何地人,父母在不在,干哪一行,祖先中有没有杰出的人物,家族渊源如何,有没有族谱。第二,要他写一篇出生地的历史,何镇何市,住宅的由来,有没有看过地契,房子建立多久了,在家中多少年。这对文件的处理是很好的训练。"

后面说的这种训练方法很有趣,只是这种题目,今天却不敢出给学生,原因是可能会侵犯西人所谓"个人私隐",接受西方学科制度和科学方法的洪业先生,可能只能在中国任教时出这种题目。

福州黄巷葛家

——《葛生蒙楚》之一章

葛兆光

一

从籍贯上说,我是福州人,虽然我出生在上海。很长一段时间,中国作兴填籍贯,所以我填表也好,办护照也好,各种证件上都写的是"福建福州"。我父亲葛耀昌(1922—2004),从小在福州长大,虽然大半生在上海、北京、天津和贵州打转,但终究叶落归根,近退休的年龄从贵州回到福州。一直到去世,一辈子操着浓重福州风味的普通话,他算是真的福州人。

　　葛家在福州著名的"三坊七巷"之一的黄巷里,有一处老宅。在现在福州的各种坊巷志或者旅游书里,都把它叫作"葛家大院",也算是一处名胜,这里就是我的老家。我父亲一直很得意地对我们说,葛家大院原来的大门口,有一副对联,写的是"丹井传家远,黄楼卜宅长",用了东晋道教中人葛洪的典故,说明这是葛家祖上传下来的。但说老实话,我也不知道这个老宅最早是不是葛家的,也许,在我的爷爷或者爷爷的爷爷时买来的,我父亲曾说,早年葛家大院的大门上方还悬挂了"中宪第",二门还挂有匾额,上书"会魁"二字,可我一直没有查出葛家哪一代有这么好的科举功名,所以,我怀疑这个院子原本是别姓的,只是葛家后来买了下来。但不管怎么说,现在的各种书里,它都叫"葛家大院"。传说中,它还是唐代一个叫黄璞的文人的旧居,传说晚唐黄巢闹事,大军越过仙霞岭,打到福州的时候,因为尊敬黄璞是读书人,下令不得焚烧这里的民宅,它才得以保存下来。但这个故事有几分真实,几分想象,几分编造,谁也说不清。葛家大院毗邻另一个清代名人梁章钜的故居,两个宅子中间有一个"黄楼",但长期以来,为了黄楼究竟应当归属谁家,葛家和隔壁争执了很多年。

　　老宅过去确实是阔气过的。据说,左右两边原来好几大片宅子原来都是葛家,院子里有七口井,一处池子,俗称"七星八斗",花厅也有山石叠成的假山和雕梁画栋的亭阁,还有一处不小的水池。不过,1979年我第一次回到福州老家的时候,那个大院已经破败不堪,穿过原来很不错,可已经瘦身再瘦身的天井,七八家人已经把这个有些历史的老宅分割得七零八落,原本有假山亭围小池的花厅,也早已经堆满杂物,上面瓦间漏水也望见星星,下面则晴天满是晾晒衣物雨天满是接水锅盆。一直要到政府想发展旅游,重建三坊七巷作为旅游的景点,这才重修了大门,今年(2013)夏天我回去看的时候,原来很破败的大门,突然变得很古雅堂皇,连我自己也吓了一跳。

二

更有趣的是,在福州一些旅游书上,有一个很吸引人的传说,就是葛家出自古麻剌朗国。古麻剌朗国倒是真的,《明史》卷三二三《外国四》说,"古麻剌朗,东南海中小国也",据说,大概位于现在菲律宾棉兰老岛,明代永乐十五年(1417),中国派了中官张谦去传达天朝诏令,海道遥远,张谦大概在那里待了三年。永乐十八年(1420),麻剌朗国国王斡剌义亦奔就"率妻子、陪臣随(张)谦来朝,贡方物",永乐皇帝就给了他们如同苏禄国王一样的待遇，为他们颁赐了印诰、冠带、仪仗、鞍马等。可惜的是，这个国王回国路上生了病，永乐十九年(1421)便死在福建。于是，随同诸臣便留在福州为其守丧，因此寓居在福州，成了这一方人氏，传说中的葛家祖先就是陪臣中的一个。这原来是个故事，真的还是假的？不太清楚，记得当年福建电视台也来采访和拍摄过葛家，也许，是因为黄巷这里所谓三大姓"毛、萨、葛"都算是外来人口？萨家过去就是蒙元时代的色目人，传说祖上是雁门萨都剌，元末迁到福建。毛、萨、葛都是以前地方志里应当归入"流寓"的那一类人。不过，现在为了发展旅游，杜撰噱头，说这里曾经有过中外交流史上的"遗迹"，所以以讹传讹，我们也只能"假作真时真亦假"，随它去了。

葛家究竟来自哪里？过去，连我父亲也说得不太清楚，但没有疑问的是，葛家原来应该住在福州城外的洪塘国屿一带，我父亲晚年给我写信，说他小时候曾经去国屿的葛家祠堂参加过祭祖。1990年代那里大兴土木，要把过去的坟茔拆掉，曾通知葛家去迁祖坟，我二伯匆匆赶去，一块大碑已经毁坏，另一块小碑很幸运地保存下来，这是一块清代康熙年间的石碑，约高80厘米，宽50厘米，篆文题额为《皇清敕授儒林郎蔚庵葛先生墓志铭》。有了这块碑，我才把祖上的历史渐渐解开。

三

《皇清敕授儒林郎蔚庵葛先生墓志铭》碑文,是一个叫翁煌的人在清康熙四十一年(1702)撰写的,篆额的则是另一个叫林文英的,而书丹的则是自称晚生的蒋晟。据这位翁先生写的碑文说,蔚庵先生也就是我这个祖上,叫作葛焕(1647—1702),字子章,蔚庵是他的别号。给他撰文书丹篆额的三位,我没有专门去考察过,不过,看来都有些功名,但我的这位祖上蔚庵公,却好像没有什么太高的地位。根据碑文记载,虽然他的祖先也曾在明永乐年间中进士并督学山左,但后来的子孙却很难跨过科举那道"荆棘之门",蔚庵公也只是"少攻儒业,卒入成均",并没有中过进士,据《福州侯官县志·耆旧录》的记载,只是一个监生而已。他可以被写出来夸耀的事情,主要是在当地做了一个有力量的乡绅和有道德的典范。据说,他"素好行善,闻人有义举,必心羡之,曰彼何幸,乃得好事行之?常出镪,为人完聚骨肉,匪直匍匐救丧而已。遇后生寒酸,出赀礼,劝之卒业,往往因而成名"。按照翁煌碑文的说法,"闽中盐政,不至大坏,实先生力也"。但是,我怎么也想不通,一个乡间儒生的善行,与福建的盐政坏不坏有什么干系。

不过，他可能是一个很能干的乡绅，经营了洪江江山也就是国屿那一个葛家的基业。据说，他为了家族，先购买了"烝尝田"以防万一，也建造了七世坟地，把两百年来的家族坟地整饬一新，他又害怕老人寂寞，特别在城里买了夏屋，"迎奉入城色养"，不知道这个"夏屋"是不是就是黄巷的这一片老宅，如果是，那么这个宅子姓葛，至少也有三百多年了。

碑文里面说到，蔚庵公的先人讳回公，"由永乐进士，督学山左"，既然中过进士，似乎不像是刚刚从古麻剌朗国来的外国人，看来我们追溯上去，还是中国的读书人。一直到蔚庵公葛焕，仍然是"雅喜读书，款延师傅，训诲子侄"，后来，我父亲那一代葛家人，也曾延请了一个本家叔叔做私塾老师，从小就读四书。看来，"丹井传家远"，不是因为信了葛洪炼丹，而"黄楼卜宅长"倒是因为奉了孔老夫子，能读书的缘故。

四

按照碑文的记载，蔚庵公葛焕，先娶陈氏，续弦王氏，共生有子六女三，陈氏孺人生了三个儿子。长子大梁，蔚庵公去世的时候是"郡廪生"，次子大埏，那时是"国学生"，三子经邦，那时是"郡庠生"，都算是读书人。王氏生了三个，叫大培、大疆、大超,大概蔚庵公去世的时候还小,碑文中没有记载他们的身份。二伯曾经问我,为什么他们的名字中间都用了个"大"字?为什么老三名字又偏偏不用"大"字?我也讲不清楚。不过这以后,大梁一系的葛家,则按"元运开泰,保世滋昌,渊源孝友,欲振家声"这十六个字排辈分,我爷爷是"滋"字辈,我父亲是"昌"字辈,我本应是"渊"字辈,只是到了我这一代,天地翻覆,革除旧习,就再也不按照这个辈分起名字了,只有台湾大伯家的儿子还用这个"渊"字起名儿,而我弟弟葛小佳1990年代给大陆写文章时,之所以用"葛佳渊"这个笔名,就是因为这个原因。

"葛生蒙楚,蔹蔓于野"(《诗经·唐风·葛生》),说的并不是葛姓的"葛",而是植物的"葛",不过,葛藤覆盖荆棘,杂草蔓延遍野,倒也可以用来形容葛姓一族在福州逐渐生根。据我父亲说,蔚庵公之后支脉繁盛,我们就是长房大梁的后人。"君子之泽,五世而斩"似乎是中国的规律,没有不散的宴席,也没有长盛的家族,除了官方护佑的至圣先师孔家之外。以前,潘光旦先生写《明清两代嘉兴的望族》一书,说嘉兴有长达十几代一直兴盛的家族,代代出人物,这也许是比较少的,潮起潮落,兴兴衰衰,在中国传统时代的乡里很常见。葛家也不例外,蔚庵公之后,虽然家族还算是绵绵瓜瓞,但在仕途上葛家并不太兴旺发达,所以地方志、乡绅录里面也不见记载。

　　直到我爷爷投笔从戎,当了军人,福州黄巷葛家才好像真的要"重振家声"了。

五

　　我的爷爷葛滋承(1890？—1952),大概生在 19 世纪 90 年代初,是在乱世浊流里面混出来的。在这个中国社会重新洗牌的时代,人的命运很诡异。生逢世道巨变的人,或者从绿茵而辗转泥途之中,沦落下僚,也可能鲤鱼翻身跃过龙门,一下子成为人上人,全看运气如何。晚清那个时候,福州马尾办过船厂,办过船政学堂,办过最早的大清海军,黄巷的"毛萨葛"三家中的萨家,就因为办海军而出了很杰出的人物,这就是既当过大清总理南北洋水师兼广东水师提督,又当过民国初年海军大臣的萨镇冰(1859—1952)。我的爷爷不知道和萨家有什么关系,反正是远亲不如近邻罢,也做了这个大潮里的一个弄潮儿。1922 年,当时的海军总长李鼎新派了杨砥中,在马尾成立海军陆战队的统带部,曾经发展很快,在福清、长乐、连江、厦门都有驻军,到 1928 年编为两个旅,成为福建最重要的军事力量。据说,在我父亲很小的时候,大概 20 世纪

20年代末,爷爷就从营长一直当到了海军陆战队混成旅的副旅长。

这里又有一件有趣的事儿。民国那会儿,也许当官需要资历或学历。我爷爷有学历,号称是"保定军校第六期学员",算起来,和著名的叶挺、顾祝同、邓演达、薛岳,都是同一级的同学。保定军校原来是清朝北洋速成武备学堂,在民国初年,名声仅次于黄埔军校,也是赫赫有名,1912年到1923年间共有九期学生毕业,里面出了很多战将。很多年以后,我弟弟在美国教书时,特意去华盛顿的美国国会图书馆查阅保定军校的资料,发现确实有"葛滋承"这个名字。可是,听我父亲晚年病榻上的叙说,才发现这是一个颇搞笑的故事。原来,我的爷爷压根儿就没去军校读过书,用他的名字去军校真的读了军事学的,是他最小的堂弟,也就是我的四叔公。换句话说,我爷爷用了四叔公的毕业文凭,而四叔公却用了我爷爷的考试成绩。中国这种冒名顶替之风,也许源远流长,不是现在才滋生出来的,难怪以前科举时代考试的时候,有作弊,有枪手,也有小抄。

更有趣的是,四叔公学成文武艺回来,却并没有货于帝王家。他毕业的时候是20世纪20年代初,他却压根儿不愿意进入军界做事,原因据说是他发痴一样地爱上了一个女子,就是我后来的四婶婆,为了这个据说很漂亮的女子,他天天待在家中。这也许可以理解，一方面四婶婆当年可能真的很漂亮，1990年代我在福州还见过她，从她老年时的相貌，也可以想见她年轻时确实很秀气；另一方面，我猜想是保定军校文凭写的是"葛滋承"，我爷爷凭了这个文凭可以当官，四叔公没有这个文凭，在海军就得从下层干起，从小受宠的他也许不愿意吃苦。所以，他就在我爷爷手下当了一个副官，据说是在庇护下吃干饷，根本不去当差，整天宅在葛家大院里面。不过，或许是因为我爷爷当了官，出钱把黄巷葛家大院又重新整顿一番，弄了好多葛家堂兄堂弟来一起住，就由我奶奶主管家务。顺便说一下，我奶奶叫何红蓉，中医世家出身，在福州也算名门。她的同父异母妹妹嫁给我爷爷的部下，这个人叫什么忘记了，后来曾在邱清泉手下当装甲师师长，1949年以后出走香港，辗转台北，最后定居美国，好像这位姑奶奶很长寿，一直到2000年前后，我弟弟还到加州她家去看望过她。在我奶奶的主持下，这个时候的葛家大院，似乎又兴旺起来。

我父亲葛耀昌（1922—2004），就出生在这个大院里。

六

父亲是爷爷的第二个孩子，上面有一个哥哥，就是我的大伯,他比我父亲大不少,大学时代在上海学化学。据我父亲说,他上大学时常常出入舞厅,花钱如流水,差一点儿就娶了上海舞女,被我爷爷严厉制止,甚至威胁要断钱断粮才作罢。抗战后期,听说曾经到遵义火柴厂工作过,后来台湾光复,1946年就去了台糖就职。父亲下面有两个妹妹,就是我的五姑、七姑,也都随大哥去了台湾。我奶奶曾经短暂去过台湾,帮着照料大伯一家和两个姑姑,但1948年为了照顾我爷爷,又回到福州黄巷,此后天各一方,一直到死,也再没见过她的这几个子女。他们一直留在台湾,直到1990年代,他们和我父母亲才在香港再次聚首,那时都已是白发苍苍的老人,据说,后来我的五姑和七姑到福州郊外去祭拜爷爷奶奶,哭得像泪人一样。

说起来,爷爷的四个子女中,父亲排行是老二,但葛家却用大排行。祖父一辈兄弟的孩子统统混算,我的大伯是老大,老二即我的二伯,却是我祖父弟弟的孩子,所以,后来我的堂兄弟们总是把我父亲叫三叔或三伯。他出生后葛家家境大概是最富庶的,所以,父亲的童年记忆都是欢天喜地,什么过年大吃大喝,什么福州坐大水的时候在天井里划船。2003年夏天,他胃癌手术住院,我去医院陪护,他还和我兴致勃勃地说起他小时候的读书经历,他先是读私塾,由同宗一个当过云霄县知县的长辈坐馆，教他读四书。这位私塾先生也姓葛，就是祖爷爷之叔伯兄弟，据说很严厉。但父亲是爷爷奶奶宠爱的孩子，我猜想他当时一定学得不好，常常被打手板心，所以后来改弦更张，去读新式的英华学校。据说，在洋学堂里面，他旧学古文算好的，但是新学即数学和英文却不好，不过，英华学校很有名，总算后来也考取了当时设在上海的暨南大学。

可是，父亲上暨南大学的时候，日本人已经打过来了，暨南大学撤到福建，先在三明，接着在武夷山继续课程。后来，我父亲回忆这一段时光，最喜欢讲那时暨南大学的三个故事。第一个是何炳松是校长，不过，尽管何炳松是中国有名的大史学家，可我父亲并不学历史，其实也没有什么好夸耀的；一个是他的同学里面，后来有一个当过副总理的吴学谦，但吴学谦后来当大官，同学从来也没有联系过，也没有沾过半点光；再有一个，就是他从福州家里带了不少洋钱出来，出来的时候，怕日本鬼子搜查，大洋都绑在腰上，所以，尽管当时山里的暨南大学伙食极差，但他可以时不时拿出大洋在茶馆里吃鸭子，这倒是真的，也符合我父亲那种老饕性格。我曾经开玩笑地问他，是不是那时根本没有好好上课，他也毫不忸怩地爽快承认，他原来上的是法文系，但考试总不及格，于是，二年级转上外贸系,改学英文,好容易才毕了业,于是一辈子就干了对外贸易这一行。

<h1 style="text-align:center">七</h1>

　　海军陆战队的差事并不好做,抗战时期,海军陆战队很快就丢了船,海军变成陆军,我爷爷随着部队,辗转到了江西、湖北和湖南。1945 年,中国抗战总算胜利的时候,我爷爷正在湖南芷江警备司令部任职,曾经亲历了日军投降仪式。不过,那时他已经厌倦了军旅生涯,就在湖南倒腾了两车药材,辞去了军职回到福州。也因为这个缘故,国共战争的时候他没有参与,1949 年后这段戎马历史侥幸没有被追究,直到 1952 年患病去世,还算平安一生。

　　可是,大学毕业后在上海海关做事的父亲,却被簸弄到巨变之中。海关原本是常言说的"金饭碗",可 1949 年前后他却失业了,生活陷入困境。那时,他已经与我母亲结婚,金圆券大贬值,人心惶惶,据说,那时他为了尽快花掉手里的钱,曾经急急忙忙拿一麻袋纸钞,匆匆地抢购了一件英国呢子大衣。尽管有我外公和爷爷两家作后盾,生活不至于无法维持,但是,他心里却很苦闷烦恼。我父亲原本性格就很不安分,福建人的性格也很勇于冒险，于是，在著名的共产党人冀朝鼎的鼓动下，在我出生之前的 1949 年，就悄悄跑到已经解放的南京，进入共产党的军政大学学习。按照后来中国大陆政府的规定，在 1949 年 10 月 1 日之前参加革命的人，可以享受"离休"即老干部的特殊政策，他也算赶上了这个尾巴。

不过，尽管他一直很想跟随潮流，但潮流却总是在嘲弄他，一辈子都不得意。后来细细想，大概有三个原因，一来他的阶级成分不好，父亲算是国民党军官；二来他娶的是上海资本家女儿；三是四兄弟姐妹中有三个在台湾，也就是说他算"台属"。更要命的是，他结婚时的男方证婚人葛滋韬，也就是我父亲后来常常说到的"韬叔"，居然是军统特务，这个军统特务偏偏又是我爷爷的堂兄弟。后来我才知道葛滋韬别名徐勉，抗战中曾经在军统的闽南站当过副站长，1948 年我父母结婚的前两年，他已经去了台湾，转行办起了经济通讯社，大概那时正好在上海，就代表我爷爷做了男方证婚人。1995 年我去台湾访问，还见过他和他的两个弟弟，看上去完全是一个和善老头儿，并没有传说中军统特务那种凶残狡诈和深沉。可 1950 年代我父亲在向党"交心"的时候，为了表示自己无所隐瞒，便把这个事儿说了出来，没想到这给他带来了无穷的后患。尤其是，他还常常口无遮拦地讲一些自觉高明的话，这总让他的上司或上司的上司很不爽,所以,几乎每一次运动来了都不好过,申请了好些次,也始终没能入党,可每次折腾,却都少不了折腾他,最终是每下愈况,一会儿从北京被下放到定县农村劳动,一会儿从北京被贬到天津当中学教员,最终又从北京被下放到贵州,在贵州东南的一个县城一蹲就是近二十年。

我出生后,父母去了福州,后来又辗转到了北京,又到了天津,我却一直在上海外公外婆家住,福州黄巷葛家,好像与我没有太多关系。但1957年要上小学了,外公外婆下了狠心,让我回到父母身边。于是,沿着京浦线咣当咣当坐了一天一夜的火车,来到了当时在天津的父母身边。从此,福州黄巷葛家的历史,就开始和我的人生交集,我也从此一点一点地融入了这个黄巷葛家大院的烟尘往事之中。

本文原载《书城》2013 年 12 月号

『中西医的调人』德贞

——高晞《德贞传》读后

李天纲

在尊重中国文化传统上，近代以来的西方学者一直没有什么大问题，很少会情绪化地全盘否定中国文化。

"中西医之争"，是 20 世纪文化史上的肉搏战。西方文化进来后，和传统儒家争，和本土宗教争，和王权体制争，讨论起来，都还属于"意识形态"的分歧，一下子难以验证。但是，"中医"和"西医"的论战，关乎器官，联系身体，或许生死，用语言和概念是掩饰不住的，必须分出胜负。治病吃药，必择良医；两军对垒，必分中西。

一般来看，"中西医之争"，常常是中医败下阵来。中国人几乎就是放弃了中医。1839 年，美国医学传教士伯驾（Peter

Parker，1804—1888)在广州十三行新栏眼科医院给钦差大臣林则徐治疗疝气，立了一份编号为"6565"的病历卡，据说是目前所知的第一份"中病西医"记录。"医学传教"，先可以分开来说。如果说西方在中国的"传教"还不太顺利的话，那他们的"医学"无疑是成功的。在1920年代中西医地位的讨论中，很少有人支持中医。鲁迅的态度最典型，他说自己"只相信西医"。他在《父亲的病》《药》，以及《日记》中，不断表明对中医的厌恶。在《〈呐喊〉自序》中，更说"中医不过是一种有意的或无意的骗子"。

鲁迅之外，康有为、梁启超、严复、孙中山、胡适、陈独秀等"西潮"人物，全都拥护"西医"，厌弃"中医"。中国人对西医的信任，也到了执着的程度。近年来，为争论"中医"的地位，有人重提梁启超在北平协和医学院被"割错腰子"的旧事，还有披露康有为死于德国医生做的"睾丸移植"之手术。康、梁师徒两人，至死不悔，力挺西医。这些官司，当时没有定案，现在查证颇难。但是，民国以降的"意见领袖"们，都是西医派，这是可以确定的。

与此相反，一百年前有一位从苏格兰来的医学传教士，并不否定中国的医学传统。他在《脉论》(1874)中，把西医的"血液循环"理论，和中医的"气脉经络"理论对照，实际上开出了一条"中西脉学比较"的思路。直到现在，中国的医务工作者，还在坚持从"气脉""经络"和人体"循环"理论的关系，来论证中医的合法性。1970年代，上海医务界用现代医学理论，攻关"经络"学说。2007年，南方医科大学某国家八六三项目组宣称找到了解剖学意义上的"经络"系统，发现了人体的"第十个功能系统"。后世学者努力将"经络理论科学化"，其思路是一百多年前开始的。这位同情中医的"医学传教士"，就是德贞（John Hepburn Dudgeon, 1837—1901）——哈维《心血运动论》的中文翻译者。复旦大学历史系高晞教授的《德贞传》（复旦大学出版社，2009年）向我们详细叙述了一个非凡的故事，提出了很多并不是随随便便就能打发过去的问题，令人深思。

《德贞传》提到了传主对于中医"脉理"的看法，很是典型。例如，1874年，德贞在《中西闻见录》上发表《脉论》，他对中医靠把脉诊断女子是否怀孕，是持批判态度的。他批评庸医常常误诊，误用药方，以致胎儿和孕妇一起毙命。但是，留华日久，见闻愈多，德贞发现中医"脉学"常常是有效的，连后宫是否怀孕，"太医"们都是用脉理来判断的。1890年，德贞在《万国公报》上发表《脉理论》，在提倡西医的同时，也肯定中医"脉学"，他说："唯有一脉，西医却无华医之神妙。即妇人怀孕按脉，即知其真系怀孕与否，究不知其理从何得者也。"还有，在早期发表的《脉论》中，德贞试图用西方现代医学的"心血运动论"来解释中医的"气脉"学说。但是在后期的《脉理论》中,德贞说:"按西医所论之脉理,以较华医所论之脉理,只有附会之说,而无确实之证也。"高晞指出:"几十年的观察和研究,他对中医脉学的认识较二十年前有所改变。"(289 页)"改变"就在于:德贞固然提倡现代医学,但他不全盘否定传统中医;德贞主张中西脉学比较研究,但他反对把两者牵强附会起来。中西医学,有各自的传统和价值,可以并存,可以互补。这样的包容态度,今天看来是平正公允的"文化正确",但在 19、20 世纪"科学主义"全盛的时代,却是罕见。在 20 世纪的"中西医之争"中,这种"保守主义"的态度,显得很突出。

中国思想家反传统,自我批判,主张"西化"。外国学者也是出于对西方文化的自我批判,借鉴东方,认可中国,用他们的"汉学"(sinology)来肯定中国。中西之间这种"逆向肯定"的现象,在世界近代历史上很明显。明清以降,我们看到很多肯定中国传统的外国人:利玛窦等早期明清耶稣会士对中国文化的赞美就不说了,德贞前后,卫三畏、理雅各、古德诺、庄士敦等"汉学家",都是中国文化的"保守派";林乐知、李提摩太、丁韪良、傅兰雅等"洋顾问",在批评清朝因循的同时,还给中国传统文化指出生路。德贞是中国"西医"的鼻祖。19 世纪,西方医学进步神速,中医望尘莫及,德贞完全可以借势主张"全盘西化"，取中医而代之。然而，德贞没有这么简单地对待中医，他主张中西医携手，共建近代医学，这样的"现代化"，在革新、进步和发展的同时，既尊重传统，又更新传统，是一种"和解"的理论。

按德贞这样的"西医"来看，"中医"不一定是"西医"的反动，"传统"不一定和"现代"对立。推广来说，中西文化之间，"东风"和"西风"不必互相"压倒"，社会"进步"，也未必要靠"革命"来实现。凡事不必对着干，跨文化运动中一样需要"中庸"的态度，否则也是"过犹不及"。虽然这些都是老生常谈，在19、20世纪的话语氛围中却非常稀少，迫切需要。德贞1863年来中国，到1901年去世，在北京生活了近40年，他一生的职责是传播现代医学，但对中国文化的态度却是越来越"保守"。1884年，德贞在英国伦敦国际健康展上发表论文《中国人与健康相关的食、衣、住》；1895年，在北京《东方学会刊》上发表论文，讨论"中国的饮料"（论证茶叶和卫生）、"功夫和医学健身"（介绍道教与健康），都是在肯定中国的医学和卫生。几十年里，他在国际社会散布一个观点，说北京是世界上卫生习惯最好的城市，比当时的伦敦、巴黎、上海等现代都市的发病和死亡率更低，同阶层的市民中，卫生状况更好，"中国最高级的城市就是北京"（396页）。这个观点雷倒了很多人，大家嘲笑德贞在北京住得太久，被朝廷洗脑了，看问题糊涂了。其实，德贞医生很清楚北京之"脏"。在北京，男人在街上大、小便，粪便靠掏粪工人背出城外，"没有专人负责公共街道的清理、打扫，不存在任何公共意识，每个人都把街道当作各种各样污秽物的容器"。但是，德贞说的是另一回事情，是在谈中国城市传统好的一面，"西方是将城市最好的面貌都展现在公共的街道上，狭窄的里弄、巷子、小路与死胡同大部分都隐藏在视野所及之外"，卫生条件并不好，也很污秽。相反，德贞到北京的胡同和庭院里串门，"四合院"在水、空气、废物的处理，以及空间安置方面做得相当卫生。虽然北京的"公共卫生"很糟糕，但"家庭卫生"和"个人卫生"习惯却是更好。一个外国人，不老是厌弃和批评对方的坏传统，而是从正面发掘对方的好传统，当然是一个比较可取的"中庸"态度。

"东方和西方的和解"，这是我们时代的重要话题。其实，在尊重中国文化传统上，近代以来的西方学者一直没有什么大问题，很少会情绪化地全盘否定中国文化。虽然他们确实是希望中国更进步、更科学、更民主、更人权，但对于"文化"和"传统"，他们很少横加批评。在这方面，德贞提供了很好的案例，《德贞传》则作出了很好的解释。生长在苏格兰，在动乱的中国住了近40年。他和曾纪泽等开明的中国人交朋友，和李鸿章、崇厚、荣禄等洋务大臣有关系。他谴责西方商人的鸦片贸易，帮助中国人戒除缠足恶习。他去欧洲介绍中国的养生和卫生理论，把自己看作中国文化的"归化者"。德贞一生的言行，和不少来华传教士宣称的那样，是来成就中国文化，而不是败坏中国文化。《德贞传》告诉我们，德贞一到中国，"就对中医知识充满兴趣"，"研究中医古籍，发现疾病的起源和中医的治疗方法，由中医经典和传统习俗中寻找解释，提供给西方世界引做作参考"。（397页）这样的德贞，当然是一位和中医"和解"了的"文化调人"。

1873年，德贞用中文作了一篇《哈斐论》，发表在《中西闻见录》上，第一次在中国翻译英国医生哈维（William Harvey，1578—1657）的《心血运动论》（*De Motu Cordis*，1628）。《心血运动论》揭示了"人体小宇宙"的奥秘，和哥白尼《天体运行论》揭示"天体大宇宙"的奥秘一样，哈维的著作也是近代科学的奠基之作，"科学革命"正是从这里开始。读高晞《德贞传》的同时，正好读到美国"图腾丛书"收入的平装本图书《哈维的心脏：血液循环的发现》（Andrew Gregory，*Harvey's Heart，The Discovery of Blood Circulation*，Totem Books USA，2001）。书中谈到欧洲人在"中世纪"（14世纪前）、"文艺复兴"（14—16世纪）和"科学革命"（16—19世纪）三个历史时期中对待"传统"的不同态度。作者说："'文艺复兴'和'中世纪'

泾渭分明,'中世纪'缺乏乐观和进步的观念;'文艺复兴'和'科学革命'也判然不同,'科学革命'总是想全盘地抛弃古代,用一些新玩意来取代古人。"(24页)"中世纪"拘泥古人,迷信古代,不能进步;"科学革命"又太不顾及传统,只重未来。按这个通俗的表述,作者认为中间状态的"文艺复兴"比较好,比较平衡,比较中庸。"文艺复兴"像是一只双头鹰,一面朝向古代,一面朝向未来,既尊重传统,又进步发展。作者说,哈维采取的正是"文艺复兴"态度,他的"心血运动论",不是凭空发明的,而是从古希腊亚里士多德理论中改造而来的。哈维医生,以及西方医学,并不全盘否定传统。

德贞同情和理解中医,尊重和善待中国文化的态度,和他翻译和理解哈维学说有关系,和他们"文艺复兴"式的学术立场有关系。德贞把中医和中国文化当作人类古代文化传统中的一种,因而表现出应有的尊重。他说西方医学在中世纪也拘泥于古人。中医只要发扬优点,修正错谬,照样能够进入现代医学。德贞,这位"中西医调人",对我们今天还在延续的"中西医之争",对我们今天重新审视"科学主义"的正负面,应该是会有所帮助的。

本文原载《书城》2009 年 9 月号

卅年风雨共经历

——读《朱维铮先生序跋集》

李天纲

开 拓 文 化 史

1980年代初期,中国大陆学术界萌发"文化研究热",朱先生的著述渐渐增多。一批卓有见识的中年学者率先摆脱用"阶级斗争"解释历史的"唯物史观"窠臼,想到的另一个解释体系首先就是"文化模式",于是"文化史"研究应运而生。"文革"以后,全国只有复旦大学历史系"中国思想文化史研究室"挂着"半块文化史的招牌"(庞朴先生语),这批学者常来上海活动,复旦就名正言顺地成为全国学术界提倡"文化史研究"的策源地。朱先生和《历史研究》主编庞朴先生等人一起筹划"文化史研究",开始并不热,目标不过是编一套"中国文化史丛书",超过1930年代上海商务印书馆王云五主编的同名丛书就好。"文化史研究热",演为"文化研究热",再演为"文化热",都是以后的事情。

1982年12月中旬,复旦大学历史系举办"中国文化史研究学者座谈会"。复旦大学第九宿舍的招待所里住了周一良、李学勤、马雍、严绍、刘家和、张琢、严敦杰、冯世则、宁可、金维诺、谢辰生、史树青、刘泽华、朱杰勤等先生;上海的王元化、顾廷龙、唐振常、胡道静、沈之瑜、罗竹风、陈旭麓、叶亚廉、黄裳、施宣圆、丁凤麟等先生也前来复旦参会;还有本校的周谷城、蔡尚思、杨宽、章培恒、李龙牧、王华良等先生,也在会议期间出席。这次座谈会上,决定组织相关学者,分头撰写一批"水平较高的'中国文化史'专著",出版一套新的"中国文化史丛书"。朱维铮先生和庞朴先生实际主持了这次会议,记得李学勤、宁可、金维诺、刘泽华等先生到老教学楼1103阶梯教室的演讲,都是朱、庞两位先生陪同和介绍的。

"文革"刚过,各校经费都很拮据,很少开会。复旦的座谈会很有影响,全国的学者纷纷响应,都觉得搞"文化史"是找对了方向。1984年，朱、庞两先生开始主编"中国文化史丛书"，不少作者跃跃欲试，上海人民出版社请缨出版。情景可见于本丛书的《编者献辞》。丛书的编辑委员会，主编是周谷城，编委依姓氏笔画为序，有王尧、叶亚廉、刘再复、刘志琴、刘泽华、朱维铮、纪树立、李学勤、李致中、张磊、张广达、金冲及、金维诺、庞朴、姜义华、陶阳。其中朱维铮、庞朴是"常务联系人"，主持编辑工作。按计划在"五年内先刊行五十种……十年刊行一百种"。按分工，庞先生在北京组稿，朱老师在上海组稿，复旦历史系毕业生王有为担任编辑。丛书稿件都汇集到上海，由朱老师校订刊发。那一时期的学生们，还有上海和各地到朱老师家里谈话聊天的学者们，都会看到第五宿舍三十四号朱寓（即后来朱老师自题的"破壁楼"）地板上堆满了稿件。1949年以后第一套文化史研究著作，即上海人民出版社"中国文化史丛书"，都是在这里发稿的。

为了给"中国文化史丛书"发现作者，辟建课题，积累篇章，中国思想文化史研究室和中国社会科学院近代史研究所中国近代文化史研究室轮流编辑《中国文化研究集刊》。集刊的顾问由双方各自邀请，上海方面请了周谷城、顾廷龙、谭其骧、蔡尚思，都是老学者；北京方面则请了于光远、刘大年、李新、胡绳、梅益、黎澍。集刊的编委有丁守和（主编）、方行（主编）、王学庄、刘志琴、朱维铮、汤纲、李华兴、耿云志、姜义华、黄沫，都来自沪、京两个单位内部，集刊的单、双辑分由上海和北京方面轮流编辑。方行先生曾任上海文化局副局长、文管会副主任，兼复旦教授，正式给我们上课。丁守和先生则是近史所的近代文化史研究室主任，《近代史研究》主编。朱老师和近史所方面的黄沫为集刊的常务编委。北京方面组稿完成后，仍由朱老师校看，签发后交由复旦大学出版社出版。

《中国文化研究集刊》中一些论文和资料都很有价值，刚刚出版，就看得出是同类刊物中办得最好的一种。钱君匋设计，顾廷龙题名，既有观点鲜明的新作，又有章太炎的轶文，翻看起来非常舒服。其中一些"文化史"研究的论文，开了当时的风气，对"拨乱反正"的学风建设有益。周振鹤、游汝杰的"方言和文化史"研究，卢云的"文化地理"研究，王子今的古代史研究，谢选骏的神话研究，最早都在集刊发表。当年的经济条件下，每年一集，支付稿费、印刷、发行等成本，对已经开始追求"经济效益"的出版社来讲是一笔不小的负担。另一方面，学者们的"文化研究热"转向，80年代末学界陡然乏人写稿。其间朱老师又去多伦多大学、印第安纳大学访问，时间还不短。《中国文化研究集刊》在众多的困局中，出到第五期就终止了。此后，复旦大学出版社曾经几次和朱老师商议恢复编辑，因为种种原因，最后还是没有复刊。

一套丛书、一本集刊之外，复旦大学的两次会议也对全国范围内的"文化研究热"有影响。一次是 1986 年 1 月在上海龙柏饭店举办的"首届国际中国文化学术讨论会"，后一次是 1989 年 12 月在复旦大学本部举办的以"儒家思想与未来社会"。前者在热烈、开放，各种不同观念的争辩气氛中进行，与会学者感受到前所未有的"思想解放"气息。原先答应与会的美国费正清、法国谢和耐、德国鲍吾刚等先生最终没有前来，但美国魏斐德、杜维明、成中英、陈锦江，德国庞纬、傅敏怡，加拿大秦家懿，日本大庭修和苏联齐赫文斯基教授，都从各国汉学界带来了不同观点，激烈碰撞。还有，文化史研究一开始就和海外"汉学"联络，这也是 1980 年代的复旦思想文化史研究室的开创。

外界所称复旦思想文化史研究"三驾马车"之外，与会学者中的王元化、庞朴、汤一介、李学勤、张广达、李泽厚、萧萐父、金冲及、来新夏、刘泽华、孙长江、冯天瑜、陈旭麓、包遵信、金观涛、林岗、黄万盛等先生，都是思想活跃，富有创见、激情和才华的中青年学者。以后的很多年中，不断遇见这些当年学者。回忆起来，大家都认为像这次会议这么认真、热烈、全面地讨论中国文化研究之盛况是空前绝后的。从朱老师拟定的本次会议论文集《中国传统文化的再估计》的《编者说明》中，可以看到这确实是"近几年蓬勃展开的中国文化研究的一步坚实脚印"。

召开"第二届国际中国文化学术讨论会"时谢希德校长动用了王宽诚教育基金会的资金全力支持。然而，当年秋天一时拖延，很难凑齐一个稍好些的会议阵容。再次负责筹办会议的朱老师，打了退堂鼓想不办。但是，谢校长坚忍不拔地要开这次会议，说越是没有人敢开会，复旦越是要开会，还要开国际大会。谢校长点名让"小朱"到校长办公室来，坐着打国际长途，一个个地恳请海外学者来参加，并保证开一个纯学术会议。于是，朱老师和章培恒、潘富恩、陈允吉等先生一起，将这次会议的主题定为"儒家思想与未来社会"，克服困难，勉力举办。在大多数国外学者拒绝来华旅行的情况下，美国学者杜维明、司徒琳、陶慕廉、罗思文，德国学者郎宓榭，香港学者马丁·艾林森参加了本次研讨会。这次会议是当年下半年举行的少数文科类学术活动，更不用说还是一次国际会议，其意义正在于此。用这样的方式坚守"中国文化史"研究，继续学术生活，其中的艰难、曲折和隐衷是需要告诉后人的。重读朱老师写的《儒家思想与未来社会·编者说明》，或许能够明白那一特定时期学者们的处境。

收在朱老师序跋集中的《中国文化史丛书·编者献辞》《中国文化研究集刊·稿约》《中国传统文化的再估计·编者说明》《儒家思想与未来社会·编者说明》，可以印证他和他的同道、同事在恢复和开拓"文化史研究"中的印迹。在以上这一系列当代中国文化史研究开拓者的名单中，我们能够看到作为"当代史"的中国文化研究本身含着的厚重历史。如今，中国当代文化研究热潮的这段历史已经被人们翻过，乃至于有意无意地遗忘。然而，朱老师的这些序跋，至少可以为1980年代激荡的中国学术史留下一张存根。

继承经学史

"文革"刚结束，朱老师受周予同先生本人的委托，编辑《周予同经学史论著选集》。1926年，周先生发表《经今古文学》，用现代学术方法系统研究"经学史"，是国内坚持最久、成果最多的经学史家。1959年起，周先生在复旦大学历史系中国古代史专门化课程中开设"中国经学史"。经学史研究被目前的学术界炒作得发烫、发焦，但在20世纪二三十年前却是一块"冷猪头肉"（周予同语）。无论如何，经学曾经是儒者用来论证儒教思想合理性、合法性的学问。"四书"是宋、元、明、清科举制时代的教科书,"五经"的地位也类同教学参考书,"十三经"是儒家的根本学问。近代"废科举"和"新文化"运动以后,经学被视为"孔家店"的供奉,如同牛、羊、猪"三牲"一般,是一种祭祀品。吴稚晖不无过激地说,把线装书都"扔到茅坑里去"。大约是针对这一类话,周先生的回答是:"经是可以研究的……好像医学者检查粪便,化学者化验尿素一样……"(《僵尸的出祟:异哉所谓学校读经问题》,1926年)

1920年代中国的老中青三代学者中间对经学有保守、批判和研究三种基本态度。老一代抱残守缺,尚在把玩和留恋之中;中一代则想尽快"中西兼修",补充一点新东西;青年一代中的大部分人则为自己的前途着想,倾力于"新学",排拒旧学,尤其抵制儒家经学。周予同先生是"五四"中人,他去过当天的天安门广场,参与了那次"火烧赵家楼",他也一直反对在大、中、小学校强制"读经"。周先生的政治态度肯定是进步主义,而不是保守主义,这个没有问题。但是,周先生的经学史研究,一开始强调的并非主观的"批判",而是客观的"研究"。事实上,周先生就是不满意以批判代替研究的风气,才说出"经学是可以研究的"这样的话。当代的尊经者们有说周先生、朱老师的经学史研究是批判的,因而并不是"尊孔"的,这个当然是对的。但是,更正确的说法是:周先生、朱老师的经学史秉承的是客观的学术研究精神，而不是主观的喜好和厌恶，绝非仅仅是"批判"。周先生主张客观研究的经学史态度，在 1960 年代的反传统气氛中更加突出了。批孔气氛中，中国大陆各大学、研究院的文、史、哲学者中，只有范文澜、蒙文通承认自己还在做经学史研究。三位经学史学者中，范文澜一味批判，蒙文通偏于传统，周先生则是综合了古今中外的经学研究成果，较好地融入了科学的方法，将这门古老学问带入现代，保存于大学。

整理、出版周先生的"中国经学史"，将之作为复旦大学的一个学术传统继承下来，在 1980 年代是一件悖时、冷僻、不讨好的事情。当时脍炙人口的是"老三论"（系统论、信息论、控制论）、"新三论"（耗散结构论、协同论、博弈论），大家忙着用"超稳定结构"模式来分析中国社会的"长期停滞"，"经学史"与之相比尤其不时髦。然而，历次运动的时髦当中，复旦大学总还有一些人在坚守传统学术。1982 年，复旦恢复了经学史教学，周先生的研究生许道勋老师给本科生授课。1983 年秋天，朱老师给历史系中国思想文化史的研究生上"中国学术史名著选读"，又把初版的《周予同经学史论著选集》送给我们。本科和研究生的笔记，朱老师编的经学史选集，还有周先生注释的皮锡瑞《经学历史》（1959），加上以后陆续影印和重版的马宗霍、本田成之、范文澜、蒙文通等人的著作,我们这一批学生得以接触"经学史"。

1930 年代以来,中国思想文化研究卷入了很多重大问题的争论。论战之中,学者常常把自身弄得很空洞,似是而非,难以说通。周先生以及朱老师等主张用"经学史"来研究中国思想文化史的学者,与一般的论战学者很不相同,并不"海派"。"经学史"当然对认识中国文化有作用,但它的作用不是借来主观发挥,而是提供客观的解释。"经学史"不同于"经学",它不是为了发挥义理,"六经注我"地去读经。为了读懂中国文化,经学史学者借用了"我注六经"的方式去理解经典,最终却是为了解释历史,这在方法论上也有点像章学诚讲的"六经皆史"。两种方法各有千秋,也难以互相说服。朱老师要求搞思想史的人,先要搞清楚历史事实,不要一上来就满口义理,云里雾里。还有,学者不但要鸟瞰中国文化的宏观走向,更要说明在重大转折关头的关键细节。无论如何,"板凳须坐十年冷,文章不写半句空",周先生等学者为"经学史"奠定了基本方法。这种方法,绝不是当年"批孔派"的基调,用今天的话说是"知儒派"。1980 年代,朱老师用这样的严谨治学态度,来答复当时京中一些学者针对复旦"中国思想文化史"研究的"海派"之讥。

　　如果我们把"经学史"与"经学"区别开来，那周先生一辈学者就是经学史的开拓者，朱老师这一辈则是经学史的继承和发展者。如此，清末民初的学者们如王闿运、廖平、康有为、章太炎、刘师培、黄侃等，就是世所称呼的"经学殿军"人物了。朱老师指出："周予同先生已再三指出，经学已经死亡，经学史的研究却必须开始。"（《周予同〈群经通论〉编校说明》，2007年）说的就是"经学"与"经学史"的区别。朱老师刚去世时，不明内里的媒体人称道他是"最后的经学家"，用心是想赞美，实在却是曲解了周先生、朱老师关于"经学史"的原意。经学史可以帮助理解经学，理解经学当然也可以帮助理解中国的思想文化，但它并不提倡读经，与时下一些人的主张很是不同。

　　按现代学术的习惯，不同观点的学者谈论理想、价值、概念，首先会寻找一些大致接近的事实基础，然后讨论异同。无论是否提倡读经，都要尊重事实，这是讨论问题的基础。例如，目睹1905年之后科举、书院、国子监、翰林、孔庙等制度一一崩溃，先不论各自对于儒学当代价值的然否态度，大家都会同意周先生的判断——"经学已经死亡"。周先生把民初残留的读经主张称之为"僵尸出祟"。同时，海外新儒家学者则是基于同样的事实，哀叹儒家思想已经沦为魂不附体的"游魂"。态度和价值观允有不同，但在事实、逻辑乃至修辞上都是具有共识的。周先生的经学史观点与熊十力、冯友兰的儒家道统思想不同,他在课堂上说孔子私生子的故事。但是,周先生与熊十力先生在上海过从甚密,谈的就是经学和儒家。王元化先生与熊先生是同乡,并有患难之交,是这层关系的见证人,他好几次在衡山宾馆寓所谈过这件事情。朱老师是周先生一方的知情者,他在《群经通论·编校说明》中提到"当代新儒家的真正宗师熊十力,晚年在上海与周先生成为道不同而往来频密的诤友",正是"和而不同"的学者风范。

1990年代"经学"热潮起来之后,周先生和朱老师的经学史著述愈受关注。朱老师为周先生的经学史编了很多种书。1983年的初版之外,《周予同经学史论著选集》1996年再版增订,都是上海人民出版社的版权。后来上人社的编辑重印不力,朱老师曾考虑将本书版权撤回,交给复旦大学出版社,也算是让周先生的学问返校。此时,新任领导王为松总编辑嗅到阅读市场的气息,他请王元化先生打招呼,又让我与朱老师商议,在2007年果断重印了《周予同经学史论著选集》。同时,还拆分本书为四种单行本,作为普及本出版,于是周先生的经学史著作为更多读者知晓。由此,朱老师为编辑周予同先生经学史所写的序跋类文字,有如下各篇:《周予同经学史论著选集·编者说明》(1981)、《周予同经学史论著选集·后记》(1981)、《周予同经学史论著选集·增订版前言》(1996)、《周予同：经学和经学史·编校说明》(2007)、《周予同：孔子、孔圣和朱熹·编校说明》(2007)、《周予同：中国经学史讲义·编校说明》(2007)和《周予同：群经通论·编校说明》(2007)。从这些序跋文字中，我们既可以看到周先生、朱老师对于"经学史"的认真态度，也可以体会到朱老师对于周先生学问的负责精神。

朱老师的经学史著述，自己整理刊印为《中国经学史十讲》（复旦大学出版社，2002 年）。"文革"结束后，"中国经学史"课程由周先生的研究生许道勋老师开设，我们那几届的学生上了他的课。许老师去世后，朱老师觉得更有责任写一部系统的《中国经学史》。在上海古籍出版社和京、沪三联书店编辑们的催促之下，几度展稿，数次讲授。《中国经学史》的拖延一方面因为太忙，另一方面也是想把基础打得更加扎实。为此朱老师接受了曾任上海古籍出版社总编辑的钱伯城先生的邀请，出任《传世藏书》"经库·经学史"的主编。1990 年代初期，《传世藏书》调动民间财力，整理出版儒家古籍，数百万的投资，算是大项目，但有些做法大家很有保留。朱老师犹豫再三后还是答应了，他希望借此机会把经学史的基本书目建立起来，再指导一批博士、硕士生做出扎实研究，《中国经学史》就可以大展宏图。

在《传世藏书·经库·经学史》中，朱老师选择了21种著述作为"经学史"研究的代表作，书目可见于《中国经学史十讲》所附"中国经学史选读文献提要"。孔、曾、孟、荀等早期儒家著作，所谓"五经"及"诸子"，没有列入"经学史"研究书目。同理，从经汉学到经宋学，再到经清学，两千年中形成的"十三经注疏"也属于"经学"本身，列在"经类"。朱老师以为，经类著作"应属历代统治者的直接陈述，不选入（经学史）本类不等于否定其历史地位"。另外，研究经学史也不等于不需要研究经学。按朱老师的设计，当代经学史应该首先研究那些"学与术两方面具有承前启后或推陈出新的实际效应的著述"。故此，他把汉初经师伏胜的《尚书大传》列在开端，把清学殿军章炳麟的《国故论衡》放在最后。21种著述当然不能囊括"经学史"研究的所有书目，这份书目是朱老师对待经学史的大致框架。

把"经学"与"经学史"区分开来是周先生的意见，他在《经、经学、经学史》(1961)中解释了这个主张。按周先生的区分，要对"经学"作"弃其糟粕，取其精华"的处理，将其作为"批判和继承的我国的文化遗产"中的一部分。"经学史"就是这样一种新学问，它提倡客观的研究方法，与是否尊孔、尊经的主观态度没有关系。周先生在课堂上讲叔梁纥和颜氏女野合生孔子的故事，朱老师在《孔子思想体系》中考证孔子是"私生子"，都不代表他们是在蔑视孔子、嘲笑"圣人"。"实事求是"地讲经学历史，这是清代儒者早已经做到的事情，为什么现代儒家却要敏感如此，讳言如此？事实上，周先生、朱老师无意"辱圣"。周先生 1962 年在曲阜召开孔子会议的时候，和冯友兰等人一起在孔陵行鞠躬礼，"文革"中还因此被拉出来批斗。朱老师至去世时，一直还是孔子基金会的理事，并没有辞职，只是对当时当地的"尊孔"者不能容纳"经学史"的观点有看法而已。继周先生辨析"经今古文学"的不同传统之后，朱老师进一步理清"经汉学""经宋学"和"经清学"之间的分别。朱老师乐于研究"罢黜百家，独尊儒术"这样的重大事件，考证其中错综复杂的人事政情。基于这些考证，朱老师认为中国文化没有一成不变的"传统"，儒学思想的重大转折都伴随着经学运动中的"学随术变"。

交谊海外，提携后进

1986 年，朱老师开始给朋友、学生们的著述写序。他为我们几个人的翻译作品《文化：历史的投影》（上海人民出版社,1987 年)写的"代序",是这里的第一篇序文。"文化热"中间,上海人民出版社新成立文化编辑室,张志国主任策划了一套"文化新视野丛书"。当时我们在课余读着的一本 *Culture and History*, *Prolegomena to the Comparative Study of Civilizations*,是加州大学人类学家 Philip Bagby 的著作,自荐后纳入出版计划。我约了同学夏克、陈江岚翻译好了以后,又请朱老师的老朋友纪树立先生校看了一遍,也请序于他。朱老师的慷慨答应,尽力帮忙,令我们很是感激。张志国稍晚筹划了一套"思想者文丛",邀请朱老师加入为第一本著作。朱老师爽快地赶了出来,成为反响很大的《走出中世纪》。作为知情人,这里要附带感谢一下张志国、倪为国两位朋友的厚谊。即使在 1980 年代的"文化热"中,出版文化著作也是叫好不叫座的事情。张志国果敢,拍定了选题。编辑倪为国则拉来一些赚钱的会计、管理、经济类书籍,充实了文化室的出版实力。上人社的文化编辑室是 20 世纪 80 年代"文化热"的亮点之一。

朱老师以行文严谨出名,写序也绝无应酬之作。朱老师当"博导"很晚,1994 年才用自己的名字上目录公开招生。毕业后的博士生将论文出版为专著,他会应允写一篇序言推荐,我和廖梅、高晞、邓志峰、张有智、刘海滨的著作,因此都冠有

191
卅年风雨共经历

了本师之序。朱老师写序的认真态度，就像他写论文和指导学生一样，大部分的篇章都在讨论问题。1998年，我的博士论文《中国礼仪之争：历史、文献和意义》出版，朱老师的序言并无一句虚言，也没有客套的祝贺，他说："作序似应就书论书，多多美言，但我想对于这部书来说，如此循例，既无必要，也无帮助。凡是关注三百多年前中西文化交流和基督教在华传播等真实历史的人，只消一瞥本书目录和附录，便不可能不想置诸案头。我以为就本书讨论的历史过程而言，略述我的若干想法与积疑，或许对于李天纲继续深入地研究相应课题，不无参考作用。"忽略朱老师对本书的推荐不论，他的严谨态度无疑应该作为序跋文风的一种准则，不赘言，不夸饰，不炒作，实事求是，只谈问题本身，哪怕是自己的学生。只可惜当今文人间的批评文字，十之八九并不如此。

廖梅的《汪康年：从民权论到文化保守主义》（上海古籍出版社，2001年）出版时，朱老师有着由衷的喜悦。廖梅是他指导的第一位博士生，汪康年则是他自己也感兴趣的戊戌变法到辛亥革命时期的关键人物。顾廷龙先生将上海图书馆所藏《汪康年师友书札》整理出版后，朱老师非常兴奋，不断鼓励学生们来发掘这座"富矿"，做此研究。廖梅自告奋勇，啃起了这块硬骨头。朱老师治学有个特点，或师长，或同辈，甚或学生已经选择从事的领域,他会尽可能地回避。一边是尊重分工,不要撞车;一边也是避嫌,不要在研究成果上有过多牵扯。老一辈的学者有这种不成文的纪律约定,不似后来同行、同事甚至师生之间为了那些项目你争我夺。廖梅做了汪康年研究以后,朱老师就转而在边上欣赏她的工作。从硕士论文到博士论文,再历三年时间的修改,廖梅十年磨一剑,终成大作,朱老师写序时的高兴,洋溢于字里行间,可以参看。后来,高晞的博士论文《德贞传:良医能治国病》(复旦大学出版社,2009年)、邓志峰的博士论文《王学与晚明的师道复兴运动》(社科文献出版社,2004 年)出版,朱老师也都是以这样的赞赏态度来推介他(她)们的成果。在朱老师的培养下,他(她)们都顺利地成长为"中国思想文化史研究室"的第二代,挑起了大梁。

朱老师为他所尊敬的朋友写序,态度也一样。香港中文大学饶宗颐先生是朱老师交往的前辈学者,饶先生很欣赏朱老师的严谨学风。1995 年秋中,饶先生在国内外学者中独独邀请朱老师为他家乡潮州兴建"饶宗颐学术馆"题写碑记。罕有人知道朱老师作四六体骈文的功底也很好,饶先生发现了这一层。《建饶宗颐学术馆碑文》中有句"淡泊守智,屏禄利于身外;热腹育人,延华学于一脉"果然合辙。1996 年 8 月,朱老师参加饶先生家乡潮州市举办的"饶宗颐学术研讨会"。当年年底(乙丙之际)，朱老师又应饶先生邀请，为他所编著的《中国史学上之正统论》写序。饶先生未必拥护中国历史上的"正统论"，他是从"道德批评"的角度来衡量"正统"之是非，这个观点与朱老师把历史上的"正统论"只作为客观对象来研究的主张还不相同。朱老师坦陈自己的看法，将此问题摊开，并"请饶先生有以教我"。这样的序文一点都不敷衍，严肃讨论，却是十分友好真诚。学者之间的纸上人情绝不寡淡，饶先生印行了这篇序言后，特地手写了一幅山水画、一副对联，作为答谢。朱老师去世后，选堂先生特为题写了"怀真集：朱维铮先生纪念文集"。

卜正民教授是1975年到复旦大学留学的加拿大学者，从多伦多、哈佛大学毕业后，曾在多伦多、UBC、斯坦福、牛津各大学任讲座教授，撰写了《剑桥中国史》的明史部分，是国际明清史研究领域的著名学者。卜正民曾校阅《走出中世纪》的英文翻译稿，情义厚重；朱老师也曾经几次和我们一起拟订与他的合作研究计划，但因种种原因，诸多愿望并未实现。于是，今天留下来的《〈鸦片政权〉中译本序》(卜正民主编)就是两人学术交往的见证，也是朱老师对他的报答。卜正民的著作之外，朱老师还给另外两位北美学者的作品作序，它们是《南明史》(司徒琳著)和《中外比较教育史》(许美德著)。这些作品都是朱老师带回国内,组织翻译,敲定出版社,有的还亲自编辑加以出版的。1988年起,朱老师以中年学者身份开始了一系列的出国访学,目的之一就是开渠放水,引进欧美的"汉学""中国研究"。至今仍然记得他临行前的踌躇满志,说要为"中国文化史丛书"联络一批海外作者和著述。余英时先生进入大陆的首部作品《士与中国文化》,正是朱老师在此期间引进的。

序跋集收录的最后一篇书序,是为傅杰兄选编《辛亥先哲诗文选》作的"代序"。我们看到了朱老师的亲笔书写,依然是那种坚定独立的"朱体",却已经出现了颤抖的痕迹。最后一段,朱老师写道:"罹病逾年,握笔为艰,草此小文,即耗时一周,已失信于傅杰教授。只好贻读者以草率之讥。倘蒙指正,将至感。"艰难地放下沉重的水笔,已是"二〇一一年农历辛卯八月丙子",即2011年9月18日。朱老师记得这日子,又署上一笔"逢'九一八'八十年矣"。当天,离朱老师的去世只有180天。傅杰兄的幸运,在于他是得到朱老师最后一篇序文的那一位。

本文原载《书城》2014年7月号

马尔智和『兰花指』

李天纲

　　1930 年 2 月 27 日,梅兰芳(1894—1961)先生在美国纽约百老汇 49 街剧院(49th Street Theater)开始他的访美首场演出,剧目为《汾河湾》,讲述一个忠贞、凄婉、悲惨的动人故事。梅兰芳是旦角,扮演的是薛仁贵的妻子柳迎春。因为成功,后几场演出就转移到了纽约帝国剧院(Imperial Theater)。随后几个月,梅兰芳开展全美巡演,演出地点,在芝加哥是公主剧院(Princess Theater),在旧金山是提瓦利剧院(Tivoli Theater)、自由剧院(Liberty Theater)、都会剧院(Capital

Theater),在洛杉矶是联音剧院(Philharmonic Auditorium),在檀香山是自由剧院(Liberty Theater)。大家特别担心的事情总算没有发生——美国人居然看懂了京剧！票房出尽,演出获得了成功。

对于美国的观众和评论界来说,梅兰芳京剧艺术的最大看点就是"花旦"——男扮女装。有一年,在密尔沃基的老同学家里,与一位从芝加哥大学东亚系毕业的查尔斯博士聊天,他跟从余国藩(Anthony C. Yu, 1938—2015)先生,研究苏州评弹,说:对美国的高层次观众来讲,中国传统戏曲中的男扮女装,最有魅力,超过看脸谱、看武打。这个论断大概是对的,中国士大夫对宫廷内外的娈童龙阳,以及昆曲、京剧中间的男扮女装,都视为平常。但是,刚刚走出基督教伦理的 19 世纪西方人对此则叹为惊世骇俗、人性释放,很是欣赏。据老北京的新学者齐如山(1875—1962)先生说,北京的外国人原来并不喜欢京剧:"欧美人士向来不看中国戏,在前清时代,西洋人差不多都以进中国剧院为耻。"(齐如山《梅兰芳游美记》,1933年,卷一,6 页)外国人本来不看中国戏,这是有原因的。明清传统戏曲在庙会、堂会、法会上演出,曲目中有不少鬼戏、淫戏、无聊戏,传教士以为伤风败俗,一直抵制。令人诧异的是,到了清末民初,情况发生改变,西方人发现了京剧,开始欣赏！

民国初年的变化原因来自双方，一方面欧洲、美国的自由主义、世界主义运动，正在破除西方人基于基督教自我中心论的道德伦理，开始欣赏别的文明；另一方面，中国戏曲的现代运动，也在更新自己的旧习惯，开放自身，走向现代。沪、京（平）两地的"改良京剧"改变了台本、台风，适应城市新阶层的审美趣味。20世纪初年，一批留学归国的艺术家（如齐如山、李叔同等）进戏园看戏，逐渐把传统京剧往现代艺术方向引导。民国以后，中国人的欣赏习惯发生变化，舞台上出现了一批新剧目，也有了一批好演员，"花旦"行当尤其是人才辈出。清末以来的老一辈名角，以老生、武生为主，如"京派"的谭鑫培、汪桂芬、孙菊仙，"南派"的杨月楼、盖叫天、周信芳等，都是生角。到了民国，"京派""海派"的各家舞台上，就是梅兰芳、尚小云、程砚秋、荀慧生等"四大名旦"的天下，同一出戏里，捧的是旦角。"旦行、老生的位置对换"（徐城北《梅兰芳与二十世纪》，三联书店，1990年），是清末民初南北舞台上的一个现象，值得深究，是否代表了一种"新艺术"倾向？想来是的，它表明"内廷供奉"时代西太后、嫔妃、格格、太监、宫女们的女性品味（老生），换成了市民社会工商人士等男性视角（花旦）。

这样的转变风气中，在上海和北京，出现了一些欣赏京剧的外国人，他们通常是汉学家、外交官、洋行职员。按齐如山

的说法：1915 年某一天，留美同学会在北京外交大楼宴请美
国公使芮恩施（Paul Reinsch，1869—1923），梅兰芳走唱《嫦娥
奔月》，这"算是西国人士观看中剧的头一遭"（齐如山《梅兰芳
游美记》，1933 年，卷一，6 页）。芮公使次日持帖驱车，到梅寓
拜访，可见那是真的欣赏。芮恩施公使在外交大楼听《奔月》，
并不是外国人看京剧的"头一遭"。在"华洋一体"的上海福州
路丹桂戏园、静安寺路张园，外国侨民、职员、领事、学者早就
参与京剧观赏活动。随便翻一下记载：1896 年 3 月 26 日下
午，李鸿章出使俄罗斯等欧美八国，曾在张园安凯第设宴招待
各国驻沪官员，并"预召梨园，在园演剧"（"名园设宴"照片说
明，转见《风华张园·图录》，同济大学出版社，2013 年）。当
然，外国人看京剧流行为风气，还是民国初年的事情。那时
候，欧美的一些访华团体和重要个人，开始把观看京剧作为中
华文化的一个符号，去福州路、张园、天桥、六国饭店赶个时
髦。在北京（平），进故宫、拜天坛、登长城、访梅君、观梅剧，成
为外国游客的保留节目。（齐如山《梅兰芳游美记》，1933 年，
卷一，9 页）问题来了，新的审美群体进入剧院以后，编、导、演
人士与观众互动，会考虑他（她）们的口味。既要迎合外国人
的口味，京剧就会为他们的"猎奇"（exotic）心态而改变。

民国上海、天津、汉口、北平的京剧观众以市民为主，洋人

可以忽略不计，真的要到纽约、芝加哥、旧金山、洛杉矶演出，观众不熟汉人习俗，不谙中华文化，就必须考虑他们的审美习惯。访问美国之前，京剧评论家、策演人齐如山、张彭春颇为担心，担心梅兰芳扮演的"花旦"会被误解成某种性别游戏。这两位中西兼通、新旧并知的学者，为了让京剧登上百老汇的大雅之堂，预先启发观众，不要过于关注男性演员的女性化，强调"男人扮女子，不是模仿真女子的动作，却是用美术的方法来表演女子的各种情形神态"。也就是说，值得欣赏的不是性别的倒错和反串，而是表演中的"手指、目视、举足、转身等小动作，处处都有板眼，并且都有美术的规定"（齐如山《梅兰芳游美记》，1933年，卷二，25页）。他们提示观众：不要只盯住男扮女装，男性演员克服性别差异，把非常细腻的女性特征表现出来，这才是艺术。

数百年来，京剧积累了许多特殊的表演手段，当时的"四大名旦"都有一个本事，就是在念、唱、做、打之外，还能用不同的手指造型，表现出女性细微的年龄、性格和心情差异，以及她们的喜、怒、哀、乐。美国观众对这项"花指"艺术，最是感到神奇，这可能吗？Yes！用手指表达情感，只有中国的戏曲能够做到；在各派戏曲中间，还是京剧演员做得更好；1920年代的南、北伶界，梅兰芳又是做得最好的！这就是民间所称的

"兰花指"。孩提时,小伙伴们说某哆男、某哆女会用"兰花指",初以为就是模仿兰草交错的意思。后来听大人解释才明白,说的还是由梅兰芳登峰造极的花指造型,"兰花指"专指梅兰芳的花指功夫。梅兰芳的艺术功力千千万万,仅仅一把"兰花指"就表现非凡,值得爱好者们记录和收藏。

1931 年 8 月,梅兰芳访美演出回国后一年,一位年轻的美国籍中国艺术研究学者,安娜堡密西根大学附属人类学博物馆的策展人马尔智(Benjamin March, 1899—1934),追随梅兰芳而来。这位年轻学者带着自己的专业照相机来到中国,就是想记录梅兰芳的"兰花指"。马尔智出生在芝加哥,1922年毕业于芝加哥大学的文科,随后在纽约的协和神学院进修,想成为一个传教士。在纽约的时候,他还顺从个人兴趣,去大都会博物馆进修艺术课程。1923 年,他找到一个机会来华工作,先在河北大学(Hopei University)任教(据马尔智家属提供的资料是"Hopei University",只能翻译成河北大学。但是,当时的教会大学,或者国立大学系统中并无"河北大学"[Hopei University],此处存以待考),教授英文、拉丁文、《圣经》研究。1925 年后,他在燕京大学(Yenching University)担任讲师,从事中国艺术的教学和研究。1927 年,马尔智回到美国,担任纽约哥伦比亚大学的中国艺术讲师,出任过底特律艺术学院的策展人。1920年代是美国的"镀金时代"，经济高速发展，收藏家层出不穷，对中华艺术的兴趣也不断增长。美国的重要大学，哈佛、耶鲁、哥伦比亚、芝加哥、伯克利等，都在这一时期仿效欧洲，开始了"汉学"研究。像马尔智这样富有亚洲经历的年轻学者是稀缺人才，美国"京剧热"兴起后，他又一次得到机会，回到北京，追踪梅兰芳。

1930年梅兰芳在美国大城市巡演的时候，马尔智已经是一位当地的"中国通"（Old China Hand）。目前缺乏他的"观梅"资料，但是如此重大的活动，可以理推他在演出现场。要么是在纽约，要么是在芝加哥，在两个熟悉的城市里，马尔智应该看过梅兰芳。另外，马尔智与梅兰芳的朋友圈关系很深。与齐如山一起策划梅兰芳美国之行的张彭春，毕业于哥伦比亚大学，后来任教于芝加哥大学，是马尔智的校友和朋友。在中国，"北平国剧学会"的傅芸子、傅惜华兄弟曾和马尔智在燕京大学同事。通过北平"国剧"界的朋友圈子，马尔智很容易接触到梅兰芳，他加入了京剧的海外推广事业中。马尔智对中华艺术的兴趣，原来只是在书画领域，他曾经在上海的英文刊物《中国科学美术杂志》（*China Journal of Science and Arts*）发表专业论文。马尔智1931年回到中国，是申请到了美国学术团体协会（American Council of Learned Society）的基金,研究宋元画家钱选。看起来,研究"兰花指"是马尔智的副业,是受到梅兰芳访美影响的一个新的兴趣。

在这里,马尔智的北平"国剧"朋友圈值得重视,张彭春、傅芸子、傅惜华,加上更早一些的齐如山,他们都是归国留学生,分别有留法、留美、留日的经历。在海外求学和游历的时候,他们爱上了西方的歌剧、话剧、音乐剧,对西方近代艺术有深入了解。回国之后,北京(平)的这个留学生群体,不满戏曲界的保守和因循,和上海的"南派"艺人一起,对清代作为"内廷供奉"的京戏做了彻底改造,使之成为中外社会雅俗共赏的市民艺术——京剧。京剧在 1930 年代的大繁荣,和他们的"改良"工作极有关系。这场早期的"京剧革命",后来被人们有意无意地忽视了。有一位在西方人中间推广京剧的艾伦(B. S. Allen)先生在《中国戏园》(*Chinese Theatres*)一文中回顾这个历程,说:"一个未经点化的欧洲人,如果认为中国戏曲很奇怪,大多数的戏园都没什么意思,在里面待上五个小时很不舒服,这也是对的;并不只是个别留学生在提到他们去中式戏园看演出时,都高傲而厌恶地叉起了双臂。"

新派学者鄙视京戏的情景,被齐如山这样的留学生,也被马尔智这样的汉学家给破除了。在 20 世纪轻视中华传统文化的气氛中,京剧却逆势发展,成为雅俗共赏、中外同赞的艺术方式。京剧成功的原因,并非齐如山在美国宣称的"一切照旧"(齐如山《齐如山回忆录》,宝文堂书店1989,140页),而是他身体力行地"改良国剧"。新派知识分子"改良京剧"的举动,是20世纪京剧繁荣的原因。1970年代被导入歧途的"京剧革命",发展出扭曲怪异的"样板戏",这才毁了现代京剧事业。1930年代"改良京剧"的积极成果,完全出乎"新文化运动"领袖们的预料。胡适、陈独秀、鲁迅等人一直对北平学术界、上海工商界"捧戏子"的风气痛加批评,却对传统"京戏"改造成现代"京剧"的可能性估计不足。齐如山、张彭春,还有马尔智等新派学者认为"中国戏园中保存着一种值得赞美的戏剧精神","如果用嘲讽的口吻来谈论中国戏曲,并不妥当。……我们还不如说:不能把握他们的习俗、缺乏经验,不懂语言、才是让我们不能欣赏好几百年来给无数高度文明而聪明的人们带来乐趣的戏剧的原因"(转引自梁社乾《京剧欣赏》,载《中国科学美术杂志》,1927年1月,7页。原文为英文,代表西方开明学者对于京剧的一般态度,并不是齐如山等人的直接文字)。"海归"(Returned Students)和"汉学家"(Sinologists)们顶着"捧戏子""合倡优"的非议,联手改造传统"京戏",发展现代"京剧",事实证明是一条正确的道路。

马尔智欣赏梅兰芳,尤其是对京剧的"旦角"艺术作了详尽的阐释,他说:"梅兰芳擅长扮演的旦角,源于他家几代人的传统。中国戏剧的角色主要分为四个种类:旦角,或女性部分;生角,或男性部分,通常也是主要角色;净角,或花脸,一般是反派角色;丑角,或喜剧演员。前两个角色强调的是唱和演,对武生来说重要的是健壮的体质和杂技能力。这里很难正确地讲旦角就是模仿女性。中国戏剧是一门艺术,其中蕴藏着一定的与中国画的密切相似之处,它从来都不是对自然的模仿。""旦角,不仅仅是一个假扮的女性;相反的,却是一个虚构的形象,艺术的再现。是对一个女子的阐释,而不是一个女子的代表。旦角是现实的,(但)就像中国山水画的现实,如同彩虹从周密精华的现实落入清水一样。"说得太好了!梅兰芳的"花旦"不是模仿、表现性别,而是再现、诠释性别。我们发现,这段话几乎就是对齐如山观点的重复,马尔智加上了他从中国画研究心得中得到的"通感",十分贴切。

为什么要收集"兰花指",马尔智有专门论述,其中或许还隐藏了"改良京剧"的秘密。他说:"在(京剧)表演中,塑造姿势的效果是起很大作用的。中国式舞台一般伸长地进入剧场的观众,演员从三面可见。每个手势的形状,必须参考这个境况;以及每一个动作,必须参考全身的塑造效果。每当一个手移动时,必须是在身体部分的另外一个地方的,相应平衡下的动作。"马尔智描述的"中国式舞台"是"T"型构造，观众从三面来观剧，贴近演员。旧式舞台是"供奉内廷"时代的小戏台，适合封闭式的"堂会"和乡间的"庙会"环境。舞台贴得近，演员就必须把"花指"演得十分地细腻，以供挑剔。1920年代上海、天津等地的新建剧场，都是现代化的"大舞台"，很难近距离欣赏"花指"。舞台上已经看不清晰的艺术，必须要用摄影、画像来仔细记录。

在纽约，总策演齐如山、总导演张彭春在百老汇式的大舞台上，套装了一副中式戏台，他们尽可能地保留中国舞台元素。"台上的第一层仍用该剧场的旧幕；第二层是中国红缎幕；再往里第三层，是中国戏台式的外檐，龙柱对联；第四层是天花板式的垂檐；第五层是旧式宫灯四对；最里第六层，就是旧式戏台：隔扇、门帘、台帐，两旁也有同样的隔扇、镂刻窗眼，糊上薄纱……"（齐如山《梅兰芳游美记》，1933年，卷二，16页）这样一个原汁原味的"中式舞台"，犹如一副俄罗斯套娃，隔了好多层，完全欣赏不到诸如"兰花指"这样的细腻表演，岂不遗憾？现代"大舞台"和传统"小戏园"的冲突是无法回避的。齐如山先生预料到这样的困境，临行之前就写作了一本《梅兰芳艺术一斑》，把京剧艺术中的行头、冠巾、胡须、扮相、脸谱、身段、兰花指等，一一画谱，详尽罗列，供观众对照。

该书的"兰花指"一章,列举了"含苞""初篆""映日""吐蕾""护蕾""伸萼""避风""握蒂""含香""陨霜""蝶损""雨润""泛波""怒发""迎风""醉红"等五十三种指法。如此细腻的指法,又是稍纵即逝,在新式舞台上表演,即使用望远镜也难以捕捉。马尔智的想法是对的,他把"兰花指"拍照下来,传递给美国的观众,就近观赏。1923 年 8 月的某一天,马尔智在齐如山、傅芸子、傅惜华的陪同下访问了位于北京东城无量大人胡同的梅兰芳宅邸"缀玉轩",留下了一套"兰花指"倩影。

西方人欣赏京剧,将之作为中华文化的象征物来把玩,这是一个值得关注的现象。中华文化不单单属于中国,也不仅仅归之于传统。中华传统汇入世界文化之林,自然而然就是人类现代文明的一部分。传统不能靠传统的方式谋生存,必须以改良的手段作保存;用全新的眼光来鉴别中华文化的精华和糟粕,成为清末民初各行各业的普遍现象。外国观众初看京戏,哪怕他(她)们是一脸茫然,不提任何意见,也会对现代京剧的命运发生影响。"改良京剧"的实践者必须回答他(她)们的疑问和困惑,事实上最后做出改变的通常不是外行的观众,而是行内的从业者。"现代京剧"是在与现代观众(城市平民、工商阶层、知识分子、西方汉学家、东方文化爱好者)的互动中诞生、发展和进步。"文革"以后,很多次陪外国朋友在"天蟾舞台"看专场演出，剧目中必有《三岔口》武打戏，就知道毕竟是观众决定了舞台。其实，西方人不是被动地接受中华文化，并不是你演什么，他就看什么。清末民初在华的西方学者，带着他们的困惑，对中华文化做了翻箱倒柜式的透彻研究。他们也参与了"改良京剧"，马尔智就属于"汉学家"这一群体。

1923年，马尔智离开美国的现代大都市芝加哥、纽约，只身闯入神秘而古老的北平，初初只是一个对中华文化懵懂无知的毛头小伙子。几年之间，他以芝加哥大学、哥伦比亚大学打下的文学、神学和艺术专业功底研究中华艺术，迅速成为一位汉学家、中华艺术的鉴赏人。马尔智的专业身份，令他很容易地进入上海、北平的外侨学术圈，圈子中有老牌"中国通"福开森（John Ferguson, 1866—1945）和苏柯仁（Arthur de Carle Sowerby, 1885—1954）。清末民初在华西侨学术圈以上海的亚洲文会（The North China Branch of the Royal Asiatic Society, 1858—1949）及其附属的机构和杂志为中心。马尔智是亚洲文会的会员，据登记资料，他是"美国学者"，隶属"燕京大学"，在会时间为"1924至1933"，会员类别是"OM"（普通会员）。（王毅著《皇家亚洲文会北华支会研究》，收为上海图书馆编：《皇家亚洲文会北华支会会刊[1858—1948]》，上海科学技术文献出版社,2013 年)我们还在苏柯仁、福开森主编的《中国科学美术杂志》上找到马尔智的三篇论文,它们是:《临清塔》(*The Lintsing Pogoda*,1926 年 11 月)、《中国绘画中的透视画法》(*A Note on Perspective in Chinese Painting*,1927 年 8 月)、《苹果与冒险》(*Apples and Adventure*,1926 年 9 月)。马尔智的相册中,留有两幅在福开森花园(Ferguson Garden)的旧影,可见他是老先生喜欢的年轻人;苏柯仁则在马尔智去世后,安排在《亚洲文会会刊》上发布讣告,还在自己的杂志上为他写了一篇热情洋溢的书评。

在中国艺术研究领域,京剧只是马尔智刚刚开始的爱好,中国画才是他多年专攻的特长。他在生命的最后几年里回到中国生活,就是为了研究宋、元、明、清的山水画。然而,我们发现马尔智的新兴趣和旧专长并不矛盾,他研究过中国的山水画、宝塔、陶瓷以及京剧"兰花指",都属于造型艺术,他似乎对所有的中华文化形象(images)都感兴趣。1929 年,马尔智出版了一本《我们博物馆里的中国和日本》(*China and Japan in Our Museums*);1934 年,密西根大学出版社出版了他的专著《陶器种类的标准》(*Standards of Pottery Description*);1935 年,巴尔的摩威佛里出版社出版了他的另一部专著《国画术语》(*Some Technical Terms of Chinese Painting*),这已经是他去世的一年之后，这本书的扉页上告示读者他去世的消息。同一年，马尔智还有一本重要的中国艺术研究著作出版，这就是他的《梅伶兰姿》(*Orchid Hand Patterns of Mei Lan-Fang*)。一位年轻的汉学家，勤奋著述，不断出版，在短短的三十五岁的年华中，留下了四部专著，以及很多篇的论文。

马尔智在 1925 年 6 月 25 日与一位在南京的循道会传教士女儿多萝西·罗(Dorothy Rowe)结婚。直到 1932 年，他们才有了第一个也是唯一的孩子——女儿朱迪斯(Judith)。1934 年，回到美国的马尔智，在密西根大学所在的安娜堡家中忽然心脏病发作，据说是心律失调，治疗五周后，于 12 月 13 日去世。1936 年 5 月，《中国科学美术杂志》，刊登苏柯仁介绍《国画术语》一文，给马尔智以高度评价。关于本书，他说："对那些有兴趣学习中国画的人来说，这本小书极其有用。中国画家所用的全部术语，这里都有介绍和评论……"关于作者，他说："马尔智，年轻一代的美国中国文化研究学者中最有希望的一位，他那种如同潮涌一般的著述，应该是已经切断了；本书付印的时候，他却去世了。"(《中国科学美术杂志》，1936 年 5 月，262 页)把马尔智排在美国最杰出的中华艺术研究学者之列，是上海、北平学术圈的共识。1935 年，《皇家亚洲文会会刊》在讣告中,慎重而负责地评论说:"马尔智,美国最重要的关于远东艺术的作者之一。"

附记：本文马尔智生平资料,见于谢小佩收集整理,由美国华盛顿佛利尔、萨克勒博物馆提供,并得到马氏家属许可公布的马尔智图片文献集。该文献集《梅伶兰姿》于 2016 年由上海辞书出版社出版。

本文原载《书城》2015 年 9 月号

作为大学校长的蒋梦麟

陈平原

我虽然欣赏蒋梦麟的《过渡时代之思想与教育》等著述，但我更怀念那个虎虎有生气、以「提高学术」为第一要务，甚至不惜与学生直接对阵的大学校长。

去年秋冬，很想为北大老校长蒋梦麟(1886—1964)写篇短文，纪念其逝世 50 周年；后因杂事繁多，忙别的去了。这学期在北大讲选修课，专设一章"何为大学——蔡元培与蒋梦麟"，略表心意。课讲完了，意犹未尽，干脆引申开去，撰成此文。

18 年前，我在纽约的哥伦比亚大学访学，利用该校东亚图书馆资料，撰成一组总题为"哥大与北大"的短文，先后在纽约的《明报》以及北京的《中华读书报》上连载，后收入《老北大

的故事》(江苏文艺出版社,1998 年;北京大学出版社,2009
年)。其中谈论蒋梦麟的"教育名家"一则,给我带来了意想不
到的麻烦。

以教育为切入口,谈论哥大与现代中国的关系,本不该有
太大争议。因为,从事乡村教育的陶行知、陈鹤琴、赵叔愚都
是哥大师范学院的毕业生;更值得关注的是哥大与中国高等
教育的关系,东南大学首任校长郭秉文、北京高师校长邓萃
英、岭南大学校长钟荣光、沪江大学校长刘湛恩、齐鲁大学校
长朱经农等,都曾就读哥大。至于历任北大校长,蒋梦麟、胡
适、马寅初,更是堂堂正正的哥大博士。至于张伯苓 1917 年
筹办高等教育失败,随即赴美,入哥大师范学院研究一年,更
凸显了当年哥大在中国教育家心目中的地位。

谈论蒋梦麟的这篇短文,因批评《北京大学校史》增订版
(萧超然等著,北京大学出版社,1988 年)断言蒋梦麟乃"典型
的国民党新官僚",不同意将整顿教学秩序说成是压制学生运
动而招来了严厉的斥责。当初愤愤不平,日后想来,是我年轻
气盛,主动挑战造成的。若换一种方式,仅限于正面立论,当
不至如此剑拔弩张。可见,"真话"说早了、说急了、说狠了,效
果并不好。可是,都想等"水到渠成",真的是"人寿几何"呀!
18 年后的今天,表扬长期辅助蔡元培(三度代行校长职权)、

1930 年 12 月至 1946 年 8 月主政北大（抗战期间为西南联大三常委之一）的蒋梦麟，已经没有任何障碍了。

蒋校长是平反了，可当初争论的症结仍在——这就是如何界定大学的功能。作为职业教育家，蒋梦麟对无休止的罢课很不以为然。1919 年 7 月 23 日上午，北京大学学生集会欢迎蒋梦麟代表蔡元培到校主持校务，蒋发表演讲，算是送给北大人的见面礼——先表扬学生的爱国热情，又说青年应"以自己的学问功夫为立脚点"，接下来就是："现在青年做救国运动，今日反对这个，明日反对那个，忙得不[得]了了。真似'可怜年年压针线，为他人补破衣裳'，终不是根本办法。吾人若真要救国，先要谋文化之增进。日日补破衣裳，东补西烂，有何益处？深望诸君，本自治之能力，研究学术，发挥一切，以期增高文化。"（《初到北京大学时在学生欢迎会中之演说》，见蒋梦麟《过渡时代之思想与教育》，商务印书馆，1933 年）如此"逆耳"的"忠言"，居然没被学生轰下台，也真是奇迹。

1920 年五月，蒋梦麟和胡适联名在《新教育》第二卷第五期上发表《我们对于学生的希望》（此文由胡适执笔），表扬这一年的学生运动，"引起学生对于社会国家的兴趣"，再就是"引出学生的作文演说的能力，组织的能力，办事的能力"，可话锋一转，又是唱反调："荒唐的中年老年人闹下了乱子，却要未成年的学生抛弃学业，荒废光阴，来干涉纠正：这是天下最不经济的事。……单靠用罢课作武器，是最不经济的方法，是下下策，屡用不已，是学生运动破产的表现！"（《过渡时代之思想与教育》）某种意义上，蔡元培与蒋梦麟的立场是一致的，只不过说法委婉多了："'五四'而后，大家很热心群众运动，示威运动。那一次大运动，大家虽承认他的效果，但这种骤用兴奋剂的时代已过去了。大家应当做脚踏实地的工夫。"（《在北大话别会演说词》，《蔡元培全集》第 3 卷 452 页，中华书局，1984 年）蒋梦麟日后在《西潮》第十五章"北京大学和学生运动"中，谈及蔡元培对学生运动的态度，否认蔡校长"随时准备鼓励学生闹风潮"的流言（《西潮·新潮》126 页，岳麓书社，2000 年），我以为是可信的。

又过了两年，蒋梦麟发表《北京大学第二十五年成立纪念日的感言》，称："近几年来，学生运动，是新动机。现在又遇一反动；这反动就是教育破产。"（《过渡时代之思想与教育》418 页）如此立说，比较隐晦；而约略与此同时撰写的《学风与提高学术》，则打开天窗说亮话："教育界这三年来，所用于自卫或攻击的武器，只有一件，就是罢课。但这件武器，一用再用，再而三，三而四，已破烂不堪，不能再用了。杀人不下，近来竟用以自戕了。武器破烂，教育自卫之道，从此穷矣。"（《过渡时代

215

作为大学校长的蒋梦麟

之思想与教育》，此文原题"晨报四周年纪念日之感想"）有什么办法可以补救呢？蒋梦麟提出来的方案，也不过是十分空洞的"提高学术"。

再过一年，时正代理北大校长的蒋梦麟，特为校庆撰写《北大之精神》，称北大特点有二：一是大度包容，二是思想自由；而与之密切相关的，便是两个明显的缺点："能容则择宽而纪律弛。思想自由，则个性发达而群治弛。"有鉴于此，必须在"相当范围以内，整饬纪律，发展群治，以补本校之不足"（《过渡时代之思想与教育》）。如此一而再再而三地主张"整饬纪律"，无论过去还是现在，都是学生们所不爱听的。可如果没有蒋梦麟的"黑脸"，单靠蔡元培校长的"红脸"，这大学是无法维持下去的。某种意义上，职业教育家蒋梦麟的"务实"，是蔡校长得以"高蹈"的前提。

蒋梦麟这一"整饬纪律"的立场，在其担任校长的1930年代，得到更为充分的展现。上任伊始，叮嘱文、理、法三学院的院长"辞退旧人，我去做；选聘新人，你们去做"，如此勇于担当，体现了大教育家的肩膀。至于确立"教授治学，学生求学，职员治事，校长治校"的办学宗旨，利用中华教育文化基金董事会拨款，设立研究讲座、专任教授及学生奖学金，建设研究院，规定大学生做毕业论文，缺课三分之一者不得参加考试,留级两次或留级一次加上两门必修课不及格者退学等,甚至因学费问题与学生直接冲突,毫不退让(参见马勇《蒋梦麟教育思想研究》,辽宁教育出版社,1997年),所有这些举措,可说是"一意孤行"。正因校长强势,且颇具胆识,在时局极为动荡的1930年代,北大的教学与科研才能稳步上升。站在教育史角度,对于蒋校长之苦心孤诣,应该点赞,而不是冷嘲热讽。

20世纪20年代以后的中国,稍有良知的教育家,都面临夹在顽固强硬的政府与热情激进的学生之间的困境。国共两党出于各自的政治利益,对学潮的评价天差地别,但着眼点都是政局稳定与否。教育家则不然,从培养人才的角度立论,对学生之"荒废学业"不能不深表遗憾。历史学家对校长们左支右绌的困境,须具"同情之理解"。只有在极端情况下,大学校长才会与学生站在一起,用罢课、罢教、游行示威等手段对抗政府。某种意义上,这是校长的职责决定的——维持正常教学秩序,努力"提高学术",而不是介入现实政治。

我并不完全认同蒋梦麟的做法,但作为北大校长,他坚决要求学生以求学为第一要务,走的是正道。相反,若校长鼓动学潮,那才是滑天下之大稽。至于教授与学生,完全可以有不同的立场。大学最终如何发展,取决于各方力量的博弈,并不完全体现校长的意志。基于此判断，我认可蒋梦麟的工作，当初的断言，今天看来依旧有效："历任北大校长中，名气最大的当属蔡元培。对于老北大基本品格的奠定，蔡氏确实起了不可替代的作用。可在历史学家笔下，蔡氏的意义被无限夸大，以至于无意中压抑了其他同样功不可没的校长。最明显的例子，莫过于蔡氏的早年学生蒋梦麟。"（陈平原《老北大的故事》，北京大学出版社，2009年）这段话，为日后很多谈论蒋梦麟的文章所引用。

但阅读这段话，最好与我对蔡元培的一再表彰相对照，方不致出现大的误差。我曾经说过："百年中国，有独立的大学理念，且能够真正付诸实施的，不敢说仅此一家，但蔡元培无疑是最出色的。这是因为，有其位者不一定有其识，有其识者不一定有其位；有其位有其识者，不一定有其时——集天时地利人和于一身，才可能有蔡元培出长北大时的挥洒自如。"（陈平原《触摸历史与进入五四》，北京大学出版社，2005年）蒋梦麟并不具备蔡先生那样的崇高威望，也没有"集天时地利人和于一身"，无论他如何努力，都只能是一名优秀的大学管理者，而不可能像蔡先生那样成为现代中国"大学精神"的象征。

这就到了"功狗"的自嘲。1950年12月20日，时任台湾大学校长的傅斯年在台湾省议会答复教育行政质询时过度激动,突发脑溢血逝世于议场,享年 55 岁。老朋友蒋梦麟当即撰写《忆孟真》,初刊 1950 年 12 月 30 日《中央日报》,后收入传记文学出版社 1967 年版《新潮》。文中有一段话,颇具深意,值得引录:

> 十二月十七日为北京大学五十二周年纪念。他演说中有几句话说他自己。他说梦麟先生学问不如蔡孑民先生,办事却比蔡先生高明。他自己的学问比不上胡适之先生,但他办事却比胡先生高明。最后他笑着批评蔡胡两位先生说:"这两位先生的办事,真不敢恭维。"他走下讲台以后,我笑着对他说:"孟真你这话对极了。所以他们两位是北大的功臣,我们两个人不过是北大的功狗。"他笑着就溜走了。
>
> (蒋梦麟《西潮·新潮》,332 页)

这故事很精彩,常被论者转述,可惜不见出处。两个大学校长惺惺相惜,且都很风趣,自嘲中不无自得——毕竟自己办事能力远比师长强。

既然那么能干,为何世人普遍认定,兢兢业业的蒋梦麟,其历史地位不及蔡元培?关键是对大学精神的理解、阐扬与坚守。蔡先生所提倡的"循思想自由原则，取兼容并包主义"，乃大政方针，影响极为深远。至于蒋梦麟，办事能力极强，人格操守也没有问题，不愧是教育名家。但若站得更高点，则会发现他太守规矩，缺乏那种开天辟地的气魄——当然，也没有那种机遇。傅斯年比他幸运多了，出任台湾大学校长不到两年(1949年1月至1950年12月)，因其大刀阔斧的改革以及凸显某种精神取向，而被台大人永远铭记——其历史地位类似蔡元培之于北京大学。

我表彰蒋梦麟在教育史上的贡献，也理解他在实际操作层面某些不得已的举措；但同时我也注意到，抗战期间，蒋校长似乎对北大的兴趣明显下降。作为西南联大三常委之一，蒋梦麟没能为北大在联大内部争取更大的话语权，对于这一点，北大老人颇多怨言。也有对此持理解乃至赞赏态度的，如钱穆在《师友杂忆》第十一章"西南联大"中，自述当年如何为蒋校长解围(参见《八十忆双亲·师友杂忆》，岳麓书社，1986年)。还有汤用彤1945年9月6日致信胡适，引自己此前给蒋梦麟的信："在抗战八年中，三校合作，使联大进展无碍，保持国家高等教育之命脉。此中具见先生处事之苦心，有识者均当相谅。"(见《胡适来往书信选》下册，中华书局，1980年)三校合作，特别忌讳领导打架、政出多门，那样的话，下面的人便无所适从。张伯苓年高不管事,蒋梦麟则常住重庆,目的都是为梅贻琦执掌西南联大腾出更大空间。

我的判断是,常住战时首都重庆的蒋梦麟,在与达官要人的周旋中,逐渐失去了对于北大事务的兴趣。看他抗战胜利后,因"大学校长不得兼任行政官吏"之条规,不顾胡适等老友的极力劝阻,舍北大校长而出任行政院秘书长,就明白"冰冻三尺,非一日之寒"。

此外,这段时间蒋梦麟对学问的兴趣与日俱增。1943年1月和12月,蒋梦麟给远在美国的胡适写了两封信。前一封辩解自己对西南联大事"不管者所以管也",同时称"两年中著一本《书法之原理与技艺》,近月来著成第二册",且"夙兴夜寐,从事学习英文,亦稍觉进步"(《胡适来往书信选》中册,中华书局,1979年);后一封则交代托人将《西潮》(原题《东土西潮》)英文书稿带到美国,转交给胡适,以谋求出版,而后就是:

> 你知道这廿余年来,我的学问荒疏极了。到了五十五岁,才知发愤求学。你看可笑不可笑呢?……在这二十多年之将来,我想做点学问,补我往者之失。但亦不过想不苟活一世罢了,并没有学问上的大野心,以心之所好,玩玩罢了。我这本书也

不过是玩意儿，觉得有趣得很。（《胡适来往书信选》中册，564 页）

这本抗战时写于重庆防空洞的《西潮》（*Tides From The West*），就像第一章所说的，"有点像自传，有点像回忆录，也有点像近代史"（蒋梦麟《西潮·新潮》，15 页）。此书英文版为耶鲁大学出版社 1947 年刊行，中文版则 1959 年由中华日报社首印。毫无疑问，这是一本好书。我谈大学教育，不管是描述蔡元培的性格及贡献，还是铺排五四前后思想潮流的演进，抑或阐发抗战中大学西迁的意义等，都曾引述此书。

但另一方面，我又对蒋梦麟在抗战最紧张的时候，身为西南联大三常委之一，竟然有心思、有时间坐下来著书立说，深感惊讶。花那么多时间撰写《西潮》以及《书法之原理与技艺》，某种意义上表明作者对西南联大的具体事务已经意兴阑珊——这也是北大教授对他不满的缘故。校长当然可以有业余爱好，我却由此"雅趣"窥测蒋梦麟的心境——日后出任行政院秘书长、农复会主委，不是偶然的。

这倒让我想起《过渡时代之思想与教育》一书的《引言》："著者于民国八年，投入了北京大学里的学校行政的旋涡，起初尚兼教学而略从事作文。其后因受政治不良的影响，革命心理的冲动,频年学潮汹涌,又因学款积欠过钜,迭起教潮;行政事务逐渐加多,学问功夫逐渐减少,至民十一以后,简直成了单纯的学校行政者。积重难返,索性把笔搁起了。"作为北大总务长或代理校长,蒋梦麟全力以赴处理校务,以至没有时间读书写作,那是再正常不过的了。

其实,大学管理是一件大事,需要高瞻远瞩,更需要知行合一,是值得校长们全力以赴的。十年前我写过一则短文,题为《为大学校长"正名"》(初刊《南方人物周刊》2004年12月1日,后收入北京大学出版社2006年版《大学何为》),其中有这么一段:"其实,大学校长的主要任务是当好伯乐,而不是自己争着去做千里马。既当校长,又抢课题,还带了不少研究生,这种'革命生产两不误'的做法,我颇为怀疑。不是你当校长不够尽心,就是你的研究只是挂名——谁都明白,做好这两件事,都必须全身心投入,你一天又不可能变出四十八小时。与目前的流行思路相反,我以为,国家根本就不该给大学校长重大科研项目。"好在最近情况发生了很大变化,无论政府还是民间,呼吁校长们暂时搁置自己的学术研究,专职从事行政管理,已经成为主流的声音。

也正因此,我虽然欣赏蒋梦麟的《过渡时代之思想与教育》《西潮》《新潮》等著述,但我更怀念20世纪二三十年代那个虎虎有生气、有点霸道、以"提高学术"为第一要务，甚至不惜与学生直接对阵的大学校长。

2015 年 5 月 12 日于京西圆明园花园

附记：1991 年初春，我在香港中文大学访学，经常逛旧书店，先后购得香港磨剑堂版《西潮》和《新潮》。那明显是盗印台湾的本子，有发行地址，但没出版时间。这两本书当时认真读过，感触很深，且作了标记，实在舍不得丢。到了需要引用时，只好随手找一种近年刊行的本子。因此，我的论著中，引《西潮》或《新潮》时，用的本子不一致。

本文原载《书城》2015 年 7 月号

走向地方的新文化
——『潮州民间文学丛书』总序

陈平原

我理解的五四新文化运动,兼及思想、教育、语言、文学、报章、书局等,大致进程是这样的——酝酿于戊戌变法(1898),得益于科举取消(1905),崛起于《新青年》创刊(1915),成熟于白话文进课堂(1920),国共分裂后开始转型(1927)。"新文化"的具体表现也是其最突出的成果,即左手语言右手思想的"平民文学",呈现为"向上"与"向下"两个维度。所谓"向上"一路,指的是接受域外文学刺激,开始了新诗、美文、话剧和短篇小说等尝试,日后以"现代文学"的名义进入历史；"向下"一路则是从立场、语言到文体都坚持"到民间去"，而《歌谣》周刊开创的俗文学运动，便是其提倡与实践的标志。后一条路径，周作人、刘半农、顾颉刚三位是主将，帮助摇旗呐喊的还有北大同人蔡元培、胡适、钱玄同、沈兼士、鲁迅等，以及学生辈的常惠、董作宾、魏建功、台静农等。

不说个体的尝试（如1914年周作人撰写《儿歌之研究》，1918年刘半农拟定《北京大学征集全国近世歌谣简章》），俗文学运动的展开，更具象征意味的是1920年北京大学歌谣研究会的成立以及1922年《歌谣》周刊的创办。至此，俗文学的整理、研究与再创造，便成了新文化运动的一个重要方向。到了1927年11月中山大学民俗学会成立并发行《民间文艺》杂志（12期后改名《民俗》），除搜集研究的范围大为拓展（包括神话、传说、谜语、谚语、节庆、习俗等），更借助培养学生、成立分会、办培训班等方式，推进俗文学运动。

就在这个重要关口，潮汕地区不少有识之士投身此新文化大潮。若干年前，我在《俗文学研究视野里的"潮州"》（《南方都市报》2010年4月11日）中谈及："1920年至1930年代潮汕地区的俗文学研究，做得有声有色，且与北京及广州学界保持相当密切的联系。了解这些，你对丘玉麟、林培庐、杨睿聪等潮汕学人的工作，不能不表示由衷的敬佩。他们的编著，并非古已有之的乡邦文献整理,而是深深介入了现代学术潮流。如果再加上出生于广东海丰(广义的潮汕人)、毕生致力民间文学及民俗学研究的钟敬文,那么,1930年代潮汕学人的俗文学及民俗学研究,实在让人刮目相看。"很可惜,因行政区划的变化,如今谈"潮州民间文学",只能局限在丘玉麟与杨睿聪,而搁置了现属揭阳市的林培庐与汕尾市的钟敬文了。钟敬文日后成为民间文学研究界的一面旗帜,贡献之大众所周知;林培庐20世纪30年代也很活跃,单看其编辑的《潮州七贤故事集》有胡适、张竞生、钱玄同题签,周作人、容肇祖、赵景深作序,就不难明白此书的分量及作者交游之广。

相对来说,这回收入"潮州民间文学丛书"的五书——丘玉麟的《潮州歌谣》(1929),杨睿聪的《潮州俗谜》(1930)和《潮州的风俗》(1930),张美淦、钟勃的《长光里》(1933),以及沈敏的《潮安年节风俗谈》(1937)——基本上只在潮汕地区流通,缺乏全国性影响。即便如此,此五书仍值得我们重视,因其体现了新文化走向地方的努力与趋势。

丘玉麟(1900—1960),字拉因,潮州意溪东乡村人。1921年入广州岭南大学西洋文学系,1923年转燕京大学中文系学习,与同在北平念书的林培庐等潮籍学生成立了觿箑文学社。深受在燕大兼课的周作人影响,丘玉麟回潮州的省立二师(韩山师范学校)、省立四中(潮州金山中学)任教后,致力于民间歌谣的收集和整理。丘编《潮州歌谣》(第一集)1929 年 1 月初版,自刊本,印数 2 000 册;同年 4 月再版,印数 3 000 册。此书之所以能很快再版,因潮人韩树孙和林勉升找上门来,表示"这宣传平民文学之责任是他该担负的",编者于是希望他们"像上海的北新书局与李老板一样",成为"注意新文学之传播的文学书籍发行家"(丘玉麟《潮州歌谣·再版序言》)。这册略为增删的再版书,扉页署"编者丘玉麟,发行者韩树孙",封底则写着"发行者潮安林勉升,经售处汕头中华书局暨各书坊",这就导致了各图书馆及目录书各取所需,关于此书版本的介绍十分混乱。1958 年广东人民出版社刊行《潮汕歌谣集》,2003 年香江出版有限公司推出丘玉麟编注的《潮州歌谣集》,还包含了此前丘玉麟编的歌谣集三种,再加上著名俗文学专家薛汕的《山妻夜粥的歌者》,以及卢修圣、曾楚楠、蔡起贤、陈庭声的介绍文字。

1930 年潮州支那印社曾刊行杨睿聪《潮州的习俗》、杨小绿《潮州俗谜》二书,不仅两书作者乃同一人,且都属于自刊本——目前能查到的潮州支那印社出版物,除此二书外,再就是林培庐的《李子长好画故事集》。杨睿聪(1905—1961),字慧父,曾用名小绿,潮州城内人。1925 年毕业于国立广东大学,即被聘为省立二师史地教员,后应母校省立四中之聘,任国文教师(参见陈贤武《杨睿聪》,《韩山师范学院学报》,2017年第5期)。《潮州俗谜》分自然、人事、身体、器物、食物、植物、动物七部分,辑录广泛流传于潮汕民间的谜语二百多则,1949年香港潮书公司曾刊行增订本。至于《潮州的习俗》则已收入李文海主编、夏明方与黄兴涛副主编的《民国时期社会调查丛编·宗教民俗卷》(福建教育出版社,2014年)。

署名"凤祠客"和"亿"合撰的潮州方言小说《长光里》,1932年6月至10月连载于潮安《大光报》副刊,次年5月印成单行本。小说共15章(凤祠客撰七章,亿撰八章),有大致的人物设计与贯穿线索,但故事光怪陆离,随处插科打诨,俚语与雅言胡乱穿插,造成强烈的讽刺效果,如第七章"加税"有曰:"是日长光里人马齐备,精灵古怪,满堂所见的是:大葵扇、老舅鞋、熟烟筒、'南澳丫叉'和黑油油的头、水汪汪的眼,以至顶脚酮、隆起背脊及无缝的缺嘴唇。漪欤盛哉,一堂雅集,济济多才。"无论当初还是现在,此小说吸引读者之处在语言而不在人物或故事。两位作者均为潮安意溪人,也都是《大光报》的台柱子。"凤祠客"本名张美淦,时任潮安县教育局长,20世纪40年代曾任揭阳县长;"亿"本名钟勃,时任县中训育主任,20世纪40年代曾任潮州金山中学校长,1946年出版潮州方言长篇小说《龙塘四武士 NO.1》。2002 年香港榕文出版社曾将《长光里》与《龙塘四武士 NO.1》两种小说合刊；至于卢修圣、刘祥育的注释本（广东金山中学潮州校友会编印，2003 年），更是为读者提供了很大方便。

同样收入《民国时期社会调查丛编·宗教民俗卷》的，还有沈敏的《潮安年节风俗谈》，此书潮州斲轮印务局于 1937 年印行，1996 年其家属以中南书局名义重刊。沈敏原名时聪，1913 年生于潮安县华美乡，少年积极投稿，并在报馆当过校对，1938 年初从军，1949 年任国民党潮汕警备司令部参谋长，10 月撤走台湾，后改为经商。晚年回乡，特别"叹惜在战乱中所著出版《王先生行军记》（十万多字报告文学，1945 年由江西《激昂时报》社出版）至今无影无踪"（林俊聪《潮籍台胞沈敏与潮汕民俗文化》，《潮汕文化选》第六集《山光水色尽文章》，汕头特区晚报社，2013 年）。其实，沈时聪著《王先生行军记》不是报告文学，乃长篇小说，1945 年 11 月由世界编译社出版（参见徐乃翔主编《中国现代文学词典》第一卷小说卷，广西人民出版社，1989 年）。此外，1947 年 9 月 5 日创刊于上海的《生活文摘》（世界编译所发行）第一期上，有沈时聪的《创刊的话》，不过，目前此刊仅见第一期（参见吴俊等主编《中国现代文学期刊目录新编》中册，上海人民出版社，2010 年）。

崛起于北京的新文化,作为一种外来思潮,能否在潮汕落地生根、开花结果,取决于本地的教育资源与文化氛围。这五种俗文学书籍的作者,不是省立二师和省立四中的教师(丘玉麟、杨睿聪),就是潮州《建设报》或《大光报》的报人(张美淦、钟勃、沈敏)。前者见各书自序及众多回忆文章,后者则有阿峝《三十年代潮安〈建设报〉和〈大光报〉杂忆》(政协潮州市委员会文史编辑组编《潮州文史资料》第22辑,2002年12月)为证——此文谈及张美淦、钟勃等如何商定创办《大光报》,而日后为《长光里》撰写序言的张亦文乃报社同事,老祝(即省立二师教师詹安泰,字祝南,号无庵,著名词人及文学史家,参见《潮学集刊》第四辑《〈詹安泰全集〉集外文辑考》)则系特约撰稿人。另外,阿峝之文还提及《建设报》的"校对沈敏,不时写一些潮安城内街道杂谈和地方掌故,有可读性,多期连载"。

大概是年纪大了忘事,1996年沈敏为重刊本《潮安年节风俗谈》撰写"导读",称自己"应星系报纸《星华日报》之聘,撰述年节风俗,相对完整,常被国内外各报纸所转载,遂成《潮安年节风俗谈》"。《星华日报》乃南洋华侨胡文虎于1931年在汕头独资创办的一家日报,与潮州的《建设报》等不同系统。在初版的自序中,作者称"年来替潮汕报纸写了一些关于潮安风俗的稿件……现在把各稿件略加整理,斗胆刊印,书名为

《潮安年节风俗谈》"。再看书前几篇序言，陈政为《建设报》负责人，林培庐乃潮汕民俗专家，张其光的序写于潮州西湖畔，而作者自序则署"一九三六年十二月一日写于潮安华美"。可见在此书产生的文化背景中，潮州重于汕头。

杨睿聪在《潮州的习俗·自序》中，提及"四中诸同事和同学们也热心帮助搜集，于是才给我写成功了"；而为其写序的邹炽昌正是四中同事。丘玉麟《潮州歌谣·代序》除了感谢省立二师及四中的文学概论课程，更指名道姓提及若干四中同学的帮助，还有自己如何拜访作为同道的二师林培庐、四中杨睿聪等。而在《潮州俗谜·序》中，丘玉麟表扬"小绿先生是个民俗学的探讨者，对于歌谣，谚语，风俗，迷信，热心研究"。虽然挂一漏万，但你要理解当年在潮州，确有一批关注歌谣、民俗、谚语的同好。丘玉麟《潮州歌谣·代序》提及自己"与林培庐君组织薝篲文学社出版周刊讨论文学歌谣问题，我的同乡友章雄翔兄、卢佚民先生亦在广搜歌谣"；而《潮汕歌谣集·序》则介绍这本歌谣的材料来源，除了自己原先编印的《潮州歌谣》，还"以金天民先生的《潮歌》、徐志庵先生的《儿歌》、林德侯同志的歌谣抄本为主要参考，取材林同志的最多"。后人提及潮汕歌谣的搜集与整理，往往举丘玉麟为例，这自然没有错；可必须记得，正是这种众人拾柴火焰高的阵势，才有丘编相对完美的成绩。

与内部发力相映成趣的，是强有力的外部引领。张亦文为《长光里》作序，引述胡适创建新文学的主张，尤其看重其"不避俗语俗字"（标题有误，应是《建设的文学革命论》）；杨睿聪编《潮州的习俗》，除了请钱玄同题写书名，还以"补白"形式引入周作人、江绍原、何思敬的民俗论。当然，那些关注歌谣及民俗的潮州学人，他们与北京学界的联系，最主要的还属时任北大教授且兼课燕京大学的周作人。《潮州歌谣》初版的《代序》，是编者丘玉麟写给恩师周作人的信，称此乃献给那"常入梦的苦雨斋"——"因为我对于搜集歌谣这工作之趣味的嫩芽是你护养壮大的"。而林培庐为沈敏《潮安年节风俗谈》作序，就从"十年前在北京岂明师的苦雨斋翻看了英国谣俗学会会长瑞爱德氏的《现代英吉利谣俗》"说起。这就难怪也是潮州人的薛汕在《潮汕民俗文学何去何从》（潮汕历史文化研究中心、汕头大学潮汕文化研究中心编《潮学研究》第六辑，1997 年）中称："潮汕民俗学的提出，源自在北京就读的林培庐和丘玉麟，他们与周作人的联系，进而提倡对歌谣、民间故事和风俗习惯的记录以及作必要的综述。"

至于张美淦和钟勃之创作潮州方言小说《长光里》，也是深受北京新文化人影响。与一般方言小说仅在人物对话中使用方言不同，《长光里》全书均由方言俚语构成，近乎系列滑稽文。这种写作技法，并非无中生有，而是取法清人张南庄的《何典》。1926年5月，刘半农无意间得到了光绪四年上海《申报》馆版《何典》，标点校注后，请鲁迅作序，交北京北新书局刊行。

鲁迅称此书"谈鬼物正像人间，用新典一如古典"，"便是信口开河的地方，也常能令人仿佛有会于心，禁不住不很为难的苦笑"（《〈何典〉题记》）。而刘半农则特别表彰其"善用俚言土语，甚至极土极村的字眼，也全不避忌；在看的人却并不觉得他蠢俗讨厌，反觉得别有风趣"，"将两个或多个色彩绝不相同的词句，紧紧接在一起，开滑稽文中从来未有的新鲜局面"（《重印〈何典〉序》）。《何典》用吴语谈"鬼物"，《长光里》则用潮话说"人间"，这里的鬼物与人间可以互相转化。而且，单就善用譬喻、谜语、警句、趣语、歌谣、歇后语等而言，二者可谓异曲同工。当年杨世泽为《长光里》作序，称其为"潮安《大光报》所载之滑稽文"，最大特点乃"集里谚为之"，阅读者须从潮州方言流变入手，方能领悟其好处。

方言小说不只《何典》一家，为何认定其就是《长光里》的追摹目标？过路人的《何典·序》有这么一段妙语："无中生有，萃来海外奇谈；忙里偷闲，架就室中楼阁。全凭插科打诨，用不着子曰诗云；讵能嚼字咬文，又何须之乎者也。不过逢场作戏，随口喷蛆；何妨见景生情，凭空捣鬼。"再看好管闲事之《长光里·序》："虽然三岔路口，人人尽属题材；十字街头，事事皆为话柄，惟是既非有闲，又属多事。焉能嚼字咬文，逢场作戏，插科打诨，随口喷蛆。是以看见大千世界之文章，便已经拍案叫绝。细领略长光里内之人物，忍不住信口开河。"不仅趣味相投、笔调近似，单是"随口喷蛆"一词便露出马脚。此乃吴语方言，指信口胡说，《何典》中又作"喷蛆"（第一回）、"嚼蛆"与"闲话白嚼蛆"（第七回），这种表达方式，潮州话里原本没有。

就像周作人为《歌谣》周刊所撰《发刊词》所说的，搜集歌谣、谚语及民间传说的目的有两种，"一是学术的，一是文艺的"。日后各地俗文学的展开，也都大致按此路径，只是在具体作品中，二者往往纠缠不清，依时代风尚及读者趣味而随时转化。比如说，当初认定"这自来被贵族文学所摈弃的民间歌谣，已成为有价值的平民文学了"（丘玉麟《潮州歌谣·再版序》），今天更看重其方言及民俗学的意义；当初表扬此书"于本邑新文学改创中，称巨擘无愧矣"（张亦文《长光里·序》），今天关注的也是方言小说的边界及可能性。

因出版地及方言的限制，这五种潮州歌谣、谚语、民俗及方言小说，当年没能迈开双腿走向全国。以北京大学图书馆为例，这五种书均未入藏。幸运的是，著名诗人、学者林庚先生收藏了一册《潮州歌谣》，去世前捐给了北大中文系。那书的封面题有"双漱所藏歌谣书之七，十九年秋黄家器邮赠，二〇，二，二二，记于故都"，扉页则是"敬赠罗先生，器寄自鮀岛"。此题签涉及的人物及因缘还没最后考定，但时间及邮路确凿无误。也就是说，除非有心人寄赠，否则，潮汕读物很难走回新文化中心北京。

正是有感于此，我对这回正式刊行这五种八九十年前的旧书，使其有可能走进各大图书馆，让研究者在理解新文化如何走向地方时，有更多的参照系，抱有很大的期待。

2019 年 3 月 13 日于京西圆明园花园

张爱玲三题

陈子善

在中国现代作家中，除了鲁迅，为自己作品做装帧设计最多的是张爱玲。

《怨女》初版本

《怨女》是张爱玲继《秧歌》《赤地之恋》之后第三部既有中文版又有英文版的长篇小说（英文版为 *The Rouge of the North*，中文作《北地胭脂》）。但是，台北皇冠出版社的《怨女》初版本是何时问世的？由于以前所见早期《怨女》单行本均未印上出版时间，一直无法判断。不久前友人贻我一册《怨女》，列为"皇冠丛书第一六七种"，封底勒口（代版权页）明确印着

"中华民国五十七年七月初版"。

也就是说，《怨女》初版时间是 1968 年 7 月，这个长期未解之谜终于解开了。

同一个月，皇冠出版社还推出了《张爱玲短篇小说集》（香港天风出版社版《张爱玲短篇小说集》的台湾版），列为"皇冠丛书第一六八种"。而一个月前，皇冠已出版了张爱玲的《秧歌》和《流言》，分别列为"皇冠丛书第一六五种"和"第一六六种"。这样，应可确定，张爱玲的作品首次登陆台湾是在 1968 年六七月间，首批为《秧歌》《流言》《怨女》《张爱玲短篇小说集》四种，其他三种都是重印，只有《怨女》才是她到美国后新创作的。

《怨女》的创作和发表过程甚为曲折。张爱玲到美国后，潜心创作了英文长篇小说 *Pink Tears*（《粉泪》），这是根据《金锁记》"改写"的。不料，《粉泪》在美出版受阻，于是，张爱玲再把它"改写"回中文，她 1963 年 9 月 25 日致夏志清的信中对此有过说明。改写工作至 1965 年 11 月大致完成，她同年致夏志清信中也有明确交代："这一向天天惦记着要写信给你，但是说来荒唐，《北地胭脂》（现在叫《怨女》）的中文本直到现在刚搞完。"然后，张爱玲再把《怨女》译回英文，也即《北地胭脂》，她同年 12 月 31 日致夏志清信中又特别说："《怨女》再译成英文,又发现几处要添改,真是个无底洞,我只想较对得起原来的故事。总算译完了。中文本五六年前就想给《星岛晚报》连载,至今才有了稿子寄去。"一个月内,中文《怨女》初稿和英文《北地胭脂》均大功告成,效率不低。后来,《北地胭脂》终于在 1967 年由英国伦敦 Cassell 书局出版,遗憾的是,并没有引起什么反响。

到了 1966 年 7 月 1 日,张爱玲致信夏志清,希望他去台湾时"打听打听《怨女》可否在那里出版"。夏志清为此作了努力,王敬羲、王鼎钧等台湾文学出版界人士闻讯也各自争取《怨女》在台连载和出版单行本。而自 1966 年 8 月起,张爱玲寄给宋淇的《怨女》中文初稿已开始在香港《星岛晚报》连载(具体连载日期至今未明,有待查考),张爱玲得讯后却又"实在头痛万分"(1966 年 8 月 31 日致夏志清信中语),因为她本想对这一初稿再作修改。与此同时,1966 年 8 月至 10 月台湾《皇冠》第 150 期至 152 期也连载了《怨女》初稿,这无疑也是宋淇推荐的。

宋淇评《怨女》

1966 年 10 月,台北《皇冠》第 152 期连载张爱玲《怨女》完毕。也就在这一期上，发表了署名"宋琪"的《读张爱玲的新作〈怨女〉》。"宋琪"即宋淇，印成"宋琪"，不知是印误还是故意。作为后期张爱玲最亲密的朋友，宋淇写过一系列有影响的评张文字，除了有名的《私语张爱玲》，还有《从张爱玲的〈五四遗事〉说起》《唐文标的"方法论"》《〈海上花〉的英译本》《文学与电影中间的补白》《〈余韵〉代序》等。但是此文却是宋淇第一篇评张文字，发表时间比《私语张爱玲》早了整整十年，从未编集，弥足珍贵。此文2009年由台湾东海大学叶雅玲博士发掘出土，至今未引起重视。

宋淇之所以写下此文，当然是为配合《怨女》连载，向台湾读者介绍张爱玲。因此，此文开头回顾了张爱玲从上海到香港再到美国的创作历程，接着笔锋一转，披露张爱玲去美后曾创作《雷峰塔》的消息之后，着重推出《怨女》：

这次《皇冠》杂志邀张爱玲写稿，前后有三年之久。在最初她有别的稿件要交卷和修改，后来又遭遇到题材上的问题。她第一次尝试写的是《雷峰塔坍下来了》，讲的是一个五四时代的女人，如何摆脱专制家庭的束缚，获得了自由。在动手写了一半之后，她觉得这题材不太合适，因为很容易引起读者的

现成的联想，以为这又是一本暴露大家庭的黑暗的
小说，然后她决定写另一个题材，一面写，一面修改，
一共三易其稿，结果就是我们眼前的《怨女》。

在宋淇看来，与传统的小说相比，与张爱玲自己以前的小
说相比，《怨女》都有其新特色：

> 张爱玲已经放弃了传统"从头说起""平铺直叙"
> 的讲故事的方法，虽然故事性仍然保留。她从一个
> 女人自少女到老年的一生中选出其中几个特殊的时
> 刻作为焦点来加以渲染，映射出她的性格、周围的环
> 境、她的过去和未来。她并不故意挑选那些最戏剧
> 性的时刻，因为她的写法并不是注重情节的戏剧写
> 法。她利用感官上的反应——听觉、视觉、嗅觉、冷
> 暖等来呼唤出一种特殊的心境，特殊的气氛和心理
> 状态，尽量做到旧诗词中那种"情景交融"的境界。
> 透过这些焦点，她令我们走入女主角的心灵深处。

宋淇最后提醒读者，张爱玲小说营造的艺术世界是迷人
的，但欣赏张爱玲有个适应过程，读者如有耐心，就定能登堂

入室,风光无限:

张爱玲的《怨女》终于使小说走入了一个新的阶
段。至于她的写作技巧是成功是失败,对目前写作
的影响是好是坏,还有待时间来证明。如果以普通
读小说的方法来读张爱玲的《怨女》,恐怕读者会觉
得不耐烦和不习惯。希望读者运用一点耐性来接受
它,由此证明《皇冠》杂志和张爱玲的尝试是有价
值的。

显而易见,宋淇这是在为张爱玲正式进入台湾预热。虽
然夏济安主编的台湾《文学杂志》早在1957年1月第1卷第5
期就发表了张爱玲的《五四遗事》,然后又发表了夏志清的《论
张爱玲的小说》;虽然当时台湾已出现了张爱玲作品盗印本,
台南"艺升出版社"1959年10月就偷印过"张爱玲女士著"
《倾城之恋》,但就总体而言,张爱玲的文学风采还未为台湾读
者所领略。因此,张爱玲新作长篇《怨女》问世,自然值得评价
和推荐。两年之后,经张爱玲再次改定的《怨女》终于纳入皇
冠张爱玲作品系列出版单行本,张爱玲与皇冠长达30年的成
功合作开始了。

皇冠版《流言》的装帧

在张爱玲逝世 21 周年前夕,我得到了一本她亲自设计装帧的台湾皇冠出版社版散文集《流言》。

也许读者会感到奇怪。张爱玲为上海版中短篇小说集《传奇》设计了三个装帧,初版本是她独自设计,再版本和增订本是与好友炎樱合作设计;也为上海版《流言》设计了封面,这早已为张爱玲研究界所共知。但她又为台湾版《流言》设计了装帧?至今无人提及。

张爱玲作品正式进入台湾是 1968 年。根据版权页显示,第一批两种,即《秧歌》和《流言》,出版时间均为 1968 年 6 月;第二批也是两种,即《张爱玲短篇小说集》(《传奇》增订本改名)和《怨女》,出版时间均为同年 7 月。这是现在所知的张爱玲作品最早的四种台湾版,封面设计均由夏祖明担任,四种书前勒口均印有"封面设计 夏祖明"字样。夏祖明显然认真读过张爱玲小说,对张爱玲小说中的月亮意象印象深刻,所以这四种书的封面均出现了皎洁的大月亮,或在树梢,或在田野上,而《流言》初版本封面是安谧的夜晚,天空出现了一轮明月,使读者有身临其境之感。

那么，既然《流言》台湾皇冠初版封面由夏祖明设计，何时又改由张爱玲自己设计封面了呢？要回答这个问题，首先得弄明白张爱玲何时开始为皇冠设计自己作品的封面。上述四种作品集出版之后，台湾皇冠1969年推出的第五种张爱玲作品是长篇《半生缘》，装帧从封面到封底，由男女主人公半身像组成一个别致的图案，但设计者不明。

1976年3月，张爱玲小说散文集《张看》由香港文化·生活出版社初版，装帧由张爱玲亲自设计，前勒口印上了"封面设计：张爱玲"字样。封面图案由橘黄和粉红两色组成，书名竖排近书口，作者名为张爱玲签名式，而书名和作者名右侧上下贯穿一黑长条，内有一只眼睛，正暗合作者"张看"之意。次月，经宋淇安排，《张看》马上由皇冠推出台湾初版，装帧完全沿用香港初版的设计。也就是说，台湾初版《张看》的装帧是张爱玲本人设计的，时在1976年4月。

一年多之后，1977年8月，张爱玲唯一的学术著作《红楼梦魇》由台湾皇冠推出，前勒口在"张爱玲的作品"目录之上，还有两行字："封面设计/张爱玲"。这就明确无误地告诉我们，张爱玲为台湾皇冠设计自己封面的第二部作品是《红楼梦魇》。该书封面在深绿底色之上，纵横交错排列着大大小小七个京剧脸谱。京剧是中国的国剧，《红楼梦》是中国古典文学中最伟大的小说,张爱玲的封面设计勾联两者,可谓独出机杼。

或许为《红楼梦魇》设计封面激发了张爱玲进一步的创作欲,以至 1979 年 6 月《流言》又一次由皇冠出版时,她再次亲自出马,设计了《流言》新版的装帧,因为这一版《流言》前勒口清清楚楚地印着"封面设计 张爱玲"。这个《流言》新装帧令人耳目一新,只有天蓝和嫩绿两种色彩,天蓝为底色,嫩绿泼墨般洒在其上,巧妙地组成封面封底互为颠倒的画面。在我看来,这是张爱玲设计的数个小说散文集装帧中最为抽象,也最为别致的。至于这个装帧后来是否重印,重印了几次,待考。

在中国现代作家中,除了鲁迅,为自己作品做装帧设计最多的是张爱玲。

本文原载《书城》2016 年 11 月号

《流言》
台湾皇冠出版社 1968 年版

《流言》
台湾皇冠出版社 1979 年版
张爱玲本人设计封面

创造社的『创造』

陈子善

翻开一部中国现代文学史，创造社的大名如雷贯耳。成立于1921年的创造社是继文学研究会之后中国现代文学史上最具代表性的新文学社团之一。但是，"文革"前17年中，对创造社的研究，除了当事人的一些回忆和相关史料有所发掘外，研究专著大概只有一本探讨创造社代表作家郭沫若的《论郭沫若的诗》（楼栖著），其他几乎乏善可陈。直到改革开放以后，中国现代文学研究界才开始把创造社作为一个文学社团或文学流派加以认真研究，创造社研究才逐步走上正轨。

尤其是《创造社资料》（饶鸿竞、陈颂声等编）的问世，为创造社研究打下了较为扎实的基础。

之所以把创造社视作中国现代文学史上一个极为重要而又独特的新文学社团，原因当然是多方面的。它的成立就与众不同，它诞生在国外（日本），这在新文学社团中绝无仅有。它的大部分成员，尤其是第一代和后期成员，除了极个别的，都有留学日本的背景。它的运作也有点与众不同，早期有郭沫若、郁达夫、成仿吾等元老主持，中期有周全平、叶灵凤、严良才等被称为"小伙计"的年轻一代参与；后期则以冯乃超、李初梨、彭康等为代表。它从一开始就具有明确的社团意识，也即"同人"意识，强调"我国新文艺为一二偶像所垄断"，因而"创造社同人奋然兴起打破社会因袭"，而后期创造社在"革命文学"论争中的激进姿态，乃至把鲁迅判定为"二重性的反革命的人物"，在整个新文学进程中颇为少见。与此同时，后期创造社与1930年代左翼文学运动的接轨又是最为紧密的。

更重要的是，创造社作家的创作令人刮目相看，他们创造了中国现代文学史上的许多第一或准第一，像郭沫若的《女神》、郁达夫的《沉沦》、张资平的《冲积期化石》等，创造社作家的创作又涵盖了新文学的几乎所有门类，包括小说、新诗、散文、剧本、评论和翻译，等等，创造社出版的刊物和丛书也是多种多样,创造社出版部更有发行股票的创举。而实际上创造社成员人数并不多,远不及比它成立更早的文学研究会。正因为影响广而深,编纂《中国新文学大系》时,小说共有三集,创造社作家一集(郑伯奇编),文学研究会作家一集(茅盾编),其他社团流派作家一集(鲁迅编),可见创造社与文学研究会平起平坐,其地位举足轻重了。

这些年来,对创造社的研究渐趋活跃。不仅各种形式的"创造社论"已出版了好几部,研究创造社的"青年文化",研究创造社的社团流派意识,研究创造社受日本文学的影响,研究创造社丰富多彩的诗歌创作,研究创造社与浪漫主义的关系,研究创造社与泰东图书局合作到自办出版部的出版策略,研究创造社的期刊、文学批评和文学翻译,等等,都不乏颇具启发的学术成果。对如何评估创造社小说,也提出了"抒情小说""身边小说"、后期"革命小说"等各种不同观点。但是,相比较而言,对最能体现创造社文学创作特色和倾向的小说创作的研究,还远不够充分和深入。这主要体现在,一、对公认的创造社代表作家如郁达夫的小说创作关注较多,而应作为一个完整的文学社团视之的创造社其他许多作家的小说创作被有意无意地忽视;二、对创造社前期的小说创作关注较多,而对其后期的小说创作缺乏应有的重视。

　　因此，朱宏伟《走向革命的浪漫主义——创造社小说研究》的出现，就令人欣喜了。宏伟这部著作选择郁达夫、郭沫若、张资平、叶灵凤、严良才、华汉、蒋光慈等七位创造社作家的小说创作进行考察，创造社前、中、后期的小说创作都不同程度地有所涉猎，尤其是他首次把华汉、蒋光慈两位作家的小说纳入研究视野，以往的文学史家一般都不会把他们视为创造社作家加以研究，而他们确实是加入了创造社的。更应指出的是，宏伟以1920年代初至1930年代初整个新文学进程为背景，围绕"浪漫"与"革命"这两个贯穿创造社历程的关键词展开论述，试图通过对创造社的"新人"小说、恋爱小说、性爱小说、婚姻小说、革命叙事中的女性和恋爱小说等的剖析，重新探讨创造社小说的成败得失。

　　在宏伟看来，创造社小说创作的基调是"走向革命的浪漫主义"，具体地说，性、婚姻、革命三者的纠缠，成就了创造社小说，而这种变化发展又呈现了多种样貌、多种变异和多种态势。郁达夫对同性恋题材的表现，张资平的"三角恋爱"模式与张竞生"新爱情观"的关联，叶灵凤从坚持恋爱立场走向现代都市文学和蒋光慈以"革命加恋爱"模式转入"革命文学"，宏伟都紧贴文本，作了较为细致的阐释，从而对1920年代至1930年代初中国新文学逐步走向革命的深层原因从创造社的角度给出了自己的解读。如果说,宏伟这部著作的论述有助于打开创造社研究的新空间,我以为这个评价是恰当的。

宏伟有学术自觉,所走的正是一条由点到面、由个别到整体,不断地生发学术增长点之路。这部《走向革命的浪漫主义——创造社小说研究》也正是在他的博士学位论文基础上修改充实而成。当然,创造社研究,创造社小说研究,都不可能到此为止,仍有待进一步拓展。就从创造社小说研究来说,不仅已经讨论过的郁达夫他们还可从新的角度切入,作出更为深入的释读,陶晶孙、倪贻德、周全平、叶鼎洛、龚冰庐等在小说创作上各有成就的作家,也都有重加梳理重新研究的必要。这样做了,对创造社小说创作的整体把握一定也会开辟新境,我期待宏伟在这些方面能够作出新的努力。

丙申二月廿四日于海上梅川书舍

本文原载《书城》2016 年 7 月号

香港文坛旧事的忠实记录者

陈子善

　　唐代诗人李商隐有"平生风谊兼师友"的名句，借用来形容方宽烈先生与我的文字因缘，真是再恰切不过。

　　结识宽烈先生已是几十年前的事了。由已故新加坡著名学者郑子瑜先生介绍，我在 20 世纪 80 年代初，与另一位已故的香港新文学收藏、研究家陈无言先生通信，又承无言先生介绍，我与宽烈先生取得了联系。当时我和王自立先生合编的《郁达夫文集》正由香港三联书店陆续推出，1985 年 9 月，宽烈先生题赠《近三百年中国文学研究论集》（香港珠海书院中国文学历史研究所学会,1985 年 6 月印行),书中收录了现已编入《香港文坛往事》的宽烈先生的大作《从诗词分析郁达夫对爱情的观念》,这是我与宽烈先生订交之始。

从此,我与宽烈先生鱼雁频繁,交换书刊资料不断。宽烈先生交游广阔,我想请教的香港文坛前辈和中坚,他大多认识。1990 年 3 月,我首次访港,宽烈先生担心我人地生疏,又不懂粤语,于 3 月 20 日专程到深圳接我,陪我从罗湖过关,领我到香港大学柏立基学院入住。在港大参加中国当代文学研讨会后,宽烈先生热情引领我拜访马国亮先生,又在 3 月 24 日精心安排我与高贞白(高伯雨)、陈无言、卢玮銮(小思)、黄俊东、苏赓哲、杨玉峰等位先生欢聚,这是我与香港文坛的首次亲密接触,席上谈笑风生的情景至今历历在目。

高贞白先生年事已高,卢玮銮老师教务在身,黄俊东先生编《明报月刊》正忙,苏赓哲兄则在主持新亚书店,只有宽烈先生和已经退休的无言先生较为空闲。因此,我以后每次到港,都由他们两位分工带我逛旧书店,轩尼诗道的"三益"、中环的"神州"、弥敦道的"实用"……都曾留下了我们结伴访书的足迹。后来,无言先生腿疾不便,带我逛旧书店的"重任"就由宽烈先生一人承担。我养猫以后,宽烈先生又特地为我介绍港岛一家专门收养流浪猫的小旧书店,使我在觅得中意的旧书之余,还能和可爱的小猫咪玩耍。

宽烈先生自小就喜爱文史,虽然他的父亲从事染布生意颇成规模,他在岭南大学攻读的也是经济,但他对经商缺乏兴趣。他在回忆录中提到,抗战爆发后,他父亲主办《天演日报》,聘请"五四"新文学有名的戏剧家侯曜担任总编辑,他耳濡目染,迷上了新文学,后来他又有幸得到曹聚仁、彭成慧等新文学家的指点。对宽烈先生而言,经商只是他的谋生手段,文学才是他的精神寄托。难得的是,他对新旧文学一视同仁,正像他所敬佩的现代作家施蛰存所说的"新旧我无成见"。他认为旧体诗词仍有强大的生命力,潜心钻研多年。因此,他作诗是左右开弓,各擅胜场,既是港澳新诗人中的佼佼者,又写得一手漂亮的旧体诗词。我原以为他的新诗清新可诵,尤其是情诗写得缠绵悱恻,后来拜读他编的《澳门当代诗词纪事》和《香港诗词纪事》,又不禁为他搜集之完备和校订之精审所折服,及此读到他的《涟漪诗词》,那就更惊喜万分了。没想到他的旧体诗词更为精彩,"愁到工时诗已冷,情难遣处还啼""若教风流成绝响,词章纵美又如何"等句,情深意浓,妙句天成,确实是值得吟味再三的。

这部《香港文坛往事》展现了宽烈先生另一方面的才华和功力。他一直对文坛史料有着极为浓厚的兴趣,以搜集整理现代文学史料为己任,举凡单行本、杂志、剪报、手稿、书札、照片,乃至作家印存、出版社标记之类,都在他的珍藏之列。自50年代起,他与台港及远在美国的许多文坛前辈颇多交往;大陆改革开放之后,他又与京沪许多劫后幸存的文坛前辈建立了联系。在我记忆中,他与沪上施蛰存、赵清阁、柯灵、辛笛等位名家都通过信。他20世纪90年代中期来沪,我还陪同他专程拜访郑逸梅先生后人,拜访钱君匋先生(因他老人家去了浙江桐乡而未遇)。积数十年之功,宽烈先生已成为香港屈指可数的香港文学版本和作家书札收藏家。他一再向我表示,这项工作虽然琐碎,虽然麻烦,还往往吃力不讨好,但于文化积累功莫大焉,必须持之以恒地去做,绝不能听任有价值的文坛史料风流云散。

由于宽烈先生生于香港,长于香港,对香港有着特殊的感情,所以他对现代文学史料的搜集和研究又以香港文坛为重点,也就完全可以理解了。更何况在相当长的一段时间里,不少研究中国现代文学的,有意无意地贬低香港文学的成就,忽视香港文学的多样性和多元化,因此,宽烈先生这项工作拾遗补阙,为香港文学史正名的意义就更应该肯定了。记得他首次带我去实用书局时,就告诉我不要小看店主龙良臣先生,龙先生20世纪40年代末50年代初就在香港主持求实出版社,出版过聂绀弩、黄药眠、秦牧等左翼作家的作品，宽烈先生对香港文坛故实的熟稔实在令后生小子的我佩服不已。

在《香港文坛往事》中，宽烈先生写了吕碧城、曹聚仁、徐訏、李辉英、马国亮、易君左、陈蝶衣、卜少夫等大陆到港作家，写了高伯雨、舒巷城、吴其敏、高旅、谈锡永等文学生涯以香港为主的作家，或回忆与他们的交往，或追溯他们的文学活动，或分析他们的诗文创作，均能发人所未发，言人所未言。特别是《穷困落魄的诗人柳木下》一篇，记述诗人柳木下（他毕业于我现任职的华东师大的前身大夏大学）晚年在香港的穷困生活和其唯一的诗集《海天集》，史料之扎实，细节之生动，不能不令人动容。柳木下的诗别有风格，《在最前列》和《贫困》两首曾被闻一多选入《现代诗抄》，《贫困》云："像显赫的人佩着勋章 / 像选手把标识绣在襟上 / 在人众中 / 我带着我的贫困　我昂然举步 / 穿过市街 / 走向海滨 / 鸥鸟在海上飞鸣"——这不正是晚年柳木下的自我写照吗？可惜大陆研究新诗的似从未有人注意到柳木下，宽烈先生为之"树碑立传"，太有必要了。

也许是浪漫气质使然，宽烈先生一直对郁达夫、叶灵凤等创造社作家有所偏爱。在《香港文坛往事》中，单是写到叶灵凤其人其事其文的，就有《叶灵凤的双重性格》《叶灵凤是特务》《叶灵凤戴望舒在香港开旧书店》和《沦陷时期一些留港文人的作品》等篇,颇多新鲜史料,对叶灵凤在沦陷时期留下的文字的发掘尤详。宽烈先生对叶灵凤的批评读者未必都会认同,但他提出的沦陷时期文人复杂心态的问题却是文学史家必须重视的。书中写郁达夫的篇章不亚于叶灵凤,特别值得称道的是《郁达夫在澳门遗下一段情》,此文考证郁达夫小说《过去》的本事,可谓探幽发微。《过去》是郁达夫中期小说的代表作,初刊于 1927 年 2 月上海《创造月刊》第一卷第六期,远在北京的周作人读到后给予高度评价,郁达夫同年 2 月 15日日记云:"接到了周作人的来信,系赞我这一回的创作《过去》的,他说我的作风变了,《过去》是可与 Dostoieffski(即陀思妥耶夫斯基)、Garsin(即迦尔洵)相比的杰作,描写女性,很有独到的地方。"(引自《穷冬日记》)宽烈先生此文在仔细分析《过去》文本、相关的郁达夫日记以及澳门城市沿革史的基础上,有力地论证郁达夫在写作《过去》之前到过澳门,《过去》主人公在"M 港"(Macao,即澳门)的经历很可能是郁达夫本人的亲历,从而对郁达夫这篇名作作了全新的解读,也填补了郁达夫生平的一个空白。

与旧体诗词的绮丽沉郁不同,宽烈先生《香港文坛往事》的文字是平实的,不加雕琢,不刻意渲染,他一定认为只有这样才能尽可能地接近和再现历史的真实。宽烈先生的文学史观开放而又宽容，凡在香港文学史上留下痕迹的"过客"和"往事"，他都不忍心让其湮没，都要钩沉发掘，以补"香港文学史的漏洞"而为后来的治史者参考。他的这种可贵的努力体现了文学史家的良知，足以为我等后学的楷模。

作为"忘年交"，我四五年前就建议宽烈先生把他这些查考香港作家作品的引人入胜的文字结集出版，现在《香港文坛往事》终于编竣，我在付梓之前重读，仍大受教益，高兴之余，写下这些话以为贺！我衷心祝愿宽烈先生老当益壮，笔耕不辍，在不久的将来再为我们贡献《香港文坛往事》续集，因为香港文学史研究迫切需要宽烈先生这样的重要发现和精当考辨。

本文原载《书城》2010 年 1 月号

日本浮世绘文化的一个视角

姜建强

一

太宰治将自己的小说称为"私小说"。

荒木经惟将自己的写真称为"私写真"。

那么,我们的一个思虑是:既然有私小说,有私写真,那是否可有个叫作"私春画"的,在枕边慢磨撕糜?

这就想起葛饰北斋,这位日本浮世绘春画大师说过的一句话:"裹挟着人之精魂,欢快地飞向夏天的原野。"

飞向原野的是人之精魂。这里的"人"，一般可理解为个己的或私人的。但问题在于，这里的"私"，又绝非是个己的，也绝非是私人的。

确实，浮世绘春画属于感官王国，它是体感的，因此也总是私人的。但正因为是感官王国里的体感，那么又必然是公共的。因为情欲永远是公共的一个沉迷而绝非是私人的一个沉迷。感官在时间的流动中体验肉欲的纯粹。这个纯粹，就带有公共性。就像在感官中才能体感自己还活着一样，这里的活着，就是诱人红唇的具象化，就是瞬间坚硬的具象化。这种具象化带来的一个观念之物——交合之美，则一定是公共性的产物而绝不是个己的产物。

川端康成的短篇《隅田川》中的对话：

"秋天来临，您都有些什么想法？"

"请您说一两句对季节的感受的话。"

"我想和年轻的姑娘一起情死。"

"情死？哦，这显然是秋日之寂了。"

这"秋日之寂"，也一定是公共性的。

这几句对话，如果还原成浮世绘春画的构图，就是红唇与坚硬的具象化。尽管艺术家们总是喜欢用极具私人化的视角去表现这个世界，但这个世界的逻辑往往又是非常简单的。

如,亮出一个前提,世界就会因之改变;如,给出一个支点,就能撬动整个地球。

二

我们总是说,被弄脏的东西就不干净了。那身体被表现感官的爱液弄脏了,这也是脏的定义?对此,日本的浮世绘春画亮出自己的话语权:我们要表述的一个淡白之理就是爱比死更冷。所以不是爱而是乐,所以不是性而是笑,才是男女交合的最高境界。所以浮世绘春画也叫"笑绘""笑本"。男女牵手看浮世绘春画展,也是一路乐笑。为什么是乐笑而不是惊讶呢?原来就是对一个观念的反动:妓女为什么就不能手拿康德的《纯粹理性批判》?

如何将世间万物的流转状态,成功地停住于瞬间的表象?或玲珑娇柔,或酒醉花迷,或浮华浓艳。与其漫无边际地追求看不到的永恒,还不如抓住瞬间的在身边的欢乐。而这瞬间欢乐的背后,却是无尽的令人忧伤的哀叹。用优美的形式包藏深切的悲苦,日本有二大庶民艺术堪称孪生姐妹——歌舞伎与浮世绘。前者述说男色才是天边的一轮月,后者述说女色才是胸前的一粒痣。天边的一轮月也好,胸前的一粒痣也好，都是将性爱与生殖分离的一个结果。最禁忌的东西，如果硬性地将之人为地分离，就如同说上帝不存在一样。而上帝不存在，则一切都好说。

浮世绘诞生于万物充满生机的江户时代。血与火的战国纷乱宣告终焉。德川家康以铁腕收拾残局，开启了两百六十年德川世家的太平盛世——江户时代。从"忧世"（中世）到"浮世"（近世），是日本人情绪世界的一大释怀。身配武士刀，趾高气扬的武士，渐渐淡出人们的视野，而血管里涌动着金钱欲望的商人，开始扮演起人间欢乐园的主人公。当时江户城的场景是有各种小贩，卖玩具的，卖枇杷叶肉汤的，卖冰水的，卖糖果的，卖寿司的，卖天妇罗的，卖油炸鳗鱼肝的，卖玩虫的，卖灯笼的，卖唱的，走街串巷的男按摩师，民谣歌手，算命者，说书者。醉鬼的，吵闹的，在整天的乱哄哄中，我们看到了江户人在享受生活。

那时的江户人，刚刚从战乱的死人堆里侥幸地爬出来，还来不及抖落一身的尘土，便一头扎进官能的欲海之中来放松自己。他们深感生命是一种寂灭，人生是一种无常，色欲是一种挣扎，春情是一种即逝。于是，他们整夜地沉湎于刹那的欢乐之中，一味地醉醺于游离的女色之中。他们想在感官王国中寻找属于自己的人生乐园。不可否认，这正是市井和欢场文化的基础,当然也是浮世绘的基础。在日本历史上,只有在江户时代生长发育起来的日本文化,才最具国粹性。它既不同于专门模仿中国文化的平安时代,也有别于大量吸收西洋文化的明治时代。因此,江户时代也是日本人最得意、最自豪的时代,其文化也是最灿烂、最辉煌的时代。因此它诞生了不同于精英文化和贵族文化的亚文化——鲜活的市井文化和尽兴的欢场文化。

三

浮世绘以尽兴作为对象,刹那的欢乐和男女私情也就成了画作的主题。因此江户时代,浮世绘也就是春画的代名词。画师们为了满足市场的需要,经常画些闺中秘戏。而恰恰是这些秘戏图,使得浮世绘裹上了一层厚厚的东方神秘主义的色彩。流畅圆润的曲线,纤弱优雅的身姿,慵懒妖媚的眼神,男人女人对香艳物语的疯狂迷乱——这一切都在重复着一个非常日本化的主题:好色与色恋。而又恰恰是这一非常日本化的主题,使得浮世绘中的春画,上升到了世界艺术的行列。

"谁家玉笛暗飞声,散入春风满洛城。"面对东洋春画,西方人也是一脸的亢奋和莫名的惆怅。2013 年 10 月,在英国大英博物馆举办了以"春画——日本美术的性和乐"为主题的"SHUNGA(春画)回故里巡回展"。四个月的展期招来了九万多名观众,百分之六十以上是女性。这是破天荒的。这是欧洲艺术的破天荒,更是西方人重新认识东洋文化的破天荒。

大英博物馆号称收藏件数超七百万,春画的收藏是在1865年开始的,这在日本还是江户的幕末时代。这表明春画作为社会学的研究对象,作为构图和色彩感觉的木版画技术,在当时就得到了承认。在展出的170幅画作中,被认为最具价值的是有"东西横纲"之称的喜多川歌麿的《歌枕》(1788)和鸟居清长的《袖卷》(1785)。前者估算有7 000万日元相当的价值,后者估算有4 000万日元相当的价值。

大英博物馆展会后的三年,是日本思想曲折暗斗的三年。是展还是不展?是在这里展还是在那里展?问题变得复杂。

想不到,情色文化高度发达的日本,连办个用线条构成的春画展都这么费劲,而且还是数百年前的古旧之物。日本人"建前"与"本音"的暧昧性可见一斑。虽然从明治以来,浮世绘春画就被视为日本文化的一个耻部。对这个耻部,不能窥视更不能公开。但问题是在1991年,日本情色史上最为震撼的一幕已经悄然开启。写真界大腕筱山纪信将镜头对准性感女演员樋口可南子的裸体,日本文化的耻部,早在那个时候就被撕裂开了一道口子。

尽管如此,在英国大获成功的春画展,在日本找寻场所都难上加难。春画展日本主办实行委员会的浅木正胜事后这样说,在东京所有的公立美术馆都试探过了。虽然都对学艺方面的志趣表赞同,但各馆的上层部都显得非常慎重。半年时间检讨的结果是有二十多家美术馆拒绝承办浮世绘春画展,理由都是冠冕堂皇的。在这样的情况下,开打风穴的是坐落在东京都文京区的永青文库。永青文库收藏着旧熊本藩主细川家传下的美术品、历史资料以及十六代当主细川让率的各类作品。现任理事长是十八代当主,日本前首相细川护熙。这位前首相对浮世绘春画倾注了热情。他说永青文库这个地方规模较小,设施也不很齐全,但是想彰显春画展在日本举办的意义和答谢大家的热情。就这样,日本战后首次浮世绘春画展,于2015年9月19日至12月23日在东京都文京区永青文库举办。公开展示了版画和肉笔画共约130件。有21万人前去观赏,女性多于男性,并规定18岁以下者禁止入场。细川护熙在接受《艺术新潮》的采访时说,这次浮世绘春画展是个起爆剂,期待能成为打开禁忌大门的一个机缘。一位退位的前首相为春画操心这件事本身,就是一幅非常有趣的春画。继东京展之后,2016年2月在京都市左京区细见美术馆也举办了浮世绘春画展,其规模与构成与永青文库相同,被视为日本最古的春画《小柴草子》的复写本京都展也有展出。

四

菱川师宣,这位出生在房州(今千叶县)保田的不起眼的乡野小人物,首先被日本人记住了。记住他的理由是什么呢?

不是因为他天才地发明了木版画,而是因为在他的浮世绘春画中,首次出现了对不同体位的交合姿态的描绘。这对当时的日本人来说,不啻是一场震撼的闺房性文化革命。他因此也有了浮世绘春画"元祖"的称号。

在晚年寂寞的时光里,菱川师宣耗尽最后的心力,用他最擅长的肉笔画,勾画了一幅大师级的名作《回眸一瞥美人图》。这位美人为什么要回眸一瞥呢?她是不舍风月场的把酒言欢?她是回味刚才云雨翻腾的瞬间?她是最终告别这令人徒生悲哀的情色世界?但不管怎么说这幅画表现了日本人的色恋情绪,却是不争的事实。一生画了大量的全裸半裸春画的菱川师宣,这回让美女紧裹了色彩鲜艳的厚实的和服,连细嫩粉白的酥颈,都被遮挡得难泄春光。是肉体的欢愉终将稍纵即逝,浮华世界如水露的日本式无常在发酵?东京国立博物馆为此收藏了这幅浮世绘,却也表明其价值所在。这幅画上的美人,日本人又称之为"江户的维纳斯"。

为什么称之为"江户的维纳斯"呢?恐怕还是在于情色之所以让人兴奋,就在于给了上帝一个若明若暗的背影。上帝不明事由,想转身回眸一瞥。这一瞥,瞥出了湖边月色的冷与暖,瞥出了女色娇嗔的一嘟嘴。如果说安格尔的名画《泉》,画中女体像阳光照射过的云彩般轻柔光亮,那么菱川师宣的《回眸一瞥美人图》,画中女体像最嫩的青叶片传出的一声尖叫。

五

1770年6月,46岁的铃木春信死了。

一向嗜酒如命的他,是酗酒引发脑溢血,还是心肌梗死?各有说法。

他死后六个月,豪华精美的画集《绘本青楼美人合》问世。代表了当时青楼春画的最高水平。春信在画法上,喜欢运用纤细优美的线条和中间色,这是当时的画师们所无法企及的。他所描绘的人物,摒弃了栩栩如生的肉感,男女无差别地手脚都很纤细。这种看似缺乏现实感的人物,反而给人带来了梦幻般的美感。如他的名作《雪中相合伞》(现收藏于大英博物馆)和《夜梅》(现收藏于纽约的都市博物馆),就充满了浪漫、物哀、静谧的气氛,观后令人有一种本能的窒息。可以说在浮世绘的画师中,没有一人能够像铃木春信那样将恋情、亲情、乡情与四季交织在一起加以表现的。月色下的梅、樱、菊,积满残雪的柳、竹,小河边的长椅,吹起门帘的秋风。男女欢爱,就在童话般的情景中悄然进行。微风翻卷起和服下摆的艺女,沐浴中裸露欲求的春女,走动上下楼梯、侧眼斜视的舞女。这种无造作的人体美,就是铃木春信在 1765 年前后的审美。这是大雪飘落山林无声无息的审美;这是脱在一旁的和服,花式纹绣,丝毫不苟的审美。

铃木春信有一幅名画叫《折梅枝的少女》。画面中,墙壁朝着斜面的水平方向延伸,中间有两少女,其中一人站立在另一人的肩上,呈垂直的构图。少女的和服花纹是冬天的景色:飞雪润竹。这两少女为什么要齐心协力,在寒冬的屋外折梅呢? 原来,少女正处在开花的思春期,她们折梅(象征男人),正是向男人们发出性已成熟的信号。这幅春画,强烈的性暗示在于:思春期的少女有时比人妻更胆大妄为。遗憾的是,好多浮世绘的研究者,都没有读出这幅画的象征意义,仅把它作为一般少女美人画来欣赏。

"轻唤自己的名字／泪水往下落／那十四岁的春天／还能

再回去?"这是明治时期大诗人石川啄木的诗歌。如果说啄木还在那里忧伤地叹息"那十四岁的春天"的话,春信则早就将江户时代的性情艳事,化作了自然的一部分。

六

"画狂老人"葛饰北斋用万物流转的思想,表现女性美的流动感。刚刚洗过的长发,如波浪般地披散飘逸,合着美女迷乱的神情,给人一种香艳感。这是他拿手的神来之笔。在名作《浪千岛》的一个场面中,芳艳犹存的半老徐娘,熟练地和年轻小伙在逗乐取欢。在《浪千岛》的另一个场面,丰腴富态的年轻妈妈,双手托起白胖的婴儿,逗他取乐。然而在她的裙摆下方却有意无意地走漏春光。妩媚的诱惑使女性本能,美得更加可爱。北斋确实对女人倾注了自己的理解,并把这种理解化解成自己的哲学观念,然后再用这个观念,关照天下所有的女人:女人自己就是时钟,如生理的周期,如怀孕的周期,如哺乳的周期等,所以女人永远在时间中,所以女人对名表兴趣不大。

与喜多川歌麿的女性器崇拜不同,北斋是男性器崇拜者。在《雏形》《甲小松》和《偶定连夜好》等画集里,都有不同身份的女人对男性器因雄壮而生羡慕,因神奇而想独占的描绘。

"男性器是全人格的肖像画。"西方精神分析学者曾如是说。看来北斋深得其中的精髓。

葛饰北斋一生搬过 93 次家。73 岁那年，他画了李白观赏庐山瀑布图。88 岁那年，他画了赤壁曹操图。在死前的几个月，他画了雪中虎图。最值得惊叹的是在 75 岁那年，这位画狂老人在《富岳百景》画集的跋文中，写下了这么一段文字：

> 七十岁之前的作品都不值得一提。
>
> 希望能在八十岁有点进步。
>
> 九十岁时能明了事物的奥秘。
>
> 一百岁时我的画作能进入神妙的境界。
>
> 一百一十岁时一点一笔一画都会充满精气。

读了这段文字，我们对葛饰北斋的心境、情感、意念，究竟能理解多少呢？这位活到 90 岁高寿的大师，提出了这样一个设问：是"齿白唇红"美，还是"齿黑唇红"美？

七

日本人有"好色余情"的概念。

创生者是江户时代的大学问家本居宣长。他在 1763 年的《排芦小船》里提出"好色余情"是文艺作品的真髓。什么叫"好色余情"？其实,浮世绘春画就是媚态与神威在"好色余情"中的视觉化。极度夸张内心的足够强大,极度张扬本能的不死,其结果浮世绘春画就像怀石料理。如果说怀石料理是吃的最高境界,那么浮世绘春画就是色的最高境界。喜多川歌麿春画中的"女上位"之美,19 世纪法国文豪爱德门·歌露在《青楼画家》书中这样评论说:"在情事即将达到高潮的瞬间,上体位舞伎奏响了三弦琴。整个画面猥亵之意顿时全无,只留下艺术的审美。"不难想象,这是何等妖异的审美意象:在刹那的瞬间,神不乱,意不散,宛如女神般的玲珑灵动。和着凄美的三弦曲,和着情事的节奏,透着坐怀不乱的气韵。真是令人有所动。这样看来,虽然投胎于这个世界的每个个体都是偶然,但浮世绘春画将这个偶然,硬是用男女"青楼十二时"的那种必然,挖掘了一道人间陷阱,人们一旦跌落进去,必然成神成仙。

确实,性有时就是"即兴",但这个"即兴"也是被必然性所容忍的一个偶然。"明天你还再来吗？""明天我们还能享受鱼水之欢吗？"生活中我们常这样设问。问题是如果设定明天你一定来,设定明天我们再来一场"盛宴",那么,邂逅还有意思吗？浪漫还有诗味吗？知道明天是什么了，还能活到明天吗？就是因为不知道明天为何物、明天会发生什么，所以，人们期待着活过明天。浮世绘春画将这个理，还原成一种柔软性和蓬松性。虽然是夸大的了的男女性器，但是和服的柔软与蓬松，表达的是飘忽和轻盈的状态。而在这飘忽和轻盈的背后，则是令人忧伤的哀叹。这就触及了日本人精神底色——物哀。一切都是瞬间，一切都是易逝。无论是菱川师宣笔下的《回眸一瞥美人图》，还是铃木春信笔下的《折梅枝的少女》，感官的艳情不管如何泛滥、如何迷乱，其沉淀的精神底色还是使画质变得厚重。从表面看，日本人只是把"乐极生悲"颠覆成了"悲极生乐"。但这个"乐"是短暂的，易逝的，最终还是要走向"悲"的不归之路。这正如万叶和歌所言：与君相见情痴痴，别后朝夕心闲寂。

你看，就这么别后的朝夕之间，思念者就从"乐"转到了"悲"。这就是日本人特有的色恋情趣。这就是同样是春画，中国明清时期的春画，在给人笔法细密感觉的同时，也给人浅显、猥琐、小人气的色情感觉。这是何故？问题恐怕就在于中国春画的背后，缺乏忧伤与风雅的美学观照，缺乏诸如物哀与无常的精神底色。这正如日本学者上田敏所指出的那样：不是以一时散漫的兴趣掠过事物的表面，也不是指那种消闲时，

兴之所至地游戏于真与美之间的毫无诚意的虚伪风流。真正
的享乐者应该要有更深的用心。

八

"毫无诚意"与"更深的用心",看来这就是人的精神面的
问题了。

按照已经患上前列腺癌、右眼失明的荒木经惟的说法,如
果将春画分为猥亵或艺术的话,就不是春画了。言下之意,春
画必猥亵也必艺术。这就像夏,必定是生命力也必定是情
色力。

而就在去年,日本有关方面推出了作为人的教养一生都
能受用的九本书。除了冈仓天心、折口信夫、加藤周一等有名
学者的论著之外,还有一本就是日本浮世绘研究第一人白仓
敬彦的书。书名叫《春画娱乐的方法完全指南》(池田书店)。
曾经作为日本女人出嫁道具之一春画,如今用了来提升日本
人的教养。这就想起江户时期最具权威的儒学大师荻生徂徕
受人之邀为春画题歌,他挥笔写下《老子》卷首的名句:玄之
又玄,众妙之门。日本春画里面有老子哲学? 抑或,老子哲学
先验地隐含了春画的天机? 抑或,这是荻生徂徕观念中的老

子哲学？但不管怎么说，这可能是对日本春画最高奖赏的一句话了。

九

浮世绘春画初期全裸的交合图很多，但渐渐着衣交合开始增多。从明和到宽政(18世纪后半)年间是浮世绘全盛期，全裸交合图几乎没有。裸体着衣的娱乐，生出的是新的交流回路，这是除春画之外所没有的一个艺术特征。春画要表现的是没有性差的肉体，那就只能用衣装遮掩。你看喜多川歌麿的代表作《歌枕》系列，图案中的和服纹样与裸露的雪白肌肤，和服布料的折叠处内存了肉体的动感，呈现出两者相融的样态。从和服开口处外泄出的仅有的肉体细部，如脸面如四肢，也都映照了鲜艳的色彩。身上锦衣重重，发髻繁杂，长身玉立，端庄中自有邪狎，既表"形"又现"心"。穿衣与裸体的化学反应，穿衣是为了解带。这样看来，浮世绘春画就是人类艺术史上最早的时尚。都说羞耻心是人类穿衣的起源，其实诱惑才是穿衣的真正本源。用枝叶树条遮挡性器，就像三宅一生用褶皱面料，其用意是为了遮羞遮耻？法国哲学家福柯写《疯癫与文明》，表明的一个思虑是：将疯癫视为不正常，送进疯人院,其实是文明生病了。借这个思路,我们看到将裸体穿上衣,其实也是另一层面的疯癫,也是另一层面文明生病的表象。

这就像看春画也能在战争中取胜。这个思维,怎么想来都是怪异的。但在怪异的同时作深入思考,又发现这其实是从古代传来的咒物信仰的一种。出阵前的武士拿出春画看完后大笑,这一天的合战必定会胜。当时的武士最要看的是大坂画师月冈雪鼎的肉笔春画。这种风习一直延续到近代。明治时期战争之际,日本各地制作出了大量的春画,放入慰问袋送到前线。战争结束后,就开始收缴春画。从当时收缴的记录看也是很有趣的:

　　麻布警署　春画六万三千枚,版木三千枚

　　牛込警署　春画五万枚,版木六百八十枚

　　日本桥警署　春画三万枚,版木两千枚

　　其他地方合起来共有数十万枚

所以,日本人又将春画叫作"胜绘",将春画存放在日用器具柜里,防火防虫。

可能也正是沿着这条思路,去年东京有一名42岁的女性艺术家五十岚惠遭到逮捕。逮捕的原因是她用三维扫描仪拍摄自己的性器提供给他人。之后以"猥亵电磁记录颁布罪"被起诉。但这位艺术家被告强气地说,自己的性器自己作主,何来猥亵之说?这真可谓草莓被揉烂,红里透出白。

为此,我们看到了一种纯粹,一种时间的流动与色彩的纯粹。

在咖啡之神与咖啡之鬼之间

——日本咖啡文化的一个视角

姜建强

一

当有一天,你想起一个人,再想起你与这个人在雨夜一起喝过咖啡。那你就知道,孤独是什么味道。

亮光从窗口射进。照射到的壁墙,用褐色涂上,显得黑;照射不到的壁墙,显得暗。黑与暗的交错,酝酿出幽玄的氛围。而将幽玄这个色彩理论运用得极限化,莫过于日本的咖啡店了。如同西红柿是雨夜中唯一的红一点,日本女人涂上的红唇，与杯缘收薄的亮白瓷器咖啡杯相触碰，而穿过红唇的黑咖啡，则把这个红给颠覆了。

对了。这就如同西洋画很少画出浴后的女子，而日本画则倾心出浴女子的"清爽媚态"。出浴后的女子总能让人联想起不久之前的裸体。而亮白的瓷器咖啡杯上的红唇印，也总让人联想起刚完不久的情事。这里"清爽媚态"给与的是一个黯然和乖僻。

你看，日本的咖啡文化，从一开始就亮出自己的独特思路：这个世界最为沉静的时间，是在黎明破晓前的一瞬。就像喝了一杯手冲咖啡，眼睛更加清亮。然而周遭并没有可视之物，只能望着杯底残留着的半圆形的咖啡渣。

这如同日本诗人北原白秋(1885—1942)在《苦涩的咖啡》一诗中所歌：六月斜阳高照的咖啡屋／流淌着苦涩的咖啡／寂寞的心灵在哭泣。

心灵何以是哭泣的？原来，日本人发现咖啡与时光是咖啡得以成为文化的关键要素。没有无时光的咖啡，也没有无咖啡的时光。所以，日本有《咖啡时光》这部电影。当然是因为纪念小津安二郎的百年诞辰，但叙说的却是"下午茶"的普遍主义哲学。而普遍性的存在必然会触及生命的本质。因为在咖啡店里总有咖啡杯令人眷恋的温煦，总有少女们撩人情思的芳香。

二

一粒小小的咖啡豆，竟然改变了世界。

磨豆机，手冲壶，滤杯纸，令人生奇的咖啡工具主义，竟然能调教出令人生畏的精神主义。

据日本人的研究，咖啡可能是这个世界上被使用得最为广泛的精神活性物质。咖啡的芳香物质多达九百多种，是葡萄酒的五倍。这九百多种的芳香物质，又是如何转换成人的精神活性物质的，或许永远是个无解之谜，但没有将咖啡视为违禁药物，则是人类的万幸。

因为是最广泛的精神活性物质，所以当我们喝着咖啡达人烘焙出的不同味觉的咖啡时，女人可能在复活被一个个男人彻底爱过的记忆，男人可能在想象被一个个女人妖魔化的记忆。这时，咖啡店就变得像爵士音乐，像午后阳光，像夜空星辰，处在一种感性直觉的流动之中。小说家渡边淳一说过，只要女人一进咖啡店，男人就会感到那阵飘飘然的慵懒香味。而身为小说家的村上春树，则从咖啡领悟人生。他说所谓的人生，不过就是一杯咖啡所萦绕的温暖。当然，小说家冈崎琢磨在《咖啡店推理事件簿》系列小说中的开篇，干脆引用了法国人佩里戈尔的一句话：所谓的好咖啡，即是如恶魔般漆黑，如地狱般滚烫，如天使般纯粹，同时如恋爱般甘甜。

原来，人活着，需要被路径里诞生的各种物语支撑。所以，从这个思路出发，日本人又生出这么一个问题：在夕阳西下的暮色时分，或是在明月清风的深秋之夜，是喝茶好，还是喝咖啡好？转换这个设问，就如同去京都，是喝福寿园的伊右卫门茶好，还是喝大象工场的咖啡好？

原来，美，一直在旁静观着我们。也就是说，当我们把语言的烟头一下子丢进烟灰缸的同时，咖啡的黑色液体也就如同夕阳一般壮美。

三

一千多年前，日本天台宗开山大师最澄和尚从中国带回茶籽，栽于近江（今日本滋贺县境内）的台麓山地区。最澄成了日本植茶技术的第一人。日本人喝着清香的中国茶，心里想着如何进行精美的包装。终于有一位聪明的千利休大师，把喝茶提升为一种至高无上的文化精品——茶道。他用禅学的东方式思维，抽取出日本式茶道的精髓：和敬清寂。而在五百多年前，日本人又从西方人那里"拿来"了属于西方世界的咖啡。喝着苦涩的西方咖啡,日本人这次却没有把它修炼为咖啡道。这是为什么?

原来,同样是拿来主义,日本采取了两种截然不同的做法:对中国的茶,把它提升为一门审美艺术,这充分体现了日本人对美的纤细的感受;对西方的咖啡,则把它改造成简约实用的饮料,这又充分体现了日本人对现代商务精神的理解。1906年,日本就开始贩卖即溶咖啡。1969年,UCC上岛咖啡开发出世界上第一罐灌装咖啡,它的巨大意义就在于咖啡成了能在任何地方、任何时候都能饮用的饮料。在自动贩卖机里,日本人把灌装咖啡堂堂地和可口可乐、矿泉水、各类果汁饮料等排列在一起,宣告了商业社会的到来,更是宣告了大众消费时代的到来,真是"春江水暖鸭先知"。

一个是对生命意义的领悟而对远古时代怀有永远年轻的崇高幻想,日本人一下变得书生气十足;一个是对现代文明的敏感而对实用理性精神怀有莫名冲动,日本人一下变得老成而又清醒。这是相当有趣的文化论课题。

四

据日本剧作家梅田晴夫在《咖啡》一文中的考定,作为舶来品，日本人最初知道咖啡为何物的时间是在 1689 年。这一年，在法国巴黎开张了"普罗可布"咖啡店，从此开启了巴黎沙龙文化的新纪元。而咖啡给日本人留下印象则是在 1789 年。因为在这一年，日本开始在小笠原诸岛试种咖啡豆。1804 年，一位叫太田南亩的日本人，在一本名为《琼浦又缀》的书中这样描述咖啡："喝了由红毛船运来的叫作咖啡的东西。它是一种烘焙出来的黑豆，很苦涩，必须加糖。但总有一股焦煳味，较难忍受。"

这是两百多年前日本人对咖啡的最初认识，当然是感性的，浅显。看来幕府的锁国之策不仅锁住了日本人的视野，也锁住了日本人咀嚼新物的口味。和欧美人相比，日本人接受咖啡晚了至少 250 年（欧洲第一家咖啡店在 1554 年诞生，店名为"咖莱丝"）。因为就在日本人还把咖啡视为有焦煳味的"黑豆"的时候，德国大哲学家康德已经在哥尼斯堡乡村一家小小的咖啡屋里，完成了不朽名著《纯粹理性批判》的宏大构想。

有意味的是，咖啡在日本渐次流行、被日本人接受的第一推手竟是一位中国人。1888 年 4 月 13 日，一位出生在长崎的中国人郑永庆，在东京下谷区上野黑门町二番地开了一家"可否茶馆"。这是一幢二层楼的洋馆，加上庭院共有六百多平方米。二楼雅座,一杯咖啡是一钱五厘,加牛奶是二钱一杯,如再配糕点则是三钱一杯。楼下喝咖啡则是免费的。应该说,郑氏的"可否茶馆"初具了近代欧式咖啡屋的雏形,并迎合了日本文明开化思潮,成了日本史上第一家咖啡屋,其本人也成了日本咖啡店的先驱者。

随着明治维新的开启和西风渐进,日本迎来了开设咖啡屋的全盛期。一位首批移民巴西的日本人叫水野龙,他从巴西引进咖啡豆,于1911年12月12日,在现在的银座八丁目二楼的洋馆开设カフェーパウリスタ(café-Paulista)。Paulista为巴西"圣保罗之子"之意。当时雷人的广告用语是"黑如鬼,甜如恋,热如地狱的烫咖啡"。水野本着不为营利只为宣传的经营宗旨,在随后的几年里陆续在大阪、名古屋、仙台等地开设了十九家咖啡店,其中还有一家开设在当时上海的南京路。为表彰水野推广巴西咖啡有功,巴西政府每年无偿提供他9 000公斤的咖啡豆。由于原料有保证,圣保罗咖啡店的价格并不高,是当时一般日本人都接受得起的。也因此咖啡店逐渐成了当时文青们的聚会场所,如吉井勇、芥川龙之介、菊池宽、德田秋声、佐藤春夫、狮子文六等都是这家咖啡店的常客,并由此创生出"银ブラ"(Paulista的简称)的用语。就这样,水野龙在日本咖啡史上也留下辉煌。他为大众咖啡文化(全球首家连锁店的创生)的普及作出了贡献。从这一意义上说,谈论日本的咖啡文化,不能不提郑永庆和水野龙。

五

コーヒー与珈琲,哪个更有情调?

这是一个日本式的问题。

在雨夜绵绵的南青山,在夕阳西下的有乐町,你是要坐在用片假名书写的コーヒー店,还是要坐在用汉字书写的珈琲店?换句话说,你是要坐在星巴克コーヒー店或ドトール(Doutor)コーヒー店要一杯咖啡,还是要坐在椿屋珈琲店或堀口珈琲店里点一杯咖啡?心绪会不一样的,思考也是有异的。片假名给人时尚的感觉,汉字给人时光的感觉。

如上所说,日本第一家咖啡店的店名叫"可否茶馆"。这个"可否"的发音就是"かひ"。当时咖啡的发音是"カヒー/kahii",所以表示为"可否"。江户时代的文献里除了用"コオヒ/かうひい/カウヒイ"等假名表示之外,还用"可非/加非/骨喜/骨川/古闘比伊"等汉字表示。现在使用的汉字"珈琲"二字,造语者是江户时代的兰学者(洋学者)宇田川榕庵(1798—1846)。他在著作《博物语韵》中,将咖啡豆和树枝的

形状想象为当时女性流行的发髻。珈是发髻上的花,琲是扎结发髻之绳。用女性发髻的美来表现咖啡,可见咖啡在当时日本人心中的情感。现在宇田川榕庵的出生地冈山县(当时为津山藩),开有"榕庵珈琲"店。广告用语也同样雷人:"来一杯铭刻两百年历史的至极咖啡吧。"

将"coffee"转换成汉字"咖啡",有一种怀旧、沉淀、优雅的感觉,比英语"coffee"用语更显品位。日本诗人木下杢太朗(1885—1945)在1910年写有一首题为《饭后之歌》的咖啡诗。其中写道:"白净的餐桌上/端放着一盏瓷器花瓶/插着一束薄红的牡丹花/咖啡、咖啡、苦涩的咖啡。"这首诗里"咖啡"两个汉字就写成"珈琲",并标注"かふえ/kafue"发音。这表明当时"珈琲"二字虽有所统一,但读音还较杂乱繁多。

如今的日本,对咖啡的表示至少有如下五种:カフエ/コーヒー/coffee/Cafe/珈琲。在中国是"咖啡",在日本是"珈琲"。口字旁当然有其合理性,但日本人以咖啡豆的形状为意象,将口字偏旁变成了斜玉旁,倒也生趣。但生趣也是要花钱买的。在东京,一些带有"珈琲"二字的店,一般都要900到1000日元(约54元到60元人民币)一杯。而用片假名表示的"コーヒー"店,一般只有两百到四百日元(约14元到24元人民币)一杯。

日本人说这是汉字的情感学。因为是情感学，所以你要多花钱。

六

1980年4月1日，日本咖啡文化史上重要的一天。

这一天，在东京的原宿，开张了一家咖啡店。

在每天都有开店闭店的20世纪80年代的东京，谁也没有把这区区27平方米的咖啡店放在眼里。但谁也没有想到这一小小的店铺会引发两场革命：一场是经营方式的革命——一律采用自助式服务；一场是价格的革命——将当时500日元一杯的咖啡价格降至180日元。就是这两场革命，使这家咖啡店沾上了日本咖啡史上的两个第一：第一家自助式咖啡店；第一家便宜的咖啡连锁店。

Doutor（ドトール），原为葡萄牙文的"博士"之意，公司社长鸟羽博道用它来命名咖啡店。Doutor从此深入人心，鸟羽社长便也一夜成名。这位在1959年就去巴西实地考察了四年的社长，十几年后才开第一家店，足见他是对现代咖啡精神心领神会之后才动手的。Doutor咖啡选用巴西、哥伦比亚优质咖啡豆，使用世界上最先进的热风烘焙技术，确保每一杯咖啡香醇浓郁。出远门的日本人，只要下了车出了站，就能看到 Doutor 咖啡黑黄相间的熟悉标记，就能闻到咖啡店飘出的香味，心里就有了一种安稳感。

一样的咖啡杯，一样的咖啡味，一样的装潢设计，一样的品牌标记，一样的价格，一样的音乐。这种被日本人称为"均质化"的咖啡文化，带来了两个结果。一个是咖啡从商务走向了休闲，日本人开始用舌尖触感咖啡之味。这种触感与心相连，是一种难以言喻的东西。一个是均质化的缘故，咖啡的个性也因此被扼杀。Doutor 咖啡在把奢侈品变为消费品的同时，咖啡原本的人文精神也就死了。这就如同春天虽然值得赞美，其实早已芳香殆尽。

七

正当 Doutor 想坐稳日本咖啡界老大的位子时，美国人"杀"了进来。当 1996 年第一家星巴克咖啡店在东京最繁华的银座落户时，日本的年轻女性看起来并不想把她们手中的茶杯换成时尚的马克杯。但星巴克之父霍华·舒尔茨在为这日本第一家店剪彩时却大胆预言——星巴克将席卷日本。他的话迅速得到了验证。在东京都中心区域的新宿、六本木等几家最早的星巴克连锁店门前，无论什么时候都能看到长长的队伍。对外来文化吸收极为敏感的日本人，很快就对星巴克的菜单倒背如流。每当有新饮品上市，日本女孩总是争先恐后地尝试，生怕自己跟不上时尚。现在无论在日本的哪座城市，只要是在最摩登的街角、大商场的中央，或者车站的检票口对面，都很容易找到那个绿色风火轮套一张毕加索式面孔的标志。

和袖珍的 Doutor 咖啡相比，星巴克的特点是大。大的空间，大的杯子，大的座椅，甚至连音响都是大的。美国佬把他们的大胃口带到了日本，他们想撑开日本人只吃几块生鱼片的小胃，好大口大口喝他们的咖啡。一开始这一招还真灵，不到三年，日本已有 467 家星巴克分店。

喝着星巴克咖啡，悠闲地度过下午时光的同时，配着甜点，一边追怀夏季炽烈的阳光，一边体味柔美秋色的同时，日本人终于发现，作为连锁店，星巴克在本质上和 Doutor 咖啡犯有同样的错误：均质化。它有历史，但缺乏个性；它有实力，但少有底蕴。日本人终于明白，在这种均质化的空间里，很难构筑自己私生活的一部分。果然，如今到星巴克喝咖啡在日本已经降格到在麦当劳点咖啡的档次。看来想致力于为人们创造一个有别于家庭、职场的第三种"精神绿洲"的星巴克,在日本遭遇了个性的抵抗,遭遇了多元的回击。

聪明的美国人眼见此景,便也无心恋战,因为他们又发现了一个更大更容易扩张的市场——中国市场。还是同样的色调,同样的味道,同样的灯光,同样的座席,同样的音响。对刚刚接受咖啡文化的中国人来说,还没来得及仔细品尝咖啡的千差万别,就被星巴克强行封住了口味,糊里糊涂地做了均质化的俘虏。

听到落叶被踩碎的声音了吗?

八

一杯咖啡,如何从中读出文学作品的气息?或者,文学作品中蕴含的气韵,能用不同的咖啡味来表现吗?具体地说,当我们在读夏目漱石《我是猫》这部小说的时候,端上来的咖啡,是否也能搭配《我是猫》的气息?或变身成猫咪,窥视着主人苦沙弥和世间的一切?可以想见,一般人是不会这样思考也不会尝试去做这件事的。但日本人这样做了。

去年,日本NEC与咖啡豆专门店Yanaka合作,推出"可以喝的文库本"咖啡系列。这一系列包括岛崎藤村的《若菜集》、太宰治的《人间失格》、夏目漱石的《三四郎》《心》《我是猫》、森鸥外的《舞姬》六款咖啡。简言之，就是大数据地分析读者阅读文学作品后的感受，再用咖啡的口味体现这种感受。

这里，NEC用人工智能(AI)作帮手。首先是数据手们收集上万条相关文学作品的评论，编制一个叫作"NEC Advanced Analytics-RAPID"的学习软件，搭建分析模型。最后，上万条评论内化为"口味指标雷达图"，再由Yanaka依据咖啡口味数据，承担咖啡豆味觉的调制。实际上，NEC是用古老的话题做出新鲜的事情。因为味蕾与心绪的关系，早已被心理学家和哲学家揭破。味觉的酸甜苦辣与人生的酸甜苦辣，在观念上当然是重叠的。因此，当《三四郎》里的主人公有青春恋爱的心路历程，相对应咖啡的味觉也就偏甜。

当然，日本人的这一微观创意，还是具有相当意义的。物语与AI碰撞，然后用味蕾再现物语的故事性，人的体验就进入了一个新的层面。看似穿透了一切浮于表面的现象，深入到了本质，但这恰恰是文学所呈现出的假面。现在这个假面可以用咖啡来测试，倒是开了世界尽头与冷酷仙境的先河。如《舞姬》的咖啡，苦味和甜味都适中；《若菜集》这部诗歌集的咖啡，苦味较淡，口感柔和；《三四郎》的咖啡，甜味明显，口感顺滑；《我是猫》的咖啡，苦味最重，口感也最重；《心》的咖啡，回味无穷，口味几近峰值；《人间失格》的咖啡，回味和苦味也都接近峰值,口感醇厚。

　　嗅到玫瑰香味而回想过去的时候,并不是说玫瑰的香味让人回想过去,而是在玫瑰的香味里面,嗅出了从前的回忆——哲学家们曾如是说。这样来看,日本人确实是玩弄咖啡文化的高手。这就令人想起日本人泡完温泉,擦干身体,要做的第一件事就是在自动贩卖机买一瓶冰咖啡牛奶。于是,我们的脑海里总浮现出这么一个身姿图:日本人单手叉腰,仰头而饮。为什么要叉腰?原来是受限于瓶口的形状,必须仰头才能喝到咖啡牛奶。而为了保持身体平衡,就必须单手叉腰。冰咖啡牛奶能让泡热的身体快速凉爽下来。这里,咖啡以一种最沉默的温柔,记录着普通人的生活与情感。

九

　　当然,若要描画日本咖啡文化最为浓重的一笔,就不能不提及这家咖啡店。

　　在东京都世田谷区代田一丁目的街面上,有一家叫作"邪宗门"的咖啡店。店面不大,看上去甚至有些破旧,但这并不影响它散发出旧式文青气息。黑糖牛奶咖啡是这家咖啡店的一绝。口感香滑柔软,一点也不单调。咖啡里的黑糖恰到好处,绝不喧宾夺主。不过,这家"邪宗门"最大的看点则与明治作家森鸥外的长女森茉莉有关。

女作家森茉莉在 1975 年发表长篇小说《甜蜜的房间》。这部用十年时间写就的小说,是当时 72 岁的森茉莉,故意要用放慢的节奏,故意要用边喝咖啡边吃三明治的漫不经心,写下的人的精神史,实际上就是魔性史,就是癫痫史。

森茉莉确实了不得。她在 70 岁后,置生理上的老朽而不顾,在精神上暗恋着一位男子。她每天去"邪宗门"咖啡店,每天占据同样的靠窗座位,每天等候心中要来的一位中年男子,竟然风雨无阻,一等一盼就是 13 年(她 84 岁去世)。但这位男子毫无察觉,她也不捅破这一心中的秘密。在她死后的1987 年,人们在整理遗物时,发现了她用法文写的日记:"没有来","来了","今天又没有来","来啦"。据当时的店主作道明说,遭遇森茉莉暗恋的那位中年男子,是一位作家。森茉莉都七十多岁了,尤其还是一个女人,照世俗的说法,这样的年岁,一切的爱慕,一切的思恋,一切的色欲,都不应再让其复苏才是。但森茉莉相信色欲与年龄无关,更与老朽无关,而与美有关。因为美不像思想那样肤浅。用文字重现色欲对思想的占有,自己就必须身体力行。她演绎着共同幻想论的男女之情,这让人想起九鬼周造的一个说法,只要男女之间总是保持二元的紧张关系，媚态就永远存在。而媚态的存续，就是"永恒的女性"这个浪漫故事的由来。

当初谁也没有察觉到，天天开门营业的"邪宗门"咖啡店，正在悄悄上演精神的东西要在时间中朝圣的精神恋剧。今天来看"邪宗门"，毫无疑问，它为日本咖啡文化赢得了白昼之光岂知夜色之深的高分。

十

把开水注入滤纸杯中，刚研磨的咖啡粉像布朗尼蛋糕一般松软鼓起。在等待液体滴落壶中的时间里，阳光从小窗户里洒入。

在日本有很多咖啡达人。这些咖啡达人所追求的咖啡个性，其实也是日本咖啡文化所具有的魅力所在。比如：堀口咖啡店（东京都世田谷区）的伊藤亮太店长，他的咖啡个性是"追求高品质的咖啡豆"；关町咖啡店（东京都练马区）的毛利善伸店长，他的咖啡个性是"所有的一切，都是为了最好喝的一杯咖啡"；麻布咖房（东京都港区）的田中达郎店长，他的咖啡个性是"咖啡的新鲜度是咖啡的生命"；咖啡舍藏（东京都千代田区）的铃木裕之店长，他的咖啡个性是"喝完再想续杯才是咖啡的最高"；咖啡之树（东京都葛饰区）的杉山黎店长，他的咖啡个性是"最艰难的挑战就是烘焙新咖啡豆"；MOKAJAVA咖啡店（东京都多摩市）的近石勇人店长，他的咖啡个性是"高品质的咖啡是开店的唯一追求"。

当然，谈论日本的咖啡文化，日本咖啡界的"御三家"，是绕不过去的。

"御三家"的首位就是在2018年3月因衰老而逝世的世界咖啡名人关口一郎。这位享年103岁的咖啡之神，在战后第三年，即1948年，在当时的西银座（20世纪70年代移至现在的银座八丁目）开设了"カフェ・ド・ランブル"（琥珀咖啡店）。关口一郎从14岁开始，每天重复做的一件事，就是手冲一杯让客人满意的咖啡。同样，他每天也只关注一个问题：咖啡豆的品质，以及研磨时的粗细与湿度、冲煮时的水温、手冲时的水流粗细及注入角度。这家60年的老店，坚持只提供30多种咖啡而无其他饮料，从而赢得了日本咖啡界"唯一"的声誉。这位咖啡之神的咖啡理论是：陈年咖啡豆的香味，是咖啡美学的最高境界。因此他与所有的咖啡大师唱反调：只有经过岁月沉淀的咖啡豆，才是咖啡之极。

"御三家"的第二位是现任日本咖啡文化学会烘焙萃取委员长的田口护。他是南千住巴赫咖啡店的店主，是一位1938

年出生于北海道札幌市的咖啡达人。1938 年的札幌,是怎样的呢? 恐怕除了风雪还是风雪吧,或许故乡和风土的记忆是如此刻骨铭心,所以田口护总是喜欢听咖啡烘焙后的第一次爆裂声和第二次爆裂声。就是在爆裂声中,他感觉出咖啡的好喝不好喝。这虽属个人的领悟力,但正确不正确只有一个标准,这个标准就是咖啡的美味在于烘焙,冲煮手法只不过是隐恶扬善而已。他的咖啡理论是,精品咖啡就像是血统良好但难以伺候的纯种赛马。2003 年,这位咖啡达人出版了《田口护的咖啡大全》一书。在书中他大谈咖啡的生意经:虽然一杯咖啡只要 500 日元,但客人喜欢了,一个月会来好几次。假设客人每两天来一次,500 日元×15 天＝7 500 日元。两个月是 15 000 日元,三个月就是 22 500 日元,这与去高级餐厅消费差不多。现在田口咖啡在日本有 100 家分店。

　　"御三家"的第三位是有"咖啡之鬼"之称的标交纪。这位1940 年东京出生,2007 年 12 月离世的咖啡达人,他的咖啡理论是,美味的咖啡需要精美的器皿。一款安静净白细致剔亮的咖啡杯,大小适中的开口,雍容如半开花苞的杯身,最适合满上一杯好咖啡。由此,1962 年他在吉祥寺开设モカ/摩卡咖啡店,所用的咖啡杯都是杯身够厚,杯缘收薄的上品之物。标交纪说,唯有如此,才能用岁月一点一点摩挲出悠长绵远的情味。为此他著有咖啡随笔集《苦味礼赞》，大谈日本有田烧的咖啡杯，厚实质感，能保持咖啡的温度在温暖而不烫人的最佳状态，让每一滴咖啡的香浓都得到更馥郁的呈现。此外，这位咖啡达人还是"1 s/1℃/1 g"的彻底追求者。为此，日本咖啡评论家嶋中劳在《被咖啡吸引的男人们》一书中评论道：大师之中的狂者，标交纪无人可及。他的咖啡已经无法用好喝不好喝来描述了，而是达到了一种"令人感动的高深境界"。

十一

日本有很多深入到山峦脚下、绿林深处的独立咖啡小店。这些咖啡小店，远离了商业烟火气息，历经时光与灵气的打磨，散发出深沉而温暖之光，宛若茂林丛中的一棵草，又似山峦脚下的一块石，低调且无声。客人都是游客，那倒是真正意义上的一期一会。一杯接一杯的现磨与手冲，日复一日，接续着最平凡的日常，但给客人留下独特而鲜明的记忆。

店内各种绿植、木纹、干燥花，不经意地点缀着各个角落，暖黄色的灯光，氤氲而不明亮。聚合离散，短暂而形形色色，但都有一个属于自己的故事。吞下一杯略带苦涩的咖啡，或许就是一个惊天动地，或许就是一个无声无息。村上春树在

《寻羊冒险记》里,写一位和谁都上床的女孩。这个女孩,一整天都坐在咖啡店的椅子上,一杯接一杯的咖啡,一支接一支的香烟,边翻书边等待着有人来付咖啡和香烟钱,之后同对方上床。然后,她死了。她想活到 25 岁然后死掉的,但人算不如天算,在 1978 年 7 月,她死了。26 岁,比心里想的多活了一年。对这位女孩来说,一杯咖啡,就是一个无声无息。

日本经济记者高井尚之在 2014 年出版了《咖啡与日本人》一书。他在书中谈到,日本地方城市里的咖啡店,为现代日本的咖啡文化增添色彩。这里,有个话题是:日本 47 个都道府县魅力度排名连续五年最下位的茨城县,意外地在咖啡业界非常亮眼。如茨城县常陆那珂市,是一个只有 15 万人口的超小城市,但却有着一家全国有名的"Saza Coffee"。这家咖啡店的菜单上足足有 20 多种咖啡,比如"Saza glorious"(哥伦比亚)、"瑰夏 natural97"(巴拿马)、"Gorda Los Pirineos 农场"(萨尔瓦多)、"肯尼亚""曼特宁"(印度尼西亚)等。创业者铃木誉男不仅多次飞往世界各国的咖啡产地,甚至还在南美的哥伦比亚开设公司直营农场。2017 年 9 月举行的咖啡职人技术竞赛上,进入决赛的六人中,有三人是"Saza Coffee"的店员。这家 1942 年创业的咖啡店,在茨城县内有九家,东京都内有两家,埼玉县有一家。在 JR 水户站与星巴克对决,

Saza 在营业额上取胜，足见其人气度。Saza 咖啡的口号是"爱茨城"。店堂里贩卖的咖啡豆以"德川将军咖啡"冠名，这是专为水户德川藩主德川齐昭的第七个儿子——江户幕府最后的将军德川庆喜而开发的，担当烘焙的是德川庆喜的曾孙德川庆朝。

而广岛县广岛市的"Ruhe Brazil café"咖啡店，是日本推广"特价早餐"最早的一家。早在 1956 年，就以 60 日元的价格，提供咖啡＋吐司＋荷包蛋的早餐服务模式。这个价格，比当时一杯咖啡 50 日元仅高出 10 日元。这种做法经报刊介绍，在全国得到推广，从而定格了日本咖啡店早餐服务的模式。此外，北海道的"宫越屋咖啡"（札幌市）、秋田县的"Nakahama/ナガハマ咖啡"（大仙市）、京都府的"Inoda/イノダ咖啡"（京都市），也都是很有名的地方咖啡店。从这一意义上说，日本地方咖啡店之所以有它独特的吸引人之处，就是因为它贩卖的不仅仅是一杯咖啡，更是一种品质，一种文化和一种思想。

十二

当然，我们都有雨夜难归的时候。

这时,若独坐咖啡屋,望着窗外如注的雨帘,独享那么一种宁静与柔情,倒也感到这时的思维是最富激情与超然的。提起咖啡杯轻轻摇晃,一条乳白小河就这么温柔地流泻在杯底。咖啡如黑夜一般黑,如爵士乐旋律一般温暖。但这绝不是谷崎润一郎的阴翳论,也不是千利休的躏口论,而更接近村上春树的喜悦论。因为他曾经说过:"每当我将这小小的世界喝干时,背景便为我祝福。"咖啡杯与桌面接触的瞬间,发出"咔嗒"一声惬意的声响。就是这不经意间的一声响,使我们乐享其成一件事:相逢的人必会再相逢。

咖啡屋的文化密码,或许就隐藏在这"咔嗒"一声中。

本文原载《书城》2018 年 6 月号

牛顿的苦恼：声与光的故事

马慧元

一

　　牛顿一定不是个文艺青年，他说过诗歌是"狡黠的废话"（ingenious nonsense）。但他毕竟在教授拉丁语的国王学校里学过"四艺"（Quadrivium），对音乐还颇有分析的兴趣。对各种自然现象都不放过，创立了许多分支的牛顿，怎么会忽视声音的秘密呢？从毕达哥拉斯的时代起，音乐就是数学的一个分支，那时人们已经知晓音高和弦长的关系。牛顿在二十出頭的時候，寫過一些關於音樂的筆記，他最感興趣的是聲、光、熱之間的聯繫，它們的傳播方式跟人感官作用的方式頗為契合。說到聲音和色彩，今人想到"通感"（Synesthesia）這個現象。其實，通感的範圍很廣，除了聲音和色彩，還有聲音和空間、詞彙和味覺、觸覺和味覺等，它並非特殊人群的專利，而是瀰漫在所有普通人的詞語裡。直到今天，還有人把教堂音樂稱為"光之聲"，透過彩色玻璃的柔和光線，跟管風琴上波濤慢涌的音樂契合，空間感和聲音完美相融，讓人失去抵抗力。而熱的傳播，包括在皮膚上的作用，看上去也有驚人的相似。

　　牛頓相信數字的神啟，比如他認定大六度是一個特殊的音程，因為弦長比是 3：5，也就是說，假如 C 音的弦長為 5，C 音上方大六度的弦長就是 3。牛頓把 3 和 5 牽強地平方、立方好幾遭，希望大六度最終抵達一種間接的八度關係，或稱為"隱蔽的八度"。為什麼要拼命應用平方和立方？那個年代，開普勒第三定律已經被接受，也就是說繞同一中心天體的所有行星的軌道的半長軸的立方（a^3）跟它的公轉週期的平方（T^2）的比值是常數，所以牛頓願意相信，天體和音樂會有類似的聯繫。不過，最後牛頓自己也有點尷尬，在《光學講座》（*Optical Lectures*，1670—1672）中承認這種類比進行不下去了——"事實可能跟我想象的不一樣"。十年以後（1670 年左右），三十来岁的牛顿已经在剑桥教书，重点是光学。在未来的几十年里，他对光学作出了巨大贡献，对声音的研究则戛然而止。

而涉及光、观看、颜色等经验，大家都听说过基本的"七色"说，所谓红、橙、黄、绿、蓝、靛、紫，这是牛顿提出来的，他用棱镜把白光分成若干颜色。其实他自己也承认光谱并不容易分成七份，但"七"这个数字太诱人了，尤其是，音阶有七个音，上帝怎么可能不以七种颜色为本呢？牛顿最后以多利安音阶为本，"创造"出"深紫"色，也就是靛（indigo），并且根据多利安音阶中的半音，把橘黄和深紫插在"半音"的位置。他还认为深紫和猩红既然颇为相似，大约就类似声音之间的八度关系。而既然声音如果高八度的话，弦长减半，那么光谱也会有类似的周期规律吧？

牛顿当时的影响遍及欧洲，哲学家伏尔泰很崇敬牛顿，也很关心科学的发展，写了《牛顿哲学原理》（*Élémens de la Philosophie de Neuton*）一书，意在总结和推广牛顿的发明，也提到了"七音"和"七色"的对应，因为这景象实在是"美得不忍直视"。

只是它在科学上并不成立。优雅的归一观念，有时把人引向伟大的发现，有时则把人引入歧途。后者未必是坏事，错误的想法犹如缺口,可能引出新的脉络,生长出新的方向,虽然对科学家本人的虚名有些残酷,无论是对那个犯错的权威还是对打算拨乱反正的后辈来说。但有影响的理论吸引后人另起炉灶,往往别有洞天。

一百多年以后,热爱音乐的瑞士数学家欧拉从牛顿停止的地方又开始了探索。时间线拉回公元前 6 世纪,大约是出于偶然的历史原因,毕达哥拉斯的发现给音乐定下数学的调子,而在欧拉的时代(18 世纪),音乐已经成为跟绘画、文学类似的艺术,不再跟数学紧密相连,人们也不再认定音乐带来的快乐和感伤来自什么数字关系,但热爱音乐的欧拉并不甘心,他认为人对音乐的情绪反应一定是可以量化的,数学和音乐一定有着本质的联系,问题是怎么找到它。同时代的数学家都不支持欧拉,音乐家更不接受,他成了一个独行者。《音乐与现代科学的形成》的作者也够损,指出欧拉笔记中给出的谱例一点儿也不灵光,和声进行还闹出了平行八度。当然,这并不影响欧拉对音乐的热情和在数学中的探求。

303

牛顿的苦恼:声与光的故事

而当时对音乐有着理论思考的著名法国音乐家拉莫跟欧拉一直通信交流。有趣的是,拉莫是一个音乐家中的"科学家",自称是笛卡儿的追随者(Cartesian)。在格物致知的时代风气之下,拉莫渴望他的音乐理论获得科学的佐证,可惜同样失败。在他眼里如金科玉律的和声功能,在科学家(当时叫自然哲学家)眼中根本不算定律,他还因此饱受嘲笑。

今人都知道作曲家拉莫写了许多美妙的羽管键琴组曲和歌剧,但不一定记得拉莫是启蒙运动之子,当时甚至有人把他称为"艺术家中的牛顿"。他写了一本重要的著作《和声学》(*Traité de l'Harmonie*)。在序言中他这样写道:"音乐是一门应有明确法则的艺术。这些法则必须来自清晰的准则,而这些法则只有数学才能解释。我学会这些法则是因为在音乐中浸淫太久,但我必须承认,只有在数学的辅助下,我的音乐想法才会变得清晰,我以前感觉模糊的地方好像被光照亮了。"那么,拉莫的作品是不是真的都能用数学清晰地解释呢?首先,他自己的一些数学描述,就有不少错误。在后人眼里,确实有一部分拉莫的作品是"清晰"的,但我们也可称之为死板,也有相当一部分作品,并未传达出他声称的准则。其实,理论家拉莫和音乐家拉莫一直有着痛苦的冲突。终其一生,他都想用合适的数学方法来推演出小三和弦,但音乐的本能又让他感到小三和弦本来就是音乐的一部分。如何用弦长比例（他相信只有数字很小的比例才会产生和谐）跟和弦的和谐程度产生对应，他为此愁肠百结，希望数字规律和音乐效果终将殊途同归。总的来说，欧拉和拉莫惺惺相惜（但凡欧拉在文章中提到"现代作曲家"，往往就是指拉莫），同时又互不买账。

而欧拉对"比例和情绪"的量化关系的探索，也不断碰到南墙，他几次放下了这个话题，但又不断回归。年轻时候，他一度相信"对数学的敏感度决定人感知快乐和忧伤的核心能力"，还画出图表，给出公式，计算"和谐度"。

后来，欧拉投入对光学的研究和介绍中。此时，牛顿关于"白光是多色光的复合"的结论已经被吸收，欧拉就开始思考，是不是多个音符同时作响的和弦也会像光那样混合呢？他不同意牛顿的"颗粒说"，极力支持"波动说"，此时是1740年左右，距可靠的实验证据还有半个多世纪。光与声的联系一直是他最感兴趣的课题之一。他很自然地想到，颜色也会有音乐中的"泛音"。这一切都无法提供任何科学和逻辑的证明，都来自他对"对称"的信念，可是这信念太诱人了，不是吗。

然而未来将证明，欧拉是对的，光也有"和声"，也有"泛音"，只不过它们往往超过了人眼的感知范围。光与声都是波,任何一个音符都伴随着泛音,任何一束光也是多种频谱的复合,仅就波动的本质而言并无不同,但人类感官范围的区别更为根本:人耳的感知范围恰能捕捉丰富的泛音,而人眼的工作机理不一样。欧拉时代虽然没有足够的仪器来测量,但他发现了牛顿的错误(把某些频谱比例误算出 2∶1 关系),也推测出肉眼的局限:不是光波跟声波的差异,而是人眼看不到某些"光",这才是"光声联系"无法推进的瓶颈,这已经是天才的灵感了。

而不可见光,直到 1800 年才由天文学家威廉·赫歇尔发现。巧的是,赫歇尔也曾是职业音乐家,写过交响曲,当过管风琴师,还能拉小提琴。他对科学一直也有兴趣,偶然读到一本讲述声音原理的书,颇有灵光一闪的激励,继而学习光学,然后又从学徒开始,亲手制造天文望远镜。

赫歇尔对不可见光的展示,让人类在突破感官牢笼的路上又迈了一大步,许多谜题豁然开朗。实验看似简单,基本由棱镜和温度计操作,人们可以看到在棱镜分出的可见光范围之外,比如红色之上,温度计的上升显示了能量的存在,原来这里藏着暗黑之光。本来,人类的视觉跟其他动物相比非常敏锐,这一点就占尽了进化的先机,即便如此,不突破生理牢笼的认知局限,人类就不会拥有如此宽广的世界,远至星球,近至其他动物和人体的秘密。天佑人类,视觉是最重要的感官之一,因为光的特质,人类最终做到了对影像的放大。而靠嗅觉打天下的动物,恐怕就不能行至千里之远了吧。

现在让我们看看可见光的频谱范围。虽然没有绝对严格的界限,一般来说,是从 400 纳米(约为紫色)到 750 纳米(约为红色)。这样说来这两端之间不足以形成两倍的关系,那么我们是看不到光的"八度"了——读者一定记得八度之差的两个音,弦长比是 2：1,也就感受不到光线像音乐的那种周期性。而声波与光波相比,巨大而缓慢。人类能感知的声波波长在大约 17 毫米到 17 米之间,这中间有宽广的倍数可能,所以人类才有那么丰富的音乐。而可见光虽然范围狭窄,对动物意义上的人类似乎也足够了,因为大气层会把大部分紫外线滤掉。

当然我们也都知道颜色虽然来自红绿蓝的搭配,结果可以无穷无尽,哪怕可见光的范围在光谱中只占微不足道的一窄条,人也可在这个范围内变出无数花样娱乐自己(声音频谱也一样,音阶也未必都由七个音组成,这都是文化而非自然的产物),电脑技术更创造出无数新颜色,进而产生了跟颜色相伴的词语和包裹它们的文化。

三

上面说过可见光的两端之间没有形成两倍的关系，但各种颜色之间还是有一定的波长比。在音乐上，2∶3 就可以形成和谐的五度了，那么颜色就算没有八度，"五度"还算可能吧？

事实上，我们可以轻易在视觉世界中用到"和谐"一词，那么这种跟声音类似的感受在日常生活中是存在的，至少在文化中呼之欲出。只是声音中的和声很难对应"红绿蓝"三原色相混形成的颜色，因为不像耳朵那样能告诉大脑，某和弦的构成是什么，人眼并不知晓黄色是"天然纯色"还是红绿相调和的结果，何况配方并不唯一。如果大致比拟一下，音乐中的和声，在光的世界中大致相当于色彩的搭配。而语言中跟视觉相关的和谐，也往往是"搭配"，也就是多种颜色的并置效果，而非某一种作为混合结果的颜色。从古到今，颜色搭配、服装和居室设计等都不是小事，这差不多可以类比音乐中的"配器学"了。

这里要提到 18 世纪另一位著名科学家托马斯·杨（Thomas Young，1773—1829），后人称其为"世界上最后一个无所不知的人"，一个对物理、数学、医学、音乐和埃及象形文字都有贡献的全才（杨对解读古埃及罗塞塔石碑有重要贡献，并为《大英百科全书》贡献了许多相关词条），可比达·芬奇。杨少时就被认为是神童，据说四岁就通读了两遍《圣经》，之后学会很多种语言，还把一部分莎士比亚翻成希腊文。十多岁的时候，有一次在书店里迷上一本昂贵的古典书籍，店主逗他说："小子，如果你能把其中一页翻成英语，我就送给你。"杨二话不说坐下来，顺顺当当翻译完。店主老老实实，并且心如刀割地，把书送给了他。

杨从小生活优越顺遂，家里是贵格教背景，平常身穿黑衣，处处卓尔不群，朴素低调。他遵从许多贵格教徒的道路学了医，后来继承了叔叔的一大笔遗产，可以有充裕时间考虑自己要做的事。此时，他跳舞骑马皆精，性情也不错，广交朋友，认识很多当时的文化名人，也就在他人的转述中留下不少轶事。

杨的时代，解剖尸体已是医学生的必需，而伦敦的尸体来源不多，主要就是上吊自杀者和墓地的尸体。当时著名的医生都被人指控四处盗尸，墓地的尸体常常被挖掘一空。就在这样的条件下，19 岁的杨靠解剖牛眼，发表了关于人眼观看不同距离物体时，靠晶体周边的肌肉（睫状肌，而当时杨误以为是晶状体内部的肌肉）自动调整其弧度的论文。凭这篇论文，他当选为英国皇家学会会员，年仅21岁。之后，他独立研究人眼的结构，首度发现人眼工作机理和近视、远视的原因。此时，他已经从剑桥大学毕业。而当年因为选择了剑桥大学，他不得不放弃贵格信仰（当时英国大学只允许圣公会教徒获得毕业证书）。也有别的原因：杨喜欢音乐舞蹈，也要进剧场看戏，这些享乐都是贵格教会所排斥的。他跟他们渐行渐远。

在这些爱好中，杨自称没有音乐才能，自传中还提到朋友都说他没有音乐耳朵，不过他仍然兴致勃勃地学吹长笛。他也认定音乐能揭示科学，1800年他27岁的时候，发表了《关于音乐》一文，谈起音乐，从莫扎特到匡茨无所不知，却跟当时浪漫派诗人对音乐的感性理解背道而驰。

杨和伽利略一样，从管风琴的管子开始，从前人止步的地方继续"光与声"的探索。为什么历史上，管风琴的音管总被科学家当作实验品呢？因为它自己就能放出固定音高的声音，圆柱或锥形的几何性质相对简单，没有长笛那种复杂的孔洞，适合研究。杨还通过吹、吸各种直径的烟斗来模拟空气在音管中的振动。在学校里，偶尔来访的同学回忆起来都说："杨似乎很少读书，总是悠闲地吸烟斗。"除此之外，他还用过当时很新潮的钢琴探寻声波的形态。杨还格外喜欢在水边观察波浪的运动,最终竟然在研究潮汐规律上也有成就。他深信声音是波(此时人们已经了解一部分声音的波动特性),设想过如果两个人在台上拉琴,下边会感受到音乐的拍音(beat),因为两种波之间存在互相干涉(加强和减弱)。当然,现在我们知道这个道理没错,但两个或多个并不严格同步的声源,并不容易干干净净地展示有规律的干涉,这与后人了解到的光学上的表现一样,而杨名垂青史的"双缝干涉",正是为克服这个困难而设计的。

而涉及眼睛的观看,在这个时代,基本色的理论已经被普遍接受,只是到了 18 世纪,七色已经缩减为三原色:红、绿、蓝(也有红黄蓝一说,从绘画角度来说,因颜料之故,红黄蓝被视为三原色)。不过谁都不能解释,三色是怎么产生当时所知的一百多种颜色的。

因为杨已经对眼睛的机理有了很细致的研究,他制作了各种半圆状容器来模仿眼睛,还冒险用自己的眼睛做实验,观察运动的效果。他认为所谓三原色,是因为视网膜对这几种波长分别有着特别的接收器,三个接收器会同时"兴奋",但它们的接收范围并不是干干净净分开,而是有着重合覆盖区,所以三色能混合出多种颜色。也正因为如此,人眼对可见光的感知,永远是"颜色"而非"波长",因为我们的眼睛总会同时接受三种并且将它们混合起来。

如下图，三种接收器（红、绿、蓝）的感知范围。横坐标为波长，纵坐标为感受到的光的强度。

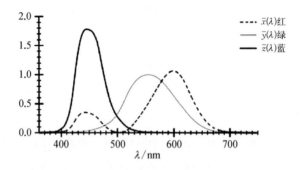

杨的时代，接收器的真实面目——视锥细胞尚未被发现，对三种接收器的功能也没有细致的量化。话说这视锥细胞，人和绝大多数哺乳动物有三种，分别有红敏色素、蓝敏色素和绿敏色素，而直到 20 世纪，人们才搞清楚这一点。所以，颜色其实是人的眼和脑（也包括大量哺乳动物的）外加自然界中的波长的合作产物。颜色和声音，都是自然现象和人造的混合体，而对它们的指称和量度，比如音高和颜色，则完全是人造的。

当时，颜色、波长和光的构成，尚无定论。牛顿生前一直坚持光由颗粒构成，同时代的荷兰人惠更斯最早提出波动说，但遭到无情打压。其实，牛顿并没有看上去那么坚决，他对颗粒说是有怀疑的，经常遭遇不能自圆其说的困境，也并没有试图掩盖自己的不确定，他只是无法接受波动说。因为哪怕那个显示光波互相干扰的著名的牛顿环(以牛顿命名的牛顿环，其实是牛顿同时代的对手胡克[Robert Hooke, 1635—1703]设计的)，也并没有干干净净地分出各种波长，那么光怎么可能是波呢？其原因我们现在当然知道了，人眼是看不见"波长"的，只有颜色。受当时技术条件所限，牛顿犯过错误，但仍然给后人留下了启发。

到了杨这里，他已经非常相信光的波动说，现在只需一个实验来证明了。1804 年，杨描述了自己的设计，就是几十年后才名声大振的"双缝干涉实验"。对于两个稳定、相同的光源的问题，他是这么解决的：让一束阳光通过一个窄缝，让这样一个稳定的光源再通过两个距离很近的狭缝。一束光变成两束，投射在墙上的影像不是两个亮点，也不是两条长纹，而是强弱相间的许多条纹，这样，光的波动性质就一目了然。

其实他当年从研究音乐开始，就设计了各种实验，逐步才找到最优解。杨展示了光的波动性，但"波粒"之争并没有结束，反而引发了电磁学上更广泛的讨论，直到到了爱因斯坦这里，"波粒二相"之说才似乎给出一个完美的结局。而颗粒说也好，波动说也好，从牛顿到杨，都相信光在介质"以太"中传播，原来全都搞错了。人们渐渐又发现，各种传递能量的波（包括声波），都有"波粒二相"。20世纪，物理学已经大步发展，而波的主题并未泯灭。

发表双缝干涉的文章的时候，杨的主业还是医生，在妻子的全力支持下，历尽艰辛才通过选拔，拿到一个医院的职位。此时他三十多岁，事业成功，婚姻幸福。杨似乎是人生赢家了，其实没那么简单，他的物理研究当时并未被接受，还遭受到一些尖酸的攻击（《爱丁堡评论》上发表了好几次），后来人们"人肉"出那个批评者，原来是一个与杨有私怨的家伙，他还当众说过杨看似无所不通，其实都是半瓶醋。这样的评论被写进了历史，至今仍被引用。结果，连杨这样春风得意的人也会为流言所伤，后来他发表的医学之外的文章都是匿名的。在物理上，他的双缝干涉实验并没有得到足够的理解，光的波动说也没有马上翻身，这一切都需要时间。连上文提到的同时代天文学家赫歇尔，在论文中也没有提到极为相关的杨的发现。不过，赫歇尔仍然是最早承认杨的贡献的重要科学家，这已经是多年以后了。

直到今天，我们这个世界也不大记得和感激通才，哪怕是天才。幸好，杨除了一个"双缝干涉实验"，还有一个材料力学

中的概念——弹性模量——以他命名。对杨的评价,历史上反反复复,直到 2002 年,还有人在讨论他的贡献有多大。但对杨的涉足之广,一直没什么好争论的。除了物理、医药、数学、古典学、语言学等领域和上文提到对波动说的重要推动,他在音乐上还贡献了两种独特的调律法,基本思想跟很多历史上的律制类似,尽量让那些常用的调,有最完美的大三度或者纯五度,并且整理出历史上多种律制的异同。

有人说,杨超过他的时代太多,无人能懂。也有人说,杨的数学能力不足,阻碍了他研究的彻底(仅靠实验演示是不够的。后来在另一位科学家奥古斯丁-尚·菲涅耳[Augustin-Jean Fresnel]的共同努力下,光学理论才慢慢成熟和透彻);他对光和声的联系过于沉迷,因为深信光波必然具有声波的各种性质,犯过错误,同样陷入无法自圆其说的苦恼。成也萧何,败也萧何。

从牛顿、欧拉到托马斯·杨,这幅"光与声"的拼图已经完成了相当的部分(后验地看,他们都在"信念"的带领下有过著名的成就和著名的缺陷),再后来的亥姆霍兹,又给这幅拼图填上了一大块,却因撕裂成见而放出更多的可能——在贪婪求知的人类这里,拼图不会圆满,而求知也会带来求利、求享受和生活的扩展。声、光的秘密揭穿一部分之后,人就有了操

纵感官的声学、音响设备和滤光眼镜，有了让人眼、人脑乐不可支的 3D 电影。贪婪的求知又引向神经科学的大发展。

我手边有本叫《艺术与物理》的书，作者是位成就很高的外科手术医生，因为业余喜欢物理、艺术和历史写下了这本畅销书。虽然在考证方面有些粗糙，作者还是有不少有趣的观点，比如科学是沉浸在文化中的，艺术家(他指的多为画家)常常在科学家之前，不是用语言而是用想象中的图景设计了未来，而这未来最终"碰巧"被科学变成现实。他举了成对的例子，典型的如"立体主义和空间"。虽然爱因斯坦、毕加索、塞尚等人并没有跨界到对面的领域(爱因斯坦对当代艺术一脸不以为然)，很可能从未耳闻对方的成就，但在文化、时代这个惯性系里体现了碰撞。"文学、音乐和美术都参与了物理学家的世界图景革命。"

这种参与方式，不一定是平行的，不一定是线性的，而是来来回回，有进有退，有时井喷，有时哑然。常常，科学的设想早已悬挂在那里，却要等若干年技术的发展才能证实，证伪亦然；艺术则同样要等来支持它的人群。光与声的关系，也是一个横贯历史几百年的文化主题，与其说是科学天才的敏锐捕捉，不如说是人类对所见所识的好奇与执着。通感也好，语言和感觉的模糊性造成的"穿越"也好，自人能上天入地，思维已经如同脱缰的野马,可"裸眼""裸耳"仍行之不远。世界之复杂,在感官的有限性面前也会被简化。感官是保护我们的壁垒吗,还是上帝曾经的防线?

参考文献:

1. *Music and the Making of Modern Science*, by Peter Pesic, MIT Press, 2014;

2. *Compositional Theory in the Eighteenth Century*, by Joel Lester, Harvard University Press, 1992;

3. *Rameau and Musical Thought in the Enlightenment*, by Thomas Christensen, Cambridge University Press, 2004;

4. *The Last Man Who Knew Everything*, by Andrew Robinson, Pi Press, 2006;

5. *Art & Physics: Parallel Visions in Space, Time, and Light*, by Leonard Shlain, William Morrow Paperbacks, 2007.

本文原载《书城》2019 年 11 月号

音乐几何

马慧元

一

YouTube 上有个名叫"音乐的几何"的讲座,一位叫比尔·卫斯理(Bill Wesley)的彪悍鬈发大叔跟大家分享他自己发明的键盘乐器。这个后来定名叫 Array Mbira 的键盘,把琴键之间的排布重新设计,不再像传统键盘那样从低到高,而是把"和谐"的音放置得尽量近,也就是说,八度音程关系的若干音,一个手指就能弹出来(因为它们分布在一个键的垂直方向,手指"搓动"就可以演奏),然后五度音程的音相邻,为了方便三度、六度等音程,他设置了一些重复的键,这样左右手都可以小小的移动抵达音符。并且,小调在左手弹,大调在右手弹,这个简单的设计也让一切都变得更方便。这样一来,弹琴的人即使碰错音,也不会相去太远;更重要的是,转调变得极为容易,因为各个调的键盘看上去都是一样的,不再有黑白键的视觉干扰。整个键盘很小,手指的小小移动就能解决大部分的和声演奏,甚至能够囊括比较复杂的转调的作品,包括贝多芬著名的转调,都可以清晰地表达出来。因为涉及自己的调律问题,这个综合了几何、算术和物理的设计并不简单,当然它也不是横空出世,20世纪80年代就有人申请了一种以五度相邻构建键盘的专利(Wicki-Hayden)。这个呵呵憨笑的比尔大叔,在那个视频里自豪地展示他的酷炫乐器。这些看上去只有若干小按钮的键盘,演奏者只需手指轻轻挠拨按压,当真能弹出管风琴那样的效果——从动作表面看,倒真是一种"极简主义"。在我知道的用手演奏的乐器里,恐怕没有谁比他的动作更小。视频是2011年的,至今还在,一伙人仍在演奏好玩的炫技音乐,乐器的小家族也在不断扩充,已经包括竖琴了。

我不知道这种乐器会不会成为"主流"键盘乐器,能不能登上大雅之堂，至少它的思路很合我口味。我们所习惯的那种从左到右也就是从低到高的键盘排布，本来也出自一种隐喻——声音频率渐高，跟"更加靠右"有什么天然的联系吗？没有。这都是人为的、历史的。那么把一种隐喻换成另一种隐喻，有何不好？"越近越和谐"，比尔打的是"便利"的旗号，其野心可不止于此。他的乐器被一些名乐手使用，还参与了电影音乐，追随者包括 Sting 那样的名组，他希望有一天批量生产这种乐器，甚至能改变音乐世界。当然，各种以"和谐度"为距离构建的键盘，还是要面对一个"不和谐怎么搞"的问题。音乐中的不和谐本来是极为重要的部分。不错，在八度、五度这样的声音里，人脑深感愉悦，但不会满足于此。所以，在和谐和不和谐之间漫步，兼顾平衡与立体，是真正的难事，比尔他们也未必做到了。我慕名去听了能找到的 Array Mbira 音乐，虽然极为可爱，确实深度有限——但这也可能是众人还未习惯它，为它写出多种音乐之故。

时至今日，网络让各种传播都成为可能，我经常在 YouTube 上看见爱好者们设计的各种奇巧乐器，不少人既是音乐爱好者，也是科学爱好者、"思考爱好者"。其实，用"和谐度"这样更有音乐意义的方式来设计键盘，本应是一种相当自然的思路。音乐中的情绪很鲜明，就算被文化加工得很严重，不少人还是有相当的共同感受,这样一来,用标准化的方式来计量和生产音乐中的感情,就极有诱惑力,这种尝试差不多跟音乐有着一样长的历史。古希腊的毕达哥拉斯发现了弦长与音高的关系,继而从这些比例中看出"和谐"的要义,自此之后,作曲家、音乐理论家、数学家和物理学家们,不知想出多少种体系,想把音乐这种看不见摸不着的东西"绳之以法"。也因为它不能乖乖地摁在纸上,所以有许许多多角度去投射它。

18 世纪下半叶以降,欧洲的数学有了巨大的发展,音乐则处在一个多种风格涌动的局面,法国和意大利风格,古代风格和"现代"风格(比如法国理论家和作曲家拉莫)共存。这个时期,热爱音乐并从中获得研究方向的数学家和科学家不止一位,比如瑞士数学巨匠欧拉。本来,音乐只是消遣,不过数学本能让他在音乐中也开始思考数学。十几岁的时候,他就发表了关于"声音传播"的论文,此后几十年都经常回到对音乐的思考中。1730 年(当时欧拉 23 岁),他的想法是"量化"音乐激发的感觉,也就是,通过分析声音的数学和物理特质,计算出"音乐的悦耳度"。当时另一位瑞士数学家,欧拉的儿时好友伯努利对音乐也有兴趣,但在跟欧拉的通信中,他表示这种快感是基础性的东西,不可能量化,可是欧拉并不放弃。

当时,人们已经知道音程中的八度、五度、四度最令人愉悦,三度、六度算是不和谐,又因为音符有周期性(只有七个,然后重复),那么用数字来分析它应该是可行的。欧拉把任意的音程按比例标记出来,比如一个三和弦,用 p∶q∶r(都是质数)来表示,然后创造出一个"和谐度"或者"悦耳度"(agreeableness,拉丁名 gradus suavitatis)＝p＋q＋r－2 来记录和弦或者音程的和谐程度。这个结果不仅能解释许多(但并非全部)当时对声音和谐程度的认识,而且它跟后代出现的声波叠加的分析是大体一致的。乘积转换成加法的对数工具并非欧拉所发明,但他是第一个用对数来计算音程的人。当然,受当时的文化影响,欧拉的许多想法让今人觉得荒谬,比如把不和谐音程归为"上帝不喜欢不完美数字",把文化差异解释为"野蛮人欣赏不了我们的音乐,因为他们理解不了我们的音乐中的深刻和谐",等等,这些认知,都在社会和文化的变革中被人摒弃了。而在这个探索音乐的过程中,欧拉收获了很多数学思想和工具,比如自然对数(e 正是以欧拉命名的)。感谢《音乐与现代科学》(*Music and the Making of Modern Science*, by Peter Pesic,MIT Press,2014)的作者,为我们指出著名的欧拉公式 V＋F－E＝2(V、E 和 F 分别是多面体中的点、边和面的个数),和那个并不太成功的音乐公式 p＋q＋r－2 尽管应用于完全不同的领域,但有着奇妙的内在联系。之后,欧拉的特性数,X＝V＋F－E 中的 X,也被称为"度数"。

不出伯努利所料,欧拉的企图用数字来表达"音乐的快乐和悲伤程度"的"音乐情感公式"最终留在他的早期论文里,只供科学史家来爬梳。渐渐地,欧拉在各种新音乐中渐渐扩大了自己对音乐"和谐度"的认识。三十年来,欧拉都没忘记音乐对数学的启发。

而时至今日,情感仍然是一种"算不清"的东西,当人们企图去计算"快乐"和"悲伤"的数值的时候,这些情绪仍会不断遁形,逃脱各种语言(包括数字)的追索。这是不是人类的宿命? 大脑进化至今,仍然是"远古大脑",人的生理性仍然残余无法被社会化的部分,科技也好语言也好,撞在肉身之墙上仍然喏喏退却。语言和情绪的脱节,感性与理性的分离,生理基础相对于社会巨变显出的滞后,仍然源源不断地生产这个人类社会里的各种好戏。扯远了。

而从另一方面看,音乐难道不是太神奇了吗? 音阶中七个音的循环外加一些已知的和声关系,和谐与不和谐的人类感受,竟然给数学和物理打开了这样的天地,追根溯源,这从毕达哥拉斯时代就开始了,比如那个深深困扰人类的,怎么也驯服不了的五度圈。音乐家为这个顾此失彼的调律问题烦恼,科学家帮不上大忙,反倒证明尝试"完美"的调律是白费力气，但人们在这个死角中认识了更深刻丰富的世界。

如今，欧拉的"音乐数学"成就已经被人梳理并出版成著作。而他最重要的音乐研究心得却等了一百多年才在音乐理论家那里听到微弱的回响。《音乐新理论的尝试》(*Tentamen novae theoriae musicae ex certissimis harmoniae principiis dilucide expositae*)里提出了一个"调性网络"(Tonnetz)：从音程来说，F 到 C，C 到 G，G 到 D 都是五度，C 到下方 A 是三度，A 到 E 也是五度。这样一来，十二个音都有了位置，它们不再是一维的性状，而展现了平面关系——不知读者是否像我一样，觉得这个网络跟欧拉著名的七桥图也有几分神似——这些音符也不能遍历(注：图中字母右边的小 s 表示升号)。

注意，欧拉在这里是忽略各个音符的具体音高的，也就是说，某个 C 音跟高八度的 C 视为同一。这样一来，音阶的"扭曲""黏合"就产生了。音阶不再是直线式，它本身就有了平面结构。

不用说,这跟比尔大叔的键盘有着异曲同工之妙,键盘上琴键的距离可以是我们常见的,按声音频率大体均分的距离,也可以是体现声音同构性的抽象距离。这一切,都来自音符的特性——循环性以及八度、五度、四度这些深植于生理感知和文化习惯的和谐音程。声音的排列呈现网状之后,音乐理论家们立刻感到音乐的进行可以用图形来表示了。

二

数学家和物理学家则是从另一侧面来想这个问题。著名物理学家亥姆霍兹的诸多成就里,包括声学和神经传导的成果。他追索声音的物理规律还不满意,还去钻研人耳的结构,大约是想从"认知"那一端,探索音乐和感觉的奥秘。亥姆霍兹从音乐可以移调而声音相对关系不变这一点出发,指出它的空间性:一个物体在空间中移动,也不会发生改变,这一点和音乐是一样的。也就是说,因为物体在空间中可以移动,音乐中的音高由于有比例性,也就是说,两个音如果距离五度,弦长比是 3︰2,如果距离大三度,弦长比是 5︰4,那么以此类推,只要保证相对关系不变,音乐就保持不变。那么,音乐一定和"物体运动"具有类似的特质。在这之后，亥姆霍兹持续思考空间问题，在黎曼空间、非欧几何的启示下，将空间、声音、视觉、颜色这些有着诱人联系的课题整理成《论几何原理的起源和意义》(*The Origin and Meaning of Geometrical Axioms*, 1878)等论文。对这些联系的研究，也让他成为少见的全才。

亥姆霍兹是 19 世纪的德意志人，此时的文化空气中，音乐兴盛，哲学兴盛，不少科学家都渴望将科学和音乐及艺术统一认识。不过科学帮助人们对声音物理特质的理解迅速提升，音乐家却似乎"听不见"科学的声音。音乐在科学面前沉默，倒是 18 世纪的欧洲社会剧变，听到了音乐的回答——"古典"的优雅范式消失了，太多的变化破冰而出，曾经对称、收敛的音乐世界再无宁日。无论是莫扎特、贝多芬、舒伯特还是晚一些的肖邦、舒曼、柏辽兹、李斯特、瓦格纳，他们的音乐语言受到文学、绘画甚至政治的影响十分迅速并且可见。而到了 19 世纪下半叶，数学和物理学明明把声音的传播特质都讲清楚了，却不见任何大作曲家因此又发现了一个"特里斯坦和弦"。教堂有改革，或者社会有风波的时候，在当时的音乐中引起的变化，远大于揭露物理声音奥秘的傅立叶变换所激发的变化。音乐学家罗森改编美国艺术家巴内特（Barnett

Newman)的一句戏言:"音乐学于音乐学家,犹如鸟类学于鸟儿。"科学更是如此。

这时的数学和物理,顶多就是对乐器制造和调律帮了些忙——还不一定是多么本质性的大忙,制琴者凭耳朵已经把调律试得差不多,能够满足精度有限、又受文化左右的人耳需求,基于无理数计算的"十二平均律"的钢琴调律也就是增加了一种可能性而已。之前的巴赫,虽然被今人认为作曲风格"数学般精确严密",他受的数学教育偏偏极为贫乏,他甚至没怎么受当时启蒙运动的影响,也没有多少历史证据表明,巴赫了解当时的科学成就。而所谓巴赫音乐的"数学性",无非是"数字性"、对称性和比例性而已,并未超出小范围内自然数的计算。能在音乐性中兼顾数字,已经相当罕见(也并不孤立,巴托克等作曲家也喜欢让音乐和数字"互文"),更何况它并不是音乐的主要目的。说到比例,有人可能会举出"黄金分割"在艺术包括音乐中应用甚广,这在某种程度上是事实,但不少流行的例子是错误或者夸大的,其实没那么神奇,此为另话。

这样看来,虽然技术的进步让音乐家们受益,又能通过改变音乐的传播来影响音乐,但科学似乎再也没能伸手直接触及和推动音乐的写作。直到 20 世纪前,音乐家在其中只是科技成就中被影响的一分子，而不是主动采撷科学思想的人。

就像任何有历史、有一定复杂度的两种事物一样，科学和音乐，在历史上有一定的遇合，更多的时候还是泾渭分明的两条河流。音乐曾经是数学的一个分支，而在历史推进之中，音乐家和科学渐行渐远，在我们所知的 18、19 世纪传世音乐家里，几乎无人拥有像样的数学或科学训练（例外是俄国人鲍罗丁，不过他的化学家生涯跟作曲事业似乎并无直接正向关联）。科学的逐渐专门化，也令圈外人不能轻易涉足，歌德那样的通才越来越少。

那么，如果"科学只能间接地影响音乐"是个真命题并且是个"问题"的话，它出在音乐家身上，还是音乐身上？原因肯定有很多。泛泛而言，古今中外的艺术家，往往不同程度地拒斥科学。这也是可以理解的，难道艺术不是承担科学所"余"的部分吗？此外，专门化的科学和专门化的音乐，注定无法在人脑中获得精确的对应。科学方法、理性思维在任何成体系的分支里都有应用，音乐也不例外，但更抽象复杂的科学原理并不能激发更深刻的音乐。人脑虽能对音乐的"长度""比例"有所感知，但不大可能精细到科学所抵达的程度；即便感知比例，往往也不是复杂的比例，比如两个音的频率比，但凡悦耳之声往往分母较小(基本在 10 以内),而不大可能是 113、199 这样的数字;那些直接依照技术原理或者数学模型的作曲,都不一定影响到音乐品质本身。

你也可以说这并不是问题。数学或物理,是以事物一般性为目标,那么从其他领域(音乐是其中之一)获取结构上的启发,并推广出新法则,是完全可以想象的事情。而音乐针对的是人的耳朵、人的情感,受众的感官功能是有限的,干吗去操心宇宙法则呢?

只是 20 世纪之后,科技对文化的颠覆更大,加上文化的碎片化,总会有艺术家攫取文化中的一面,据为己有。同时,美术中出现了立体主义、抽象派,时间和空间都成为思想的主题。音乐中的十二音、序列主义等都有了数学元素,电子音乐则终于直接地应用上了技术。而对音乐家来说,科学仍然是可选项,不是必选项。20 世纪作曲大师斯特拉文斯基就说过:"我完全不懂'声音'是怎么回事!"

三

特莫斯科(Dmitri Tymoczko)是普林斯顿大学的作曲教授和理论怪才,他为"空间理论"着迷,写出的音乐论文《和弦中的几何》据说是美国《科学》杂志有史以来发表的第一篇音乐论文。YouTube 上，有若干他的讲座，关于"音乐的几何""音乐的空间""音乐的形状"等。他出生于 1969 年，紧随"垮掉的一代"生长，父母是大学教授，又是"嬉皮"的成员，一家人住在嬉皮公社的大房子里，还种大麻。小时候，父亲还因为上街抗议越战而被捕。他在这样的家庭中长大，既喜欢智识，又有一脑子逆反，当然还有对音乐的痴迷。他从小在钢琴和电吉他上弹着摇滚，其间也学点贝多芬和巴赫，后来幸运地遇到一个老师，"把两个世界捏合在一起"。那时候他数学很好，可是最终选择了音乐——曾经也是那么特立独行的父亲，临终时则要他许诺去耶鲁读法律而不是音乐，他答应了，心里却有自己的小算盘。后来，因为种种原因特莫斯科想过放弃音乐，去哈佛读了四年哲学，不成功，最终才回到音乐，认真思考自己的作曲之路。

话说学院里的严肃音乐，永远在"如何让大家接受"的问题上挣扎。特莫斯科戏言过"这些音乐作曲家都得花钱请人来听""作曲家终生在大学里勉强糊口，看人脸色"。前辈告诉他作曲家"让餐桌上有食物"是多么不容易，有些令人尊敬的前辈费尽心机帮人找教职，以求同仁们衣食有靠。另一方面，他又很惊讶音乐世界的壁垒，严肃，流行，电子，摇滚，音乐学院的老师跟外面完全不在一个世界中。

特莫斯科并不想解决音乐的接受问题，但他想去寻求音乐底层的奥秘，至少尝试去表述它。《音乐中的几何》这本大著，是多年思考的一个总结，谈的是和声进行的"几何表达法"，简单地说，设计了一些几何空间，连接其中一些点，形成矢量，看看它们最终形成什么模式，或者，按照传统和声原则在这些空间中旅行，看看能产生什么样的音乐。在他的观察下，格利高里圣咏和一首德彪西前奏曲甚至爵士乐手柯川的音乐显示出惊人的联系。上文说过，用空间来表述和声进行，可以说古已有之（比如欧拉的和声网），但现代音乐为它提供了更有意义和意思的材料，更何况群论、集合论、非欧几何、拓扑学这些工具，为之提供了更精准的框架。

在他这里，音乐是实实在在地受一些几何观念指引，尽管这并不是多么复杂的几何，并且和不少音乐理论书籍一样，即便从数学出发，数学也随音乐话题的深入渐渐隐形，取而代之的还是音乐实践和音乐判断。数学观念最多仅仅是一个发端和灵感，一个隐喻的借口。即便如此，他的创造力和洞察力还是让人叹为观止。比如第三章《和弦的几何》中有这样一幅十分经典的图，任何读到此书的人都不可错过：

这是个三维空间内表达三和弦（由三个音组成的和弦，比如 C－E－G）的图示。我这个普通读者，从他讲二维（三和弦）的时候，就吭哧吭哧用纸来折莫比乌斯带（因为两个相邻八度的同唱名音被视为相同，所以用莫比乌斯带——只有一个表面和一条边界的曲面表示。从某点出发，在同一表面上，不经过边界，可以回到终点）去理解，之后又想象着一个棱镜的两端拧了 120°对接上，而它的真正模型是只有一个边界，蚂蚁从某点出发会爬回原点的"甜麦圈"。边界上的点是三个相同的音，表面的点是三个音中有两个相同的音。前面这个棱柱图是把甜麦圈掰开重建后的视图，不够直观，不过能显示甜麦圈内部的音。之所以这样扭曲，是基于"不同八度内的同唱名音视为相同"的假设。音阶在空间之中能够翻转、重叠,恰恰表明为何音乐有无穷可能,却又极为简单。音乐可以漫长、复杂,有曲折的路途,而换一个滤镜去看,比如"和声的距离",音乐可能极为精炼,一剑封喉。

笔者用陶土自制的三维空间模型"甜麦圈",它表达所有三音的组合,不过有些组合在它的内部,不可见。它只有一个边界,所有三个音相同的组合都在边界上,两个音相同的组合都在表面。连线表示三音每一步的半音变化。

他写了这本巨著来描述几何模型下的和声进行和对位,自己的作品则践行其理念。让人服气的是,他在经典曲库的数据中挑出一些杰作,来证明有些作曲家在和声进行方面,果真遵循一定的对称原则,符合他的理论,最著名的例子是肖邦《e小调前奏曲》(Op.28之四),尽管作曲家是无意识的,尽管他挑选的方式是观念先行的。书中的图示较为繁琐难懂，有人简化成下图：

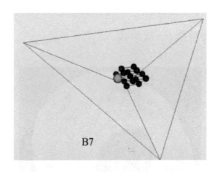

左下角是曲子中间的一个和弦，大圆点表示当前的和声，中间一簇圆点表示和弦在空间中的位置。而且，这是一个四维空间的投影。如果读者能看到动图，那真是一场音乐的"星际旅行"。

因为和声进行在他这里用点、线来表示其路径，那么他常常可以指出，某两首作品听上去如此不同，但它们的路径形状相似。这种奇妙的联系让我十分着迷。他认为好听的音乐应该是具有某些几何特质的。不过，在头脑中建立这种联系确实需要漫长的训练，何况特莫斯科对声音的辨别有一个前提：音阶上的音不管八度，只在乎唱名，但一般人的耳朵和大脑并不容易忽视音区。特莫斯科自己或可在脑中建立和弦的几何关系跟音乐的联系,据说数学家欧拉也可以。不过我自己尝试过,至今徒劳。假如,相当多的作曲家接受了这一点,并且将这种"空间听觉"内化成音乐能力,是不是我们的音乐会因此不同?那么所谓音乐如同建筑云云,也真有了另一层极为贴切的意思,甚至可能带来哲学意味的颠覆。自从读了特莫斯科,我虽然不能直接从音乐中"听"出空间,但面对谱面我会多一些想法,知道音乐的"本质"还有另一重认知可能,音乐是一场运动,一段旅行,但起点和终点,根本不是你以为的那样。

四百多页的巨著,涵盖太多"干货",野心也惊人。作者能在各个门派的前辈杰作中获得印证,尤其是在古典和爵士中都能找到这样的统一性,恐怕有种喜大普奔的兴奋。他也承认并不是想把这些和声迁移路线当作作曲秘笈来推销,而只是对一些好的作曲想法给出预测,看是不是会走到死胡同。他还做了个能模仿理论的软件,用鼠标随意选择一些音,它就能显示出和声路径,一切都机械而确定。

我好奇地在互联网上小小研究了一下,原来在空间中用点、线、面来构造和声进行,使音阶翻转、黏合,把线性的音阶编织成网络,也并非前无古人,五花八门的模型一百年来已经有了不少,比如里曼理论、新里曼理论等。"声音的距离"成为实实在在的、可测量的数值,只是它们看上去还是小众的游戏，至于对群论、集合论的应用，跟真正的数学研究比起来，仍然仿佛过家家，与其说是应用，倒不如说仍然是一种概念性的隐喻。但是，在人工智能拥有无限可能的今天，谁说这些隐秘的联系不能带来真正的改变，甚至人的情绪也能整出傅立叶变换了？既然人脸识别都能搞出来，谁说欧拉企图算出"音乐悦耳度"的理想不能实现？

对那一天，我既盼望又略感恐惧。或许我会更留恋人类的浪漫时代，他们天真地以为艺术是可以抵抗科学的，艺术就是抵抗科学的。也有可能，当 AI 几乎取代一切的时候，科学和艺术又再次渐行渐远，因为到了那个时刻，人生还是会剧变的。人脑的进化仍然在吭哧吭哧地缓慢爬行，但人的心智已经不是这个世界上最强悍的声音了。

参考文献：

1. http://sonograma.org/2017/01/conversation-dmitri-Tymoczko-part1/;

2. https://www.youtube.com/watch? v＝SU2JztST_TY&t＝1306s（Bill Wesley）；

3. http://dmitri.mycpanel.princeton.edu/chordspace.html;

4. http://content. time. com/time/magazine/article/0,9171,1582330,00. html;

5. http://www. openculture. com/2018/01/ western-music-moves-in-three-and-even-four-dimensional-spaces-how-the-pioneering-research-of-

princeton-theorist-dmitri-tymoczko-helps-us-visualize-music-in-radical-new-ways.html;

6. *A Geometry of Music Harmony and Counterpoint in the Extended Common Practice*, by Dmitri Tymoczko, Oxford University Press, 2011;

7. *Music and the Making of Modern Science*, by Peter Pesic, MIT Press, 2014;

8. *Music by the Numbers From Pythagoras to Schoenberg*, by Eli Maor, Princeton University Press, 2018.

本文原载《书城》2018 年 8 月号

守其雌

赵穗康

和传统解释不同，我的重点在「守其雌」的「守」字上面。「守」字里面，被动的状态孕育宏观的无限。

"知其雄,守其雌,为天下溪"的感知和状态很晚才懂。老子"知""守"两字的区别意味无穷,"知"字里面,主动的能量不可避免局部的局限,"守"字里面,被动的状态孕育宏观的无限。

老子这句话有三层意思,中间"守其雌"是承上启下的转折,因为知道利器易折和兀突之雄的不足,所以感激容纳之雌的宽厚,因为看到侵犯的内在危机,所以珍惜无条件的笃守被动,犹如大海浩瀚的包容,没有类别区分,所以后面"为天下溪"是自然而然。

在阶层意识严谨的传统中国文化里面,"为天下溪"有万物归一的意思,但是,我又不免歪曲我们传统:"为天下溪"是静的动态自在,"守其雌"的"守"字,不是动的努力,更不是为了"为天下溪"的主动,"守其雌"和"为天下溪"是同处同在的状态。整个句子几乎就是人生的回光返照,我们主观的人生和客观的世界纠缠千年,但是最后每个人必须通过自己的血泪磨难,悟出这个简单的道理。动在"知其雄"外,静在"守其雌"内,随后是浩浩荡荡的自然和自在。自以为是的主观,在那里自说自话征服世界,而客观世界在被"征服"的同时,却是包容宽怀,甚至接纳伤害她的侵犯。当我们体会如此的海量,怎么不为"守其雌"的状态失语,感恩感叹?

世上古老的智慧里面,多少都有"恪守""容纳"的因素。基督无条件的宽容,佛陀的开怀慈悲,列夫·托尔斯泰的绝对善意,甘地对暴力的接纳无怨,所有这些以爱心善行为基础的一视同仁,在次序严谨的阶层社会里面,不免掉进纠缠不清的理念,搅入上下颠倒的标准。也许善意可以是把利剑,柔软可以刚正不阿。然而,真正可怕的是,最后审判的地狱之残酷,居然让人感觉正义得以伸张。

一

　　问题在于，信仰的宗教和理念的社会机制水火不容。宗教需要现实社会的骨架生存，绝对的宗教信仰撞上社会的次序理念，不得不接受次序的准则。更不用说政教统一的社会，宗教以政权的建构管理，教会以政权的社会结构入世，宗教不再是神和个人的内心自我反观，而是社会次序的外在管辖平衡。

　　宗教里面的绝对真理，包括没有条件的宽容和没有因果关系的慈悲，其激进的成分，对于理性社会的机制和局部有限的伦理次序，无疑是个巨大的挑战威胁。年轻时候，很多书都是白读，最近我被陀思妥耶夫斯基的《白痴》迷住，还不是小说写得好，作者把我长期糊涂苦恼的心病，放在社会极端的框架里面，一一剖析给我。我哑然无语，闭目感应，像吸血鬼一样，吞噬作者每个刻意安排。《白痴》不是一个善良纯真的疯人故事，也不是批评市侩，如果小说真在针砭现实，角度不是白痴梅什金，而是无常的女人娜斯塔霞。通过《白痴》的故事，陀思妥耶夫斯基让我们看到，任何激进的绝对，即使善良纯真，对正常社会次序的伤害威胁也不容忽视。列夫·托尔斯泰晚年的宣言和最终出走的悲剧,陀思妥耶夫斯基用具体的故事,抽象地预言,残酷地刻画具体,这个故事穿越甘地和马丁·路德·金,今天的我们还在它的阴影下面挣扎迷惑,至少通过自己有口难言的切身经历,守住这份苦衷多少也是慈悲一份。

二

陀思妥耶夫斯基的《白痴》不是纯真善良和社会功利之间的简单冲突,小说叙述一个稀奇古怪的故事,解剖理念和现实之间的裂痕,把抽象的理念回归具体的人生局部。小说里面梅什金公爵的善良懦弱,为社会道德常规所不容。小说末尾,梅什金、阿格拉娅、娜斯塔霞·菲利波芙娜和罗戈仁,四个人物之间的戏剧性场面,把机智才能和单纯无别的善意,把伦理道德和人情世故的枝节矛盾全部推到极致。阿格拉娅代表社会的正常次序,加上一层非凡的抢白心智,听来残酷无比,说的却是句句在理;娜斯塔霞是堕落天使在世,命中注定是个自我牺牲的角色。她用罪恶玩世不恭,把真挚藏在心底,她对梅什金一尘不染,躲避梅什金只是因为纯洁无瑕的爱心。在无法无天的恶作剧下面,是自私的爱情和无我的爱心之间绝望的挣扎和毁灭性的命运。这种隐恻只有梅什金的纯真才能看出，倒霉的梅什金，无论如何不能申辩他对娜斯塔霞的感情。另一方面，可怜的阿格拉娅，智商过人，她也一眼望穿白痴背后的真情，她希望通过梅什金的爱情跨越自己世俗的"瓶颈"，用的是颗真挚不侪的女人之心。阿格拉娅合情合理的"专一"和绝对的个人意志，不能容忍梅什金对娜斯塔霞的爱意同情。戏剧的帷幕拉开，在阿格拉娅的理直气壮刺激之下，一心想要自我牺牲的天使，突然变成一个生活里面有血有肉的泼妇，娜斯塔霞当场逼迫梅什金选择，变本加厉的蛮横更胜阿格拉娅一筹：无缘无故之真，撞上有理有因的社会机制，社会道德不容，矛盾一时不可调和，几乎就是一个庸俗的爱情故事，一场肥皂剧的悲欢离合，但是实际不是，就像《红楼梦》不是。贾宝玉搅乱次序的滥情善意和傻乎乎的懵懂无知，只是曹雪芹说不出的针砭，是对人性之真和社会常规的异议。

小说通过三个女人，巨细矛盾冲突的不同侧面：堕落天使娜斯塔霞、娇宠的反抗女性阿格拉娅，再加上阿格拉娅的母亲、童心未泯的伊丽莎白·普罗科菲耶夫娜，三人各具慧眼能力，从不同角度突出了梅什金公爵的纯真善良与社会机制道德常规的冲突危机。

娜斯塔霞是陀思妥耶夫斯基理想中的人物，因为不切实际，所以编得五彩缤纷。娜斯塔霞自恃臭名昭著的过去横行霸道,她毫不掩饰,夸张自己的恶意,表面怪诞可恶底下,是无私的纯洁真情,娇宠霸道的行为下面,是最不自私的心胸。她是梅什金的孪生,她的绝对,是梅什金的一面镜子,甚至有过之而无不及,至少梅什金觉得娜斯塔霞是个疯子,娜斯塔霞对梅什金从未有过半点疑虑,这面镜子太亮太铮,所以不大真实。这就是为什么精神病院是梅什金的归宿;而娜斯塔霞,"狐狸精"的真情爱意世俗不容。她和梅什金没有隔阂,一尘不染的赤裸清澈让她心明如镜,即使失去理智的瞬间,面对阿格拉娅临时杜撰梅什金讨厌自己的谎言,娜斯塔霞不看一边急得顿足的梅什金,当场识破阿格拉娅的平静让人不可思议。娜斯塔霞从来没有责备梅什金,就在最为绝望的婚礼前夜,娜斯塔霞把自己锁在睡房折腾,梅什金进去,心高气傲的娜斯塔霞顿然化解,抱住梅什金哭出来的话是:"我这是干吗!"——想的不是自己占有的爱,而是不愿毁掉被爱的人!

小说末尾,被逼迫的娜斯塔霞撑不住爱的自私抓回梅什金,但在最后一刻,还是牺牲自己。有位朋友曾经对我解释娜斯塔霞不可思议的举动,觉得那是娜斯塔霞的理智,看出她和梅什金的不可能,并进一步认为,那是娜斯塔霞操纵梅什金的伎俩——我为现代人类的实惠实际和冷酷刻薄无话可说,也许朋友的角度不乏道理,但是,我们就是这样扼杀诗歌,《红楼梦》就是这样被人庸俗贬世。

娜斯塔霞昏厥哭泣的一幕，是人性脆弱的真实内幕，梅什金怎么可能离开不顾？人们解说梅什金对阿格拉娅才是真正的爱，对娜斯塔霞只是怜悯同情。文字啊，真真无血残忍的文字！我欲说无语，只有读，拼命读，感受触摸字里行间不可言喻的具体和作者云里雾里的实际。也许我错，错入自己的人生，但是毫无疑问，娜斯塔霞纯得不是人，她是陀思妥耶夫斯基的一个梦，用纯洁的罪恶之梦试探善良的恶果，用不现实的故事怀疑现实中的真实。

阿格拉娅则是现实生活里面搅入爱情的血肉女人，感情越是强烈，出尔反尔越是厉害。从个人角度，阿格拉娅以"通情达理"的爱和恨，与梅什金没有判断区别的纯真冲突。伶俐机巧的阿格拉娅是朵带刺的玫瑰，人间任性宠坏的美丽和血气凌人的妩媚娇柔。阿格拉娅是女人智慧和恶习的总和，也是女性较劲折腾的神奇。阿格拉娅敏锐的嗅觉，让她看出平凡背后的非常，笨拙背后的杰出。她是内心和外表的完美典型，也是感情自私和人性热情的极端结晶。她的爱里容不得半点空隙，用世俗的观念解释，是道德标准纯粹，用透视的角度来看，是爱的极度不容。阿格拉娅妈妈伊丽莎白一次承认，"恶劣的阿格拉娅真是像我"这话一点没错。

伊丽莎白这个角色的意义很大很深，她心领神会梅什金的纯真，却又为了"人之常情"横竖不许。通过这个人物，陀思妥耶夫斯基挑明无条件的纯真里面隐藏的极端因素，就像基督宽容的大爱大度，违反常规的极端之善不为社会次序容忍。伊丽莎白这个角色，把激进的因果，一刀切在戏剧非常的夹层，血肉淋漓得不可思议，让我们目瞪口呆，老天，是什么样的场面！

伊丽莎白是配角的位置，主角的作用，在小说整个构架里面，起到最为具体实际，但又是最为抽象的宏观功能。伊丽莎白是梅什金另一面镜子，陀思妥耶夫斯基以她毫无道理的出尔反尔，具体勾勒梅什金的非同一般。她的存在，强调夸张了小说主题的关键：梅什金无条件的纯真与准则严明的社会常规之间矛盾冲突。梅什金毫无成见的纯真没有伦理道德约束，也没有社会机制牵制，更没有自尊和感情条件的拉锯权衡，梅什金傻，他没游戏，不绕圈子，中了他人的圈套马上赔礼道歉，被人冲撞，反为人担忧。无区别的善到了尽头，还不是傻，更是软弱。可是这种堂吉诃德的可笑，对陀思妥耶夫斯基来说还是不够，他更进一步把矛盾的焦点挑明：绝对的善是一种力和势，带有与善意相反的侵犯性质。所以，基督绝对的善是极端的行为。这一矛盾的焦点，由伊丽莎白这个角色正反两面一一挑剔出。伊丽莎白没有理由让自己感情搅在里面，但是随着小说发展，伊丽莎白情绪瞬变，折腾梅什金的疯狂变本加厉，常常毫无道理自相矛盾，就像一个爱情之中的女人，却又没有爱情的实际内容。这真真是作者的绝笔，如果说阿格拉娅为了个人的爱情翻天覆地，伊丽莎白就在社会准则和个人慧眼之间狂跳大神，阿格拉娅锁着个人的爱情和梅什金纠缠不清，伊丽莎白则是爱恨交加，从社会角度和梅什金"谈情说爱"。梅什金的真，伊丽莎白她感激在心，但是转眼之间，又止不住维护社会伦理常规，伸张道德标准次序。她止不住和梅什金挑战拼搏。她对白痴大吼大叫："你搅乱所有的事情，让我们所有人感觉不好。"吓，这话听来怎么那么耳熟？

三

善意的极端打破现存的次序，破裂之中不免生出兀突，就像柔弱之极生出强迫之意，极端的弱不免带有侵犯的因素。《白痴》的好处在于没有判断，更没有通过梅什金的纯真批评社会现实。陀思妥耶夫斯基对待矛盾两端抱有相同的关爱，他把断裂剖析到极致，把悖论的不可调和交给读者自己消化。

而《白痴》的寓意穿越世纪的时空，矛盾悖论的裂痕，是人生形影不离的寄生,无条件的慈悲单刀直入,就是对准次序有致的现实。同时代的知识分子,同样的理论,同样的两者不可调和,列夫·托尔斯泰晚年达到的不是大文豪的手笔,而是人文意识的断然。从《战争与和平》中皮埃尔的反思觉醒,到《安娜·卡列尼娜》中列文的徘徊犹豫,再到《复活》里面聂赫留朵夫的决意执行,一直到痛苦里面磨难出来的《天国就在你心中》,列夫·托尔斯泰让你在苦难的血泪里面,对人类充满无边的爱心同情。列夫·托尔斯泰主张宽恕善行,去爱伤害我们的敌人,对痛恨我们的人慈悲,为诅咒我们的人祝福。他说,基督的教义从来没有暴力的意思,只有和平、和谐和爱,不抵抗魔鬼,文质彬彬,温顺柔和,和平相处。

因为他对基督教义的不同解释,列夫·托尔斯泰出走教堂,东正教会至今依然不能宽恕他的言行,我倒觉得这样挺好,列夫·托尔斯泰放弃的是宗教组织机构,他为人类找回的是人文信仰道义,就像尼采宣布上帝破灭之后,让查拉图斯特拉自己肩负基督的十字,以自身重新阐释老天的信息:无论拯救还是赎罪,不再只是他人的负担,而是自己承受的磨难。上帝魔鬼一体,天使罪人同是。慈悲没有条件,是赤裸的直接,就像佛陀一把无缘无故的利剑。也许列夫·托尔斯泰不会同意我的看法,他在当时的教义里面区别巨细,那是旧瓶新酒的借口，列夫·托尔斯泰的世界，是个完全不同的喻意环境和人文心态，他在人性里面看到精神，他在宗教里面说的是人——一个赤身裸体精神自在的人。当时很难理解他的思想和所作所为，反对他的人不说了，即使同情捍卫他的人，也把他图解为抽象的意识形态和理念。列夫·托尔斯泰没有理想，只有切身的人生，痴心一念之中，肝胆相照自己。没有理论，他以个人的角度，借助基督的大爱平等，以纯粹的同情引导，列夫·托尔斯泰达到的是个人意义上的无限，无限意义上的具体。可是，就像基督的平凡无边，被世人放上伟大的权威宝座，从而扼杀原本平凡的真谛，列夫·托尔斯泰不再是人。

同样的故事，更加离异的上下文，个人的甘地也被抽象为甘地主义。实际所谓的甘地主义并不存在，即使有，也不是一个固定的政治宣言，更不是意识形态和哲学理论，如果那是不同的想法念头，仅仅只是人性感知的源泉而已。甘地从不承认甘地主义的存在，他在1936年否定甘地主义一说："我不想留下任何教派，我没有新的准则和教义，只是简单试图运用自己的方式，真诚对待我们平时生活中的问题。我的选择并非就是结论，明天很有可能重新考虑。我没有什么新的可以教人，真实和非暴力就像自然和山脉一样古老永久。"

列夫·托尔斯泰最终出走令人伤心无奈，那是个人的悲剧,多少还有真实可爱的列夫·托尔斯泰自己。好在抽象的列夫·托尔斯泰是他周围和过世之后的事情,所以列夫·托尔斯泰的绝对没有直接波及伤害社会,更没有暴力的结果——尽管有人断定俄国后来的动荡和暴力和他的影响有关。然而,甘地的故事悲惨很多。个人的甘地与当时社会政治环境之密切,尽管否定甘地主义的存在,甘地的个人生活方式,不可避免成为抽象的政治意识和社会改革的动力,甘地被杀之后的一连串暴力不是偶然的契机,而是当时印度社会政治大幅度变体的因果,是甘地主义政治影响的延续。倒霉的马丁·路德·金也不例外,当年围绕他周围的阴谋至死未息,问题不是究竟谁是凶手,马丁·路德·金自己知道,这事早晚会发生,只是时间而已。事实证明,任何动态,无论善良还是恶意,超越平衡所能承受的弹性,结局都是动态本身自然而然的回潮返波。

我长期受列夫·托尔斯泰、甘地和马丁·路德·金的影响感应,他们的故事随着自己的人生和我形影不离。我犹豫几年想写这篇文章,但是一直没敢动笔,现在真的写了,内心分裂的痛苦只有自己清楚。我的逻辑和心不在一起,我的前提和结论相差甚远,我偏激的念头无理砍杀自己的信仰偏心,用的却是自己手中的武器。我很清楚自己在冷酷地解剖自己最为珍视的人事，我可以感情用事抱住自己理想信念，但是，我又不得不承认自己不愿看到的事实和前因后果。我的感情理智互不相让厮杀无情，一时我是感情的自己，一时又是理性的奴隶，我承认自己性格缺陷不整，我没有能够自圆其说，只能守着自己一时的准则，我接受自己人性分裂的苦楚，将错就错，一个人的行为一个人担当后果。对我来说，绝对的宽怀慈悲没有广义，只是个人渺小的相信。尽管列夫·托尔斯泰一生也是悲剧痛苦终结，尽管他的思想还是影响社会甚至超越国界，但是列夫·托尔斯泰的意义就是个体，是个人的磨难，以自身体验绝对的意念，以自己的直接承受绝对之善的苦果，尽管最终超越具体个人，甚至不免造成外界冲突，最终还是一个个人的行为，不是流血他人的革命运动。然而甘地和马丁·路德·金不同，我无论如何不能面对残酷的现实：尽管两人都是主张和平善行，非暴力的动力依然引来暴力的因果——我说这话时心痛气急。

人的"文明发展"和自然生态有机的平衡调节应该没有太大区别。历史所有翻天覆地的革命，不管进步意义多大，破坏内在平衡的事实不可否认。和暴力的极端一样，极度的善意同样打破平衡，前者以暴力的手段达到暴力的破坏，后者以和平的手段达到破坏的效果，不说被破的内容是利是弊，是进步是倒退,两者最终达到的,都是打破平衡的断裂和重新,当年法国革命和拿破仑的疯狂,历史学家的解释举棋不定,最后自圆其说一并罪怪拿破仑的个人野心,用个人"称帝"的行为消化法国革命的"进步"意义。可是,历史的发展演变是由个人的思想突变左右? 这个命题没有什么新颖,所以不用我来重复。

有机的演变包含局部个体的"破"和"立",这是生命之必须,但是抽象政治意识造成的社会大动荡,也是不可否认的事实。陀思妥耶夫斯基《罪与罚》的主角拉斯科利尼科夫,他是社会次序之上的超人,正气凛然的杀人犯,是俄国革命的先声,为了社会正义"不破不立"的伟人,尽管他和晚年陀思妥耶夫斯基一样"保守"没有革命到底。但是通过拉斯科利尼科夫,我们可以看到所谓伸张"正义"的"破坏"不是俄国才有,我们人类千年历史,每个角落都有它的影子。

甘地的故事是个感人心怀的奇迹,但是他的结局,包括印度国家的那段历史让人心痛流泪,尽管甘地身体力行的主张是个人自己的角度,但是搅入如此动荡社会环境,如此巨大的政治背景,甘地的"主义"远远超出个人的磨难经历。当年甘地的功绩有多奇特,破坏的裂痕就有多么深刻。不仅他被残杀几乎是个必然,就他身后,印度历史很长时间的暴力,不得不承认和当年甘地创造的奇迹，多少有点因果关系。我这样说很不公平，尤其对我如此尊敬的长者，我自己心里不平，但是历史的严酷和我们的感情无关。受列夫·托尔斯泰和甘地影响的马丁·路德·金也是类似的故事。马丁·路德·金说我们要改变旧世界，但运用的方法是非暴力的和平。以非暴力的善为革命的工具，同样达到破和立的效果。马丁·路德·金的公民权利运动显然是历史的进步，但我不知历史的进步是否定要"不破不立"，或者破到什么程度。马丁·路德·金的公民权利运动是举世无双的成功，它给百姓带来权益的同时，没有动乱波及百姓。当年华盛顿广场集会如此规模，和平的气氛和组织的次序，连当时在场的警察都非常吃惊。但是，马丁·路德·金奇迹般的成功还是不免埋下暗中反动的逆流，有一点我不得不怀疑：不谈具体的政治内容，暂时不管运动"进步"还是"退步"，一种绝对的意念，包括无条件的善和非暴力抵抗，一旦搅入社会大环境，一旦赶上思想意识和政治运动潮流，断裂危机的后果难免波及社会百姓。因为平衡在巨大程度遭到破坏，大幅度的回归修复也可能是种相当的破坏。这样一去一来，社会常态很难承受如此动荡——印度独立的历史多少反映了现实表象背后的翻天覆地。

　　事实上，任何极端绝对的行为，不管是善还是恶，破坏的能量多少存在。人类社会就像有机的人生，中文"动静"这词，动在静中，冬眠之久孕育春醒，次序之中不免生出破绽开启，整体以静态次序为理，以破绽开启为动，两者残杀为敌，却又相辅相成缺一不可。极端的善让我们感动，极端的恶让我们憎恨，这都是人世的喧嚣噪声，动是静态的苏醒，静是动的维护，都是自然不断解构建构的过程和生命。

结尾

《战争与和平》里面，皮埃尔给自己一个巨大的爱国任务，前去刺杀拿破仑，结果却在街上为了救人被俘。在拯救了一位法国军官生命之后，皮埃尔在抽象的国家责任和具体直接的善意之间挣扎苦恼。绝对的善意和社会伦理之间矛盾冲突，具体的个别和抽象的理念之间悖论不和，有机的生态里面，破和立的动态不定，所有这些问题，都在皮埃尔这段可笑的故事里面留下影子。列夫·托尔斯泰晚年谴责抽象的理想和爱国主义精神，坚持人与人之间绝对的友爱善行，列夫·托尔斯泰的慈悲在于直接的个人角度，没有观念，没有主义，没有权威。在我看来，无政府主义的高帽抹杀列夫·托尔斯泰的原本，即便有时矛盾相错，列夫·托尔斯泰的意义在于他思维体验的直接具体，不是他无懈可击的最终结论。赫尔曼·黑塞的《悉达多》出家苦行追求真知，求得的觉悟不是伟大抽象的真理，不是祠庙里面与世隔绝的清闲，而是回到人世，回到人生旅途身体力行，这是通过具体消化真理的抽象，通过个体磨难具象理念的宏观。

　　慈悲为善好像不适合伟大的理想和主义，更不适合为了正义奋斗争取，无条件的宽容和接受是个人的行为，不是思想意识，更不是政治口号。为了抽象的理念宽容是一回事，为了个人的琐碎接受磨难是另一回事，对人开导说教是一回事，面对自己过错是另一回事，尽管两者之间没有价值的区别，就我个人的体验，不仅后者对外界的伤害微末，在绝境之中依然能够开放接受，那是个人的卓绝，尤其面对自己过不去的时候。因伟大理想行善容易，面对自己的绝对更苦，身体力行的慈悲更难。通过自身精神和肉体的磨难，没有英雄伟人的桂冠，接受，甚至容纳侵犯的兀突，不是因为害怕，而是因为心宽。女人生理心理的总和是人性最为动人的无有，脆弱开放的不甚安全，不顾自我的母爱牺牲，接纳强暴一时的羸弱，生命就在那个瞬间发生。列夫·托尔斯泰的宽容接受和甘地非暴力容纳的深远意义，在于平凡琐碎之中觉悟。绝对的纯真和慈悲不是拯救他人的口号,而是个人体验的逐日功课。"守其雌"的关键在于"守"字上面,是被动内向的笃守,不是主动外向的机智和争取。无论善意纯真有多美好崇高,一旦转化为抽象的意识形态强加于人,慈悲都有可能变为牵强附会的侵犯"暴力",以致毁坏纯真为善的本身。

无条件的慈悲善良和社会机制伦理常规的矛盾永远存在,生命就是永远搅和不清的爱和恨。觉悟不是理解对和错的界限,而是接受混沌世界的不知和不甚完美的存在。真实和谎言、善良和恶意、宽容慈悲和斤斤计较之间,实际没有多大区别。至少我自己不是完人,常为莫名的心眼迷惑,满是缺德的无能和盘算的计较,我伤人无数,伤己无限。我没有幸福的应该,但愿苦难里面,还有那么一点欣慰感激,我没半点正义的理由,只是但愿能够尽力自拔自勉。因为知道自己的缺陷,因为知道完美之不可能,所以心向慈悲纯真,但是不敢拥有,只图不要间断自己的努力和可能。人性的崇尚不是天上飘来的纯洁,而是地上平凡挣扎出来的非常和不同。也许我还是俗人一个,相比梅什金无知无觉的善良,堕落天使之真不是神的遥远,更是人性的难能可贵。娜斯塔霞的疯狂寓意一个人的境界,一个磨难之中的卓绝,一个不依赖上帝,人性自拔的超越,尽管最后没有成功——邪恶里面生出的慈悲更加珍贵可掬,重圆的破镜更加圆满感恩。

　　人可以旁观慈悲他人,但是被伤害的自己很难依然慈悲。慈悲不是对于他人的恩典,而是内在的心态,自己为难。不管慈悲的对象、环境、条件和原因,打开脆弱自我的宽容慈悲难能可贵。我逃避伟大的理想,远离现代人"阳光"的自信和自我中心的喜怒无常,我守着悲观人生"落后",在困苦的磨难之中,打开没有设防的纯真,我让苦涩的锋利切割赤裸肌肤神经,以险恶的纯真利剑相对,从中生出一丝甘苦的珍贵。人生不免沟沟坎坎倒霉,是找一个轻易的途径跳过继续,还是面对自己的死角,放下傲气,直接慈悲利剑相见,被伤害依然能够一视同仁接受宽容。这是一个磨难,一个具体个别的磨难,绝对的慈悲就在这个当口生辉,我做不好,所以只好静默接受,守其雌而不期天下溪归。

本文原载《书城》2015 年 5 月号

镜框内外的艺术

赵穗康

绘画是视觉艺术里的诗意精髓，是可能的不可能和不可能的可能。

作为两度空间的艺术形式，西方绘画从壁画建筑的一个部分，渐渐流入私人居家的消费装饰；从宗教神话题材，转变成为日常生活的情趣和个人情绪的自我。绘画和人的关系，从他在的环境到个人的私密；绘画的功能，从超越个别的环境到人性具体的直接交流；绘画的材料和形式，从环境之间的衔接到个别独立的物象体态。历史潮流一路淌过，绘画的变迁风格不类形式不同，今天的绘画，是个人意志的申诉和声色俱下的感官精神。

扬·凡·艾克（Jan van Eyck）和胡伯特·凡·艾克（Hubert van Eyck）的《根特祭台画》（*The Ghent Altarpiece*），1432，北方文艺复兴（Northern Renaissance）重要绘画之一，是多联画屏（polyptych）木版绘画，在宗教改革期间，失去了和环境有关的精致镜框长久以来,西方艺术一直在主观和客观两个极端之间徘徊,在天和地,在人和神,在宏观的他在和主观的自在周围迂回。艺术作品和人的关系,随着时代变迁不同,不但从精神意识和审美的角度,甚至连同物性感应以及展示交流的方式。相比之下,因为中国人文文化的因素,中国祠庙里的壁画和传统的绘画,长期以来一直就是两个不同的种类,一边是工匠的手艺,一边是人文的艺术。这种分类没有艺术上的理由,完全因为中国特有的社会背景,在中国文化里面,文字的人文因素在先,绘画和书法落在人文不可言喻的诗情画意之中,环境的壁画雕塑反而莫名落入宗教故事的图解和权力象征的膜拜。事实上,从艺术的角度,巧夺天工的工匠和诗情画意的画家之间没有界限区别。

然而中国绘画的独特,西方绘画历史没有,它可以是建筑环境的一个部分,也可以是和人体动态的咫尺关系。中国画是心手体贴的延伸,它的人体感应,它的墨笔书写,它的收藏展示,它的欣赏观摩,它的功能效应,它的历史延续,它的人文承传以及它和人的居住环境,中国绘画的形式环境,是人文的心和体的自然动态关系。因为这个特殊的原因,中国画的主题,特别是中国画的形式,无论是竖轴还是横幅,无论是扇面还是散页小品,书法就更不用谈了,那是时间过程的空间艺术,就像《清明上河图》,通过人体的动态,渐渐打开的手卷,是空间在时间横向的伸张延伸——中国绘画的精髓就是没有一个固定的时空定点。

一、传统西方绘画的环境

相反,西方绘画形式的演变走的是条非常不同的途径。很少有人会问,为什么"传统"绘画都有豪华的镜框,而现代绘画基本没有什么装饰?这个问题之后,潘多拉的盒子被打开,随后就是一连串相关的问题:为什么以前的艺术展览,连巴黎沙龙这样重要的展览,都是画框铺天盖地上下连绵,而今天的艺术展览,每个作品都有自己独立的空间?为什么文艺复兴以前的西方绘画没有画框,绘画只是公共环境的一个部分?等等,等等。我们不说绘画的社会功能、内容题材、审美趣味在变,就两度空间的艺术形式而言,几千年来,西方绘画不断节外生枝,经历了一场否定之否定的折腾变迁。

就从绘画的功能和题材来看,西方绘画有着一个从公众的他在环境到室内私密自己的转变过程。可以说,17世纪荷兰架上绘画之前,西方绘画一直都是公共环境艺术的一个部分。区别于墙上壁画的宏观,木板上面独立的绘画(panel

弗拉·安杰利科（Fra Angelico,
1395—1455）的《天使报喜》（*The
Annunciation*），1432—1434

painting）尽管可以追溯到古代埃及。1 世纪的罗马学者老普
林尼（Pliny the Elder）对此曾经有所提及，但是脱离墙面的
"架上绘画"，要到 13 世纪以后才有发展。而且，那还不是我
们今天所说的架上绘画，所谓的独立，只是为了方便，放在架
上完成的绘画作品而已，它们基本都是画在板上的祭台绘画
（altarpiece）。

　　欧洲祭台绘画受到拜占庭圣像画（Icon painting）的影响。
平面的绘画从壁画的墙面，延续衔接到祭台环境的一个部分，
两度空间的绘画，一直都和建筑环境密切相关。平面的绘画
是建筑空间的继续和错觉，是三度空间环境的一个组成部分。

弗拉·安杰利科(Fra Angelico)祭台画中,天使的翅膀穿插绘画廊柱,描绘的回廊和实际的建筑廊柱相互呼应,形成一个有效的视觉联想的景深空间。圣扎卡里亚教堂(San Zaccaria)的祭台绘画更是建筑的伸展延续,要不是看到画布显露的边缘角落,在教堂不太明亮的光线里面,一晃而过的错觉,很容易会把绘画看成建筑的一个部分。

从15世纪意大利开始,作为一种廉价的代用品,乡村别墅里面画布上的绘画开始流行,渐渐取代教堂宫廷里面木板

桑德罗·波提切利(Sandro Botticelli)的《维纳斯诞生》(*The Birth of Venus*),1486,画布彩画

上的绘画。桑德罗·波提切利(Sandro Botticelli)大多数的绘画都在木板上面,但他 15 世纪 80 年代的《维纳斯诞生》(*The Birth of Venus*),则是较早的画布绘画之一。波提切利用的还是传统的粉画(tempera)材料,但是因为没有背后木板坚固的依靠,技术上的挑战,迫使艺术家创造一种特殊的绘画言语和审美效果。

16 世纪初的意大利,画布上的绘画逐渐代替木板上的绘画,但是绘画的题材和尺度还是宏伟的建筑环境,绘画的环境依然是开放的公共姿态。意大利画家安德烈亚·曼特尼亚(Andrea Mantegna, 1431—1506)和威尼斯画家的画面尺度之大,绘画依然建筑的延伸,画是环境之中的环境,因为艺术还是整体环境的艺术,观众还是很难分清建筑和绘画之间的区别。

提香热衷宏大的宗教神话,同样倾心迷恋世俗故事,即使描绘居室里的私密,建筑空间的影子和环境转折的喻意依然。维纳斯赤裸坦然的体态直直勾住观众的近视,和背景的人物以及帷幕背后的喻意是两个世界。在我看来,这张作品之重要,除了美术史家告诉我们的故事,更有一层绘画从公众环境进入私密感性的内向跨越。

环境的整体和气势的宏伟是意大利艺术,也是意大利绘

提香的《维纳斯》(*Venus of Urbino* 或 *Reclining Venus*),1538

画的精髓和根本,就是被归类为矫饰主义的丁托列托(Jacopo Tintoretto, 1518—1594),他的画面也是动荡宏观的尺度。所以,意大利文艺复兴绘画,对埃尔·格列柯(El Greco, 1514—1614)、迭戈·委拉斯开兹(Diego Velázquez, 1599—1660)和保罗·鲁本斯(Peter Paul Rubens, 1577—1640)等画家的影响巨大,绘画材料的改变和世俗题材的变迁,都没改变绘画的宏观气度和周围环境的一气呵成。

365

镜框内外的艺术

丁托列托的《奴隶的奇迹》(*Miracle of the Slave* 或 *The Miracle of St. Mark*),1548

文艺复兴晚期意大利画家保罗·委罗内塞(Paolo Veronese)的《加纳的婚宴》(*The Wedding Feast at Cana*),1563,油画

二、荷兰架上绘画的意义

在北方的欧洲,木版画的传统一直延续到 17 世纪。17
世纪的巴洛克艺术家,擅长创造戏剧性的舞台建筑和豪华的
祭台艺术,自然而然绘画雕塑和花枝装饰的整体。但不知是
因为荷兰-尼德兰岛屿水气的缘故,让人不得不注重居室的干
净条理,还是北方气候寒冷,狭长的窗户建筑侧光的神秘自
然,或者夜长日短,也许灯烛幽光,画布上的绘画到了北方,无
论题材还是审美,材料还是技艺,甚至绘画的观念全被改变。
可以说,真正架上绘画的形式概念,通过荷兰的架上绘画,得
到了充分的演变和发展。

从 1588 年到 1795 年,由七个尼德兰地区省份组成的荷
兰共和国被称为七个联盟的尼德兰共和国(Republiek der
Zeven Verenigde Nederlanden)。强盛起来的荷兰共和国,逐
渐形成自己独特的政治文化认同。荷兰人的时尚艺术,随着
荷兰的商船军舰遍布全球。荷兰绘画的面目更是独树一帜,
它继承了欧洲绘画的传统,但又改变了欧洲文化的历来习俗。
建筑的公共环境变成居室的静物风景,宏大历史宗教题材的
高贵被市民商贾和世俗粗鄙代替。皇室影响渐渐减弱,尽管

加尔文教派教会(Calvinist ecclesiastics)的忠告无所不在,但是经济分配和社会阶层的改变,艺术的对象和艺术的支持者不同以往,强大的市民阶层的兴起,改变了艺术赞助和消费的对象,随着资产阶级和具有抱负的富豪出现,整个社会开启了一个全新的市场经济和人文关系。

荷兰的静物绘画直接反映了当时荷兰政治经济的兴盛繁荣。在形式上,它继承了西方绘画以定点透视为中心的模式,又吸取了意大利绘画中的镶嵌(marquetry of the Quattrocento)和威尼斯式嵌花(Venetian intarsia)的精致刻意风格,从而形成自己"视错觉"(Trompe L'Oeil)的极端。从内容上,荷兰绘画把西方传统绘画中的象征喻意说教和粗俗豪华奢侈的享乐主义融为一体,从而形成一个固定的审美文化模式,而画家则在统一的版本里面各显神通。

传统的西方绘画,追求画面纵深内向的三度空间,这种努力在荷兰绘画里面,通过光影和背景的处理,进一步把画面的中心物体推向观众。荷兰绘画处理绘画的光线独出机杼,也许因地适宜的原因,窗外的一束侧光,把室内的空间切割成为片片间距的透视空间,就像烛光一点相隔,画面被横向分割成为背光受光的夹层。这种光影效果,使得绘画更具窗框取景的功能和效果。传统西方绘画里面三度空间的延续纵深,被切割成为平行的三度空间隔层。在约翰内斯·维米尔（Johannes Vermeer）的《绘画艺术》里面，直接面对窗户侧面光线的模特是个层次，画架上的绘画和模特之间，是与之相对的平行层次。此外，画布和画家之间，又是一个平行的层次，如果说画家的画框还在左面窗户进来的侧光里面，那么画家的背影，几乎已是将近逆光的背影。画家和左面的帷幕之间，又是另一个平面的层次，帷幕从不同的角度接受光源，和我们观众之间，还有一个可以想象的层次空间。

格里特·范·弘索斯特（Gerrit van Honthorst）《妓院老板》中的"鲁特琴"（lute），是当时荷兰绘画关于性的双关语。

维米尔（Johannes Vermeer）的《绘画艺术》（*Art of Painting or The Allegory of Painting*），1666—1668

格里特·范·弘索斯特（Gerrit van Honthorst）《妓院老板》）（*The Procuress*），1625

画面烛光夹层,分层剥出画面几个平行的层次:背景和左面的人物之间是个层次,作为画面主题的女人是个层次,夹着烛光,中间的人物又是另一个层次,而我们观众和这个人物的背影之间,还有一个层次空间。

讲究透视的西方绘画一直追求绘画空间的深度,绘画的边缘,无论是建筑的廊柱还是祭台画的局部划分,作为绘画艺术的界线边缘,画框一直是个空间概念的暂时选择。传统西方绘画通过这个选择,追求内向纵深的透视的远景,画框是个取景的窗口,画面只是这个镜框窗户之外的一框景色。和中国无时无空的绘画概念相比,大概只有中国建筑的格子窗户,多少接近西方绘画窗框取景的模式。在西方绘画历史里面,这个镜框窗口的影子一直存在。但是荷兰的架上绘画,不但给予这个概念一个具体独立的物象,并且把自成一体的绘画提升到艺术审美的高度,它的影响一直延续到今天的艺术创作。

荷兰架上画是取景室外一片风景,就像静物素描基础课上,老师让学生用纸框选择构图,学生移来移去,最后选择自己的方位构图,但是学生知道,这个决定可以这样也可以那样。因为镜框移动的可能,固定不动的画面,喻意了不同的空间和角度。正是因为这个原因,作为镜框的画框其实是个主

17 世纪画家 Gerrit Lundens 临摹的《夜巡》

观的动态自由，它切入时空的暂时，选择主观的角度，通过光影的点滴和画面三度空间深入，目的是要表达画家的特别用意，在画框暂时的小小宇宙里面，艺术创作在有限的无限，点拨甚至强调艺术家的主观偏颇——画框外面的客观是画框里面主观的源泉、写照和角度。

1715 年，伦勃朗的《夜巡》从荷兰克洛文尼厄斯多伦（Kloveniersdoelen）移到阿姆斯特丹市政厅（Amsterdam Town Hall），因为柱子之间的墙面距离限制，《夜巡》的四边被切割。绘画不但失去两个人物,更重要的是,画面的空间被压缩,伦勃朗原先画面的动态被迫遏止不前。以切割画面相配墙面的事情,19世纪之前的欧洲常做。从绘画的审美概念来说,《夜巡》被割的惨剧,在中国绘画的上下文里好像不大可能,因为中国画没有具体的透视空间和画框取景的概念。

商业的繁华使得荷兰静物画成为一种消费产品,因为是商业产品,所以不得不有所规范。不同的画种有相对集中的产地,不同的题材有统一规范的模式。在形式上,荷兰静物画的模式和规范几乎到了僵死的地步。静物画的构图一般是个不等边的三角形,中间会有向上支撑的物体,静物的桌面留有一段画框背后延续,而另一段的画面,一定会有空间和余地。桌面由桌布展开,然而下垂桌子的边缘,从而创造静物(画面)的另一个竖向空间,桌上一般不是盘子就是柠檬皮,有时是把刀具斜出,目的在于破开横向的桌面直线。整幅绘画由豪华的镜框作为窗口,静物的构图动态平衡。尽管这种审美的形式不乏经典的构图和审美模式,但是因为商业的大批生产,从而变得古板、死气沉沉。荷兰静物绘画的内容随着经济发展日新月异,尽管醒世恒言的影子依然,但是醒世的骷髅,反而催人赶快享受人生。静物画的主题从接近日常生活的简单早餐开始,发展到豪华的宴席连庭,各种山珍海味稀有珍奇,只

荷兰静物画的模式和规范几乎到了僵死的地步

要能吃能用,和物性人欲有关,一概堆积如山充塞画面。画中所有东西几乎都有相当的喻意,绘画是财富的象征,是欲望的奢侈和世俗诗情画意的点缀。

荷兰架上绘画改变了西方绘画的历史,也给以后的绘画艺术一个全新的开始:

一、从环境的共同到独立于环境的单独物体。以货币的作用和历史的演变为例,起初人类为了方便,创造一个间接的

media,平衡物物交换的不便,但是结果这个媒体调过头来控制人类自己,脱离人类原先需求的直接,失去物物交换便利的根本。作为商品的艺术也是如此,荷兰架上绘画的形成,给予艺术脱离环境的可能,艺术从而变成一项身外可有可无的娱乐消费商品。曾经属于环境一部分的人,因为可以携带环境创造自己,所以能把客观的环境变为人的一个部分。艺术从他在的客体到自在的主体,从环境的一个部分到超越环境的独特单一。因为艺术和人的关系变化,艺术功能和艺术形式也就相应调整。以前的艺术是环境的艺术,不是个人的艺术,即使具备人的因素,也是人体动态和环境尺度相关的艺术。今天金钱能耐再大,好像也不会有人愿意收藏购买米开朗琪罗的西斯廷教堂天顶画,因为这件作品不能脱离环境,没有西斯廷教堂的天顶,米开朗琪罗的绘画没有意义。可悲的是,当年的祭台绘画,大都已经不在当时的环境,它们散落各处,分布世界各地不同美术场所。美术馆的环境优越,但是没有当时祭台绘画的特定环境,它们失魂落魄,就像肢离体碎、没有生命的断肢断手。

二、无论是形式还是内容,艺术作品脱离公众环境进入内向私密。形式上,西方绘画三度空间的透视概念,通过荷兰架上绘画得到进一步发展,窗框选景的构图概念更加明确。

这种审美概念和模式，赋予艺术作品单一独存的可能以及脱离环境上下文的自由。内容上，荷兰架上绘画脱离欧洲绘画长期追求的神性精神升华，中产阶级的市民文化，通过金钱的交易均衡，达到自由自在的自己。艺术关心的主题不再只是高高在上的神祇，而是明天就会死亡，今天依然活蹦乱跳的血肉之躯。艺术可以放肆人的肉欲，也可以表达人的崇高精神。

三、商业交换的可能，导致商品消费的文化艺术。绘画作为独立物体从具体特定的环境里面脱离出来，绘画是镜框里的环境自己，这种艺术作品的独立自在，使得艺术商业交换成为可能。因为这个机制模式，从而打开现代文明里面艺术可以消费的另外一个世界。

三、现代文化里的个性特别

荷兰市民阶层兴起，商业经济繁荣，以前贵族和宗教的中心社会被迫开放松动，随后 1760 年到 19 世纪 20 至 40 年代的英国工业革命，加上浪漫主义先锋、德国狂飙运动，个体的意志从集体的共识里面挣脱出来。这种理性个体的觉醒，把我们从无知的迷信里面解救出来，但是也让我们失去传统社会的环境依靠支柱。尼采的超人同时给我们打开了危险和机会的可能,我们把这叫作"危机","危机"这词有危险和开启的双重含义,有危险就有机会,有机会也就不免险情。尼采超人的喻意,就在这个双重意义的当口,划出西方文明昨天的界限和明天的不可知。现代文化的精髓包含个人主义的觉醒(这里先不讨论西方个人主义的历史背景和具体的涵义,以及在今天社会环境里的危机),笛卡儿的"我思故我在"(Cogito ergo sum),个别个体的认知可以脱离环境金鸡独立,自我的主观意志和存在,可以高于客体他在的自然整体,人的自我终于觉醒,做了自然世界的主人。然而,我们回过头来仔细想,这种主观的个体,是否真有可能超越自然环境的整体? 至少,从今天网络相关动态相连的社会现实,从熵(entropy)和量子力学(quantum mechanics)的物理角度,这种意识形态和思维单一,不免显得不切实际、片面局部。这种个人英雄主义的社会心态,还不仅仅限于人文人权的表面,如果能从宏观的社会角度来看,我们不难发现,几乎所有人类的意识形态和社会价值观念,甚至我们日常生活的习惯方式,现代文明一直都在主体和客体的两端之间左右徘徊。

艺术作品和艺术的文化环境,直接反映意识形态和社会结构的变迁。人性可以独特不依,艺术可以脱颖而出,相信英雄主义的个体,可以通过个体的自我关闭直接超越自己。艺术创作是个途径，艺术自我表现的个别特性，是现代文明里面个性发展的一个重要部分。荷兰架上绘画的个别，还不是现代主义的政治宣言，可现代主义脱胎换骨的文化意识，就在那里落土生根。荷兰架上绘画对于西方艺术的演变发展影响之大，之后所有关于艺术的环境、艺术的过程、艺术的功能、艺术的对象、艺术的内容，以及艺术对于人类文明的人性意义，一概全部需要反观重新。

荷兰架上绘画是传统绘画和现代绘画之间的衔接，是旧瓶新酒的历史转折。架上绘画通过艺术家的画框，从环境里面取得一景的主观，因为窗框选景的原因，自然的景象被艺术化地嵌入一个画框里面，从而脱离无限的客体自然，固定成为一个和无限自然平行的有限"自然"——一个可以独立存在的媒体，一个叫作艺术作品的自我。画框里的自然和外面的自然环境无关，更和传统的环境艺术没缘，尽管艺术创作依然从传统的自然环境出发，但是拐了一个转角，艺术作品被凝聚在一个自己的镜框里面，加上传统绘画的中心透视和光线一点的视觉效果，画面是个自我的环境和自己的逻辑，一个自我完善和独存的世界。由此，所谓架上绘画已经不是一个绘画方法，而是一个固定的审美模式，一个油然而生的艺术种类；从现代主义的角度回顾，更可以是个完全不同的艺术哲学，一个个别的精神境界和个性的绝对之真。

然而,现代绘画反叛几乎所有的西方绘画传统,三度空间的绘画概念被挑战,绘画回归单一的平面,认可甚至强调两度空间的局限。绘画是绘画的自己,不是建筑雕塑环境的依附,荷兰架上绘画给西方现代绘画开创了一个崭新的平台,它把绘画从环境里面抽出单独,从自然里面分类区别,从社会里面理出人文,这种立地成佛的个体超越精神,在现代主义绘画艺术里面达到精神和哲学的高度。

作为一个自己单独的物象,是荷兰架上绘画留给现代主义绘画一个精神骨架。尽管荷兰绘画依然追求窗口镜框里面三度空间的纵深景色,但是通过侧光的运用,荷兰绘画对于三度隔层空间的不同解释,直接影响了现代绘画对于传统绘画透视的重新认识。现代绘画意识到两度空间的审美价值,对于绘画平面的想象发挥出奇制胜。以塞尚为代表的现代绘画艺术,避开西方传统绘画被动模拟的写实成分,强调西方绘画传统里的主观创意精神,绘画不再只是自然风景的窗框取景,而是平面的画面自己四条边线之间的关系的关系。绘画最终从被动的窗框取景,发展到独存的自己(关于这一观点,将会在我的《时空交界的当口——艺术内在基因和人体关系》一文中阐释)。这就是文章开始提出的问题,为什么今天的绘画很少带有以前的镜框装饰？因为以前的绘画，是画框窗口里的风景，现代主义的绘画则是物象具体的自己。抽象表现主义和极少主义把这一概念进一步发展，最终绘画突出墙面画框的范围，两度空间的画面甚至可以浮出墙壁的局限，变成和墙面平行相对的绘画物体（painting object）。

四、人的艺术环境和环境的艺术人文

因为个人主义的自由意识，因为艺术审美的自我精神，艺术作品携带自由进出的途径和可能，绘画带着自己镜框里的世界，画面的自然从一个墙面移到另一个墙面，从一个环境走到另一个环境，随着独立自由的画面，艺术个体的审美观念逐渐形成。然而，尽管画框里的景色是个随时可以移动的环境，但是依然还是牵涉环境的一个部分，个人主义的独特个性需要进一步发展，现代主义的绝对精神必须彻底切割个体和环境的关系。这里正好回答为什么今天的艺术展览，每个作品都有自己独立的空间。今天，走进任何艺术展览场所，绘画一字排开，保持互不相干的空间距离，这种展览环境给予每件艺术作品一个抽象空无的背景，借此，每件艺术作品都有足够的空间突出自己单一独特的个性价值。可是回顾历史，艺术展览并非从来就是如此,不说当年法国沙龙展览,展览的环境不免"凌乱",铺天盖地,就连当年俄国未来主义画家卡西米尔·马列维奇(Kazimir Malevich,1879—1935)的展览,尽管展览会场不乏未来主义的形式感,但是所有作品相辅相成,之间的关系都是环境相应的部分。当时的展览显然并不强调个别,更没专业"设计"安排。当年马列维奇的画展模式,今天没有一个美术学院的学生能够接受。巴黎沙龙更不谈了,尽管每幅画面都有华丽的镜框围绕保护,但是整个展览环境,没有强调个别的不同,每件作品,也没自己洁白环境的真空。

2014 年 9 月至 2015 年 2 月,我在纽约现代美术馆看到马蒂斯晚年的剪纸作品《游泳池》(The Swimming Pool)。美术馆花了大量人力物力,还原当年马蒂斯餐厅的模样尺度,可惜的是,在干净空无的美术馆空间里面,马蒂斯的这件作品,有点悬空凭吊无所适从的感觉。尽管当年的餐厅空间形状依旧,但是上下文的环境不在,作品的生动因为环境生色,环境的气氛因为作品生气勃勃。我当时站在马蒂斯当年的"餐厅"中间,觉得一种不着地气的不知所措,周围空荡的感觉让我彷徨,失去上下文的环境让我遗憾。不知当时设计展览的方案想法如何,做了马蒂斯的餐厅模样,艺术作品的上下文却没想到。我想,这是现代主义概念作祟,处理美术馆空间的俗套

有象——《书城》精选(二)

2014 年 9 月至 2015 年 2 月纽约现代美术馆,马蒂斯展览会现场

马蒂斯当年的餐厅一角,1953

捣鬼——其实这和现代主义的艺术观念毫无关系,马蒂斯自己就是一个现代艺术的代表,他的《游泳池》和环境融为一体,根本的问题还是艺术家的本能直觉和对于艺术整体概念的思维角度。关键的区别在于:一个是没有关系的单独自己(self-contained),一个是"环境相关的剪纸艺术"(site-specific cut-out)。

20 世纪 90 年代初,我曾是我老师朱迪·普法夫(Judy Pfaff)的助手,那些年里,我亲身经历了朱迪如何坚持自己的艺术宗旨,最后离开商业画廊的整个过程。朱迪原来同时是纽约 Holly Solomon 和 Max Protetch 两个画廊的艺术家,一向注重环境的艺术,她是美国早期装置艺术的艺术家之一。但是,画廊对她铺天盖地的装置艺术不以为然,不断通过展览和金钱的理由,逼迫朱迪制作可以装饰客厅和办公大楼的雕塑作品。这种矛盾拖延很久,最后朱迪坚持己见,不得不先后离开两个画廊。我对朱迪离开画廊的具体细节非常清楚,这在当时来说,是个非常不幸的结果,但是朱迪不顾现实,坚持自己的艺术主张。这件事情给我印象深刻,让我看到朱迪艺术概念的尖锐和超前,艺术是环境的产物,不是消费的商品装饰。因为这个原因,从此之后的十几年里,朱迪·普法夫相续做了很多公共艺术作品。

朱迪·普法夫的《上面》(*All of the above*),2007,休斯敦莱斯大学画廊

　　现代主义脱离环境的个性,突出了现代文明的危机和锋利,它不但给今天的我们提出一连串艺术问题,也给明天的他们提出一系列的文化反思。事实上,艺术如何陈列展示只是一个表面现象,甚至艺术的环境、艺术他在的客体,以及艺术的主观意志和表现主义的个性独特,所有这些全都不是问题的根本,艺术的主观客观之间,没有对错之分。艺术的神奇可以如此相反不同,艺术没有具体固定不变的定义。不同的时

代,不同的环境,不同的文化,艺术可以黑白颠倒自相矛盾。关键的问题在于艺术和人的直接关系,用中国诗话的传统来说,就是"隔与不隔"。

如果我们能从完全不同的上下文来看这个问题,中国绘画从文化的概念、审美的价值标准、题材的内容到材料的媒体,以及展览的方式和交流的途径,我们很难用西方绘画的概念笼统讨论。中国文化是个理念抽象和具体直接的矛盾统一。说得通俗一点,抽象的概念和精神的超越,直接通过人体的具体尺度和肌肤心神的实际关系达到。中国人奇思异想的抽象,紧紧依附在肉体实惠的具体里面。通过古代艺术和民间艺术的各种形态,中国人的艺术和人体尺度姿态直接相关,艺术是就手玩赏的自然风光,绘画是修心养性的精神自然。中国的绘画形态是个可以变形变色的蛟龙,竖轴和横幅的绘画,可以是居室建筑环境的一个部分,也可以是随手伸展自如的诗情画意。它是时空的颠倒错落,展者是环境的一个部分,又如手中私密的自己。中国画的单页小品可掬,更是把在手中的玩意儿,还有扇面上的自然片刻,寥寥几笔是扇面折子的动态和打开收拢的时空渐续。

然而,今天的中国绘画同样受到西方镜框概念和商业功能的影响。中国今天的艺术市场不是荷兰绘画的历史演变,而是市场经济随手拈来的利润商机。人与绘画之间的身体尺度和体态关系被割裂，今天的中国画被镜框装饰，扇面画不是直接画在扇子上面，只是一个传统的面具卖点，画在平整宣纸上的兰花，装在不伦不类的镜框里面，留下只是扇面的模样图案，所以题字可以不顾扇面的皱褶横笔逆向。今天的扇面绘画没有扇子打开收拢的动态手势，扇面上的兰花不再具有跳跃起伏的辗转闪烁。更有意思的是，连《清明上河图》这样的长卷，时间阅读的观视过程，也被主观地取舍切割，放在华丽的镜框孤单。中国文化传统之中这些和人体动态行为有关的艺术形式，被简单划一成为镜框（窗框）的装饰背景。现代文化的单一专制，可以说是史无前例、举世无双。

结尾

这里再来回答前面的问题，为什么早先的艺术都是公共环境的一个部分？以前的人是环境的人，所以艺术是环境的艺术；今天的人是个别的人，不管个别的具体内涵究竟是什么。至少今天为止，所谓的西方意识形态主张个别的个性自由，所以今天大多数的艺术强调脱离环境的个别奇特，我们现在不谈个性自由的现实到底如何，事实上，这种社会意识从不同角度决定了今天艺术的题材和内容,也造就了今天的艺术功能形式以及艺术交流的环境和模式。

从西方传统的环境艺术,到荷兰架上绘画的独立,再到现代主义的个性自由,加上今天艺术哲学的反思,艺术的历史似螺旋的回归重复,对于历史,我没批评判断的能力和可能,但是今天再来回顾原始古人篝火边的跳舞,再来体验洞窟里面伸手不见五指的宏图,我觉得不得不对今天的自己反思三省——艺术变化多端的表象背后,是不是有个叫作人性的因素,承上启下渊源不绝,古往今来一直未变?

2018 年 2 月

本文原载《书城》2018 年 4 月号

图书在版编目（CIP）数据

有象：《书城》精选.二/《书城》杂志编.—
上海：上海三联书店，2020.7
ISBN 978 - 7 - 5426 - 6672 - 7

Ⅰ.①有… Ⅱ.①书… Ⅲ.①文化评论-文集 Ⅳ.
①I06 - 53

中国版本图书馆 CIP 数据核字(2019)第 074734 号

有象——《书城》精选（二）

编　　者／《书城》杂志
出 品 人／李　爽

主　　编／黄　韬　顾红梅

策划编辑／齐晓鸽
责任编辑／吴　慧
助理编辑／钱　斌
装帧设计／人马艺术设计·储平
监　　制／姚　军
责任校对／张大伟

出版发行／上海三联书店
　　　　　　(200030)中国上海市漕溪北路 331 号 A 座 6 楼
邮购电话／021 - 22895540
印　　刷／上海展强印刷有限公司

版　　次／2020 年 7 月第 1 版
印　　次／2020 年 7 月第 1 次印刷
开　　本／889×1194　1/32
字　　数／200 千字
印　　张／12.25
书　　号／ISBN 978 - 7 - 5426 - 6672 - 7/I·1517
定　　价／65.00 元

敬启读者，如发现本书有印装质量问题，请与印刷厂联系 021 - 66366565